VERBODEN WEGEN

Verboden wegen is het vervolg op *De breuk*

Enkele andere boeken van Beverly Lewis:

Onrustig hart
De vreemdeling
De broeders

Katie Lapp-trilogie

Beverly Lewis

Verboden wegen

Roman

Vertaald door Lia van Aken

de groot goudriaan

Voor John en Ada Reba Bachman,
mijn lieve oom en tante.
Met liefde en grote dankbaarheid.

© Uitgeverij De Groot Goudriaan – Kampen, 2008
Postbus 5018, 8260 GA Kampen
www.kok.nl

Oorspronkelijk verschenen onder de titel *The Forbidden* bij Bethany House Publishers, a division of Baker Book House, 11400 Hampshire Avenue South, Bloomington, Minnesota 55438, USA
© Beverly Lewis, 2007

Vertaling Lia van Aken
Omslagillustratie Bethany House Publishers
Omslagontwerp Prins en Prins Vormgevers
ISBN 978 90 8865 037 6
NUR 302

Proloog

Winter 1967

Ik heb vannacht van Suzy gedroomd. In de droom was het midden in de winter en het sneeuwde hard toen we naar de schuur liepen om de kalfjes te voeren… we waren weer kleine zusjes. De fluit van een trein in de verte, een droevig, spookachtig geluid, galmde in de koude lucht over ons maïsveld. Maar waarom stond de maïs middenin januari nog hoog en volop in bloei op het land?

En dat allemaal in een droom die hooguit een paar minuten duurde. Mijn vriendin Rosanna King zegt dat dat nu eenmaal zo is met dromen, het is een mengeling van verwarrende dingen waar je niets van snapt.

Maar toen ik wakker werd, wist ik dat ik me over mijn aanvankelijke verdriet heen moest zetten. *Jah,* ik verlangde ernaar om Suzy weer te zien, om met haar te praten en haar zachte ademhaling op mijn haar te voelen in haar slaap, samen in het oude bed van onze kindertijd. We deelden ons hele leven. Maar er is iets in mij veranderd. Misschien helpt het om te weten dat pa en mama geloven dat Suzy in de hemel is, al is ze gestorven voordat ze lid van de kerk kon worden. En dat is verbijsterend, want het gaat in tegen alles wat we altijd geloofd hebben.

Na haar dood heb ik niet vaak over mijn zusje gedroomd, al had ik het graag gewild. Nu ben ik van de droogte in de stortregen beland. De sluizen zijn opengezet en elke nacht zijn zij en ik samen als jonge meisjes… alsof God een troostende deken over me heen heeft gelegd.

Het is wel een troost die ik hard nodig heb, nu Suzy's

dood alweer meer dan een halfjaar geleden is – dat was op negen december, volgens mijn oudste zus Rhoda niet lang na Pearl Harbor Day. Ook zo'n droevige verjaardag: het begin van een wereldoorlog tientallen jaren geleden. *Ach*, zo'n strijd tussen ons land en een ander land, en nu is er volgens Rhoda een verschrikkelijk conflict aan de gang in een land dat Vietnam heet.

Ze begint over de vreemdste dingen die te maken hebben met de moderne wereld. Bijna elke avond onder het eten zie ik de verbaasde blik in mama's ogen. Pa is meer onaangedaan, langzaam strijkt hij met zijn vingers op en neer langs zijn zwarte bretels terwijl hij Rhoda's verhalen rustig in zich opneemt. De afkeuring van mijn zus Nan is duidelijk te zien omdat ze haar kin in de lucht steekt en haar blauwe ogen dof worden als Rhoda ratelt over de eigenaardige dingen die ze te weten komt tijdens haar werk voor de familie Kraybill, onze *Englische* buren die een kilometer verderop wonen aan het smalle, bosrijke gedeelte van Beaver Dam Road. Ze werkt er alle dagen van de week, of het sneeuwt of niet, en soms op zaterdag. Soms vraag ik me af of ze ook 's zondags zou willen werken als ze de kans kreeg.

Rhoda is niet de enige die tegenwoordig hard werkt. Pa is ook erg druk geweest. De bakkerswinkel – Nellie's Zoete Heerlijkheden genaamd – wordt binnenkort verrijkt met drie knusse sets tafeltjes en stoeltjes, ongeveer van het formaat van die in de ijssalons waar de *Englischers* heen gaan. Om elk rond tafeltje kunnen drie klanten zitten, en met een beetje persen vier. O, wat zal er heerlijk geroddeld worden. Ik moet oppassen om geen dingen te horen die niet voor mijn oren bestemd zijn, vooral van de stadse klanten.

Mama is sinds kort ook weer bij me aan het werk. Ook Nan helpt nog een beetje, maar alleen als het echt erg druk is. Anders bedienen mama en ik in de winkel en ze vertelt zulke interessante verhalen over vroeger! Zoals over een wedstrijd tomaten kweken die ze als meisje gewonnen heeft door de tomaat te ondersteunen met een hangmat van gaas, en varkens fokken met haar jongere broer. Net als *Mammi* Hannah Fisher heeft mama er slag van om dingen van vroeger te beschrijven.

Mijn *beau*, Caleb Yoder, is nog maar één keer langsgekomen in de winkel, maar dat zal hij nu helemaal niet meer doen. Als hij tenminste zijn erfenis van veertig hectare landbouwgrond wil krijgen. Zijn vader heeft hem verboden mij het hof te maken, maar Caleb heeft beloofd dat we elkaar in het geheim zullen zien... hoe dan ook.

Er zijn al drie weken voorbij sinds hij het schokkende nieuws vertelde en we elkaar in de armen hielden voordat we uit elkaar gingen. *Ach*, het lijkt zo veel langer. Met de Kerst heb ik niets van hem gehoord, dus hij schikt zich naar de wensen van zijn vader. Maar ondanks deze tijdelijke stilte vertrouw ik erop dat hij weet wat hij moet doen om zijn vader zover te krijgen dat hij mij goedkeurt. Het zal David Yoder vast wel ter ore zijn gekomen dat ik geen tweede keer naar de kerk van prediker Manny ben geweest – en dat ben ik ook niet van plan. Ik ga niet de kant op van de 'verlossing' die al veel families in ons kerkdistrict heeft verlokt.

Mijn achterblijven heeft een verschrikkelijke kloof in huis veroorzaakt, vooral op zondag als mijn familie en ik elk onze eigen kant op gaan. Ik naar de oude kerk en mijn ouders met Rhoda en Nan naar de nieuwe.

Heel veel mensen liggen overhoop over deze kwestie. Er is zelfs een groeiende verdeeldheid in de nieuwe kerk; sommigen neigen nog sterker naar de wereld en willen nota bene elektriciteit en auto's. Mijn ouders willen daar niet van horen, dus we blijven met paard en wagen rijden en als het gaat schemeren steken we gaslampen en lantaarns aan.

Er is aan beide kanten een hunkering naar licht. Voor sommigen heeft deze scheuring een snelle beslissing vereist, nu oom Bisschop een genadetijd van negentig dagen heeft ingesteld op excommunicatie en verstoting voor mensen die de oude kerk willen verlaten en zich bij de nieuwe willen voegen. Dat is een behoorlijk sterke prikkel voor mensen die al gedoopt zijn in de kerk van de Oude Orde, aangezien er maar een paar weken zijn om voor of tegen de traditie van onze voorouders te kiezen. Een ernstig stemmende gedachte.

Het weten dat deze nieuwe weg het geloof van Suzy was, maakt het merkwaardig aantrekkelijk. Maar hoe nieuwsgierig ik ook ben, ik wil mijn toekomst met Caleb Yoder niet op het spel zetten, al zit ik nog steeds in mijn *Rumschpringa* – de periode waarin de jeugd in de Gemeenschap van Eenvoud vrijuit mag rondfladderen. De oude kerk is waar ik hoor – met mijn *beau*. Die lieve pa en mama beseffen niet dat ik al besloten heb hun geloof niet aan te nemen – elke kans zou verkeken zijn voor Caleb en mij als ik me liet dopen in de Nieuwe Orde. Hoe kan ik daar zelfs maar aan denken, als trouwen met hem mijn beste kans is op geluk?

*Het kleinste zaadje van geloof is beter dan de
grootste vruchten van geluk.*

Henry David Thoreau

Hoofdstuk 1

Nellie Mae Fisher laadde haar versgebakken lekkernijen op
de lange slee en bedekte ze met een lichtgewicht jutekleed
voordat ze alles stevig vastbond. Ze trok haar buitenmuts over
haar *Kapp* en haalde oppervlakkig adem terwijl ze de slee
door de achtertuin naar de bakkerswinkel achter de boerderij van haar vader trok. De januarilucht was ijzig en ze trok
haar wollen sjaal omhoog om haar neus te beschermen.

Het stuk land achter Nellie's Zoete Heerlijkheden lag begraven onder een deken van sneeuw, het onvruchtbare maïsveld van de vorige zomer was nu wit en volmaakt als alle andere velden eromheen. In het westen stak een rij hoge bomen
kaal en vorkachtig af tegen de lucht, en aan de esdoorns langs
het erf kleefden nog maar een paar verdwaalde blaadjes. Dichterbij stonden nog enkele overgebleven verwaarloosde resten
rietachtige maïsstengels bruin afgetekend tegen de sneeuw.

Onze eerste Kerst en Nieuwjaar… zonder Suzy.

Nellie Mae zuchtte en keek naar de lucht die het daglicht
tegenhield achter een barricade van grijswitte wolken die de
aarde beroofden van direct zonlicht. Ze had haar vader de
ijzige grond horen vergelijken met ijzer, toen hij zacht tegen
mama zei dat de dood zelf nog niet zo hard was als een veld
bevroren grond. Nu het de laatste tijd zo hard gesneeuwd
had en het stevig bleef vriezen, was Nellie maar blij dat ze
ruim voor deze koude, lange maand Suzy's dagboek uit de
grond had gered.

Als kind hadden Suzy en zij wel door metershoge sneeuw gewaad, zonder dat mama het wist, van wie ze wel iets te horen hadden gekregen als ze het geweten had. In de donkere maanden van het jaar hadden ze verlangd naar de warmte van de zomer, net als Rhoda en Nan. Door de jaren heen hadden alle vier de zusjes deze zelfde slee gebruikt, ze hadden hem te voet door de sneeuw geduwd, op zoek naar het groen van de lente. De aanblik van dofgroen korstmos op een boomstam gaf al reden tot gejuich.

O, dat het maar gauw lente werd!

Nellie opende de deur van de gezellige winkel en begon de dagelijkse voorraad gebak van de slee te halen. Maar meteen voelde ze dat er iets mis was en toen ze achter de toonbank kwam, zat daar de negentien jaar oude Nan neergehurkt met haar beste vriendin Rebekah Yoder, de oudste zus van Caleb. Ze kwamen allebei met een betraand gezicht overeind en Nan sputterde snel: '*Ach,* het is gewoon zo oneerlijk.'

Verward schudde Nellie haar hoofd. 'Wat?'

'Rebekah's vader… nou…' Nan keek naar haar vriendin, die duidelijk net zo van streek was als zij.

Meteen wist Nellie waarom het stel zich had verstopt.

Rebekah bette haar gezicht met een zakdoek. 'Ik mag hier niet zijn,' bekende ze met een diepe zucht. 'Nu met de breuk in de Gemeenschap van Eenvoud is mijn vader niet gesteld op bepaalde vriendschappen.'

Bepaalde vriendschappen?

Nellie knikte alleen maar toen Rebekah duidelijk maakte dat haar probleem eigenlijk 'dat van de hele familie' was. Ze legde het niet verder uit, maar Nellie nam aan dat ze zichzelf en haar broer Caleb bedoelde, en Rebekah's moeder, die tot de afgelopen maanden vaak met Nellie's moeder samen naar quiltbijeenkomsten was gereden.

Ineens pakte Nan Nellie's hand. 'Denk je dat het goed is als Rebekah en ik elkaar hier af en toe ontmoeten?' Nans ogen smeekten.

Nellie glimlachte gedwongen. *Ga ik mezelf nog verder in de problemen werken met David Yoder, door Calebs zus te verbergen?*

Nan kreunde. 'O, ik begrijp niet waarom dit zo moet zijn.'

Rebekah's gezicht stond strak van de zorgen. 'Ik ook niet.'

'Zelfs de bisschop heeft gezegd dat niemand verstoten mag worden voor het volgen van prediker Manny en de nieuwe kerk,' bracht Nan hun onder het oog.

'Nou, dan ken je mijn vader niet,' zei Rebekah. 'Hij verstoot wanneer hij wil.'

Nellie's moed zakte in als een mislukte cake.

'Kom mee.' Nan pakte Rebekah's hand en bracht haar naar de deur.

Nellie keek hen na en wist niet met wie ze meer medelijden had – met Nan en Rebekah, die plannen maakten om elkaar in de toekomst stiekem te kunnen zien – of met haar *beau* Caleb.

Ze zette de op gas werkende verwarming in de verste hoek aan en trok haar jas, sjaal en wanten uit. Ze wreef haar handen en wachtte tot het warm werd in de winkel. Intussen liep ze naar het raam en staarde uit over het winterse landschap. *Waarom heeft Caleb met de Kerst niets laten horen?*

'Hoelang zal het nog duren voordat zijn vader tot inkeer komt?' flapte ze er in de stilte uit.

Diep vanbinnen vreesde ze Calebs hunkering naar zijn geboorterecht. Veertig hectare mooie landbouwgrond was niet misselijk, en het land van zijn vader was zo belangrijk voor hem. Voor haar ook, want het verschafte hun een bestaan als Caleb voor haar en hun toekomstige kinderen moest zorgen. Daar had hij enorm over ingezeten toen ze elkaar onverwacht waren tegengekomen bij de molenbeek; de laatste keer dat ze samen waren geweest. Toen had ze in zijn stem de honger gehoord naar zijn erfenis. Binnenkort zou ze weten hoe het ervoor stond. Caleb was per slot van rekening een man van zijn woord. Hij had haar gevraagd om met hem te trouwen en zij had gretig ja gezegd, maar dat was voordat zijn vader had geëist dat ze uit elkaar gingen.

Waarom zou David Yoder Rebekah en Nan ook uit elkaar willen houden?

Nu ze Rebekah's verdriet had gezien, was ze bang dat David Yoder meer overwicht had op zijn zoon en dochter dan ze aanvankelijk had gedacht. Rebekah, die in de huishouding werkte bij een andere Amish familie, had minder gelegenheid om beïnvloed te worden door de wereld dan Nellie's zus Rhoda, die in het wereldse huis van de familie Kraybill werkte. Nee, Rebekah zou wel lid worden van de oude kerk en in de kudde blijven, net als Nellie te zijner tijd. Dat zou betekenen dat Rebekah uiteindelijk ook zou voldoen aan de wensen van haar vader en een andere beste vriendin zou kiezen, wat Nan vreselijk pijn zou doen.

Nellie draaide zich om en bekeek de ruime voorraad koekjes, cakes, taarten en broodjes. De trieste werkelijkheid was dat er deze week weinig klanten waren geweest die de kou hadden getrotseerd. Ze had overwogen om pa te vragen of ze moest sluiten tijdens de koudste weken – zoals enkele winkels deden in het dorp Intercourse, al hadden veel daarvan geen Amish eigenaars. Maar Nellie had het niet willen vragen; haar familie had het extra inkomen uit de bakkerswinkel dit jaar harder nodig dan ooit, vanwege de droogte van de afgelopen zomer.

'Het lijkt op dit moment toch net of we gesloten zijn,' mompelde ze terwijl ze de lege weg af keek. Ze kon rustig even naar de schuur om te kijken hoe het ging met pa's nieuwe tafels en stoelen.

Onderweg zag ze Nan en Rebekah naast elkaar lopen in de richting van Beaver Dam Road. Rebekah gebaarde druk met haar handen en praatte levendig.

Rebekah weet wat ze wil. Met haar twintig jaar zou ze binnenkort trouwen – zo niet de komende herfst, dan het jaar daarop. Maar voor zover Nellie wist had Rebekah geen serieuze *beau*, maar dat zei natuurlijk niets. Verkering hebben werd in het geheim gedaan, en de meeste stelletjes hielden hun mond erover.

Ze keek nog eens over haar schouder naar Calebs zus, die zelfs naast de slanke Nan sierlijk en lang was. Nellie vroeg zich onwillekeurig af wat de twee meisjes bekokstoofden, zoals ze naar elkaar toe gebogen praatten. Voor het ogenblik hadden hun tranen plaatsgemaakt voor gelach.

Nellie opende de schuurdeur en liep naar het gedeelte tegenover de stal. Daar had haar vader een hoek afgeschoten voor zijn zakelijke gegevens en het timmerwerk dat hij nu en dan deed.

Hij stond met zijn rug naar haar toe een stoelpoot van dichtbij te bekijken, met zijn neus haast tegen het eikenhout. 'Hallo, pa,' zei ze zacht om hem niet aan het schrikken te maken.

Hij draaide zich vlug om. 'Nellie Mae?'

'Er zijn nog niet veel klanten... helemaal geen, eigenlijk. Dus ik dacht, ik ga even kijken.' Ze zweeg even en zag zijn vriendelijke lach. 'Ik was nieuwsgierig.' Ze wees naar de onafgemaakte stoel.

'Er zijn twee tafels klaar, maar met de stoelen loop ik een beetje achter, zoals je ziet.' Hij zette de stoel neer. 'Ben je teleurgesteld dat er zo weinig klanten komen in de wintermaanden?'

'De taarten blijven staan.'

Hij knikte. 'De winter laat dit jaar wel zijn tanden zien, *jah*?'

Ze kon zich niet herinneren dat het zo lang achter elkaar zo koud was geweest. 'Ik denk dat we zelf meer gebak zullen moeten eten als...' Ze maakte haar zin niet af. Ze hoefde niet te zeggen wat pa wist.

Het was niet alleen door de kou dat de mensen wegbleven. Ze zagen de laatste tijd steeds minder van de families die vasthielden aan de leer van haar vaders oudste broer, bisschop

Joseph. *Oom Bisschop* had Nellie hem altijd genoemd – een eerbiedige koosnaam. Hoewel de bisschop zelf had opgedragen dat de mensen in de Gemeenschap van Eenvoud elkaar niet mochten verstoten wegens de kerkscheuring, werd de waarheid duidelijk in het afnemende aantal klanten van Nellie's Zoete Heerlijkheden. Het was nog nooit zo rustig geweest.

Nellie vroeg zich af of ze net als Rhoda voor wereldse mensen moest gaan werken, waardoor haar vader nog meer van streek zou raken. Dan kon ze extra geld verdienen en op de lange duur het gezin helpen het verlies goed te maken, maar het zou haar kansen met Caleb in gevaar brengen.

'Ik zag net de dochter van David Yoder,' sprak pa.

Nellie knikte zwijgend.

'Raar, hè?'

'*Jah.*' Ze voelde wat hij bedoelde.

'We oogsten wat we zaaien… vroeg of laat.'

Ze haalde diep adem. 'Ja.'

Pa gaf haar openlijk een knipoog. 'Het is in veel opzichten een nieuwe tijd, en je kunt de mensen niet vertellen wat ze moeten doen. Dat weten jij en ik allebei.'

Ze zei niets, want ze wist niet goed wat hij bedoelde. Ze vermoedde dat hij vernomen had dat David Yoder de leer van prediker Manny over 'redding door genade' afkeurde. Dat had er hoogstwaarschijnlijk voor een groot deel mee te maken.

Zuchtend bedacht ze dat als pa vermoedde dat Calebs vader Caleb en haar uit elkaar wilde hebben, hij hen zou willen aanmoedigen om de verkering door te zetten. Zo was pa wel. Als het om de liefde ging – liefde waarvoor je trouwde – dan zou hij de kant van het paar kiezen.

'Zoals ik al zei, mensen omhelzen datgene waarnaar ze verlangen, Nellie Mae.'

Ze zag de opmerkzame glans in haar vaders ogen. *Hij weet dat ik een* beau *heb…*

Hoofdstuk 2

Het verbaasde Rosanna King niet dat ze vrijdag halverwege de ochtend Kate Beiler op de stoep zag staan. Haar nicht kwam trouw elke dag om de flesvoeding van de tweeling aan te vullen, na hun ontslag uit het ziekenhuis vijf weken geleden.

Kate vond het heerlijk om tegen de baby's te kirren en hen boven op hun donzige hoofdjes te kussen. Sinds Nieuwjaar was het Rosanna opgevallen dat Kate vaker op bezoek kwam dan alleen om voedster te zijn. Maar vandaag zag ze er moe uit, en Rosanna vroeg zich af of ze soms maar kort zou blijven.

Kate liep rechtstreeks naar de box en tilde kleine Eli eruit. '*Ach*, kijk toch eens.' Ze streelde zijn roze wangetje. 'Je begint je zusje in te halen, geloof ik.' Ze hield hem een eindje van zich af en bewoog hem op en neer alsof ze hem woog op een schaal.

'Hij drinkt heel goed,' zei Rosanna.

'Om de vier uur ongeveer… zoals de zuster in het ziekenhuis heeft gezegd?'

'*Jah*, en als de ene baby niet wakker wordt en huilt om eten, dan de andere wel, en dan beginnen ze samen. Ze zijn goed doorvoed, volgens mij.'

Kate draaide zich weer om naar Eli, die in een van de gehaakte dekentjes gewikkeld was die Rosanna had gemaakt.

Intussen pakte Rosanna Rosie, die haar zachte vuistjes heen en weer bewoog voor haar open mondje. 'Jij hebt ook liefde nodig, *jah*?' Met Eli's tweelingzusje in haar armen liep ze door de keuken en dacht na over haar gevoelens. Waarom had ze elke keer als Kate er was zin om te zeggen: 'Denk je eraan, dat je jouw baby's aan mij hebt afgestaan?'

Om haar gedachten niet te tonen ging Rosanna aan tafel zitten en keek glimlachend op Rosie neer. Het was tijd voor de voeding van de baby's, en ze moest blij zijn met de onderbreking in het haast eindeloze flesjes geven. Er waren momenten dat ze haar toevlucht moest nemen tot het rechtop zetten van een fles voor de ene baby, terwijl ze de andere in haar armen hield. Als dat gebeurde liet ze de een boeren voordat ze de baby's omwisselde voor de tweede helft van de flesvoeding.

Hoe behulpzaam Elias ook probeerde te zijn, haar lieve man had duidelijk meer aan zijn hoofd dan assisteren bij de zorg voor de tweeling. Niettemin was het duidelijk dat hij de voorkeur gaf aan baby Eli.

Rosanna kreeg moederschapstraining in overvloed met haar dubbele zegening, die allebei kostbare geschenken van God waren. Ze keek naar Kate, die kleine Eli nog in haar armen koesterde, en zette de eigenaardige gedachten opzij die haar vandaag hadden overvallen.

Ik hoef me geen zorgen te maken…

Ze tilde Rosie op en begroef haar neus in het warme, zoet geurende halsje. 'Heb je zin in eten?' fluisterde ze, genietend van de geur en het voelen van het kindje.

'Zorg jij maar voor Rosie terwijl ik Eli verzorg,' droeg Kate haar op. 'Ik weet niet of ik hen vandaag allebei kan voeden.'

Rosanna was enigszins verbaasd, maar ze wist dat het tijd werd dat Kate helemaal ophield met het voeden van de tweeling. Eerlijk gezegd had ze uitgekeken naar deze dag.

Eli huilde en Kate begon het lijfje van haar pelerinejurk los te maken. 'Hier is mama,' prevelde ze. Zonder naar Rosanna te kijken bood ze hem haar borst.

Rosanna voelde haar hart in de keel. *Misschien is Kate niet de beste keuze voor een voedster.*

Nu begon Rosie te huilen. Geïrriteerd door Kate om haar

opmerking tegen Eli en omdat ze altijd zijn behoeften voor die van Rosie liet gaan, stond Rosanna op om de fles voor haar dochter op te warmen, terwijl ze haar heen en weer wiegde en sussende geluidjes maakte.

Ze dacht aan Kates onverwachte beslissing om de tweeling na hun geboorte te gaan voeden. Kate had het nooit met haar nicht overlegd, maar Rosanna was ervan uitgegaan dat ze de te vroeg geboren kindjes een goede start had willen geven. Ondanks haar goede bedoelingen had de herstellende Kate niet genoeg melk gehad voor de minstens zes voedingen per baby per dag, dus na een week had ze hen ieder nog maar één keer per dag gevoed. Na haar ontslag was ze elke dag naar het ziekenhuis gekomen voor de voeding. Doordat Rosanna zo dankbaar was en bij Kate in het krijt stond, had ze er vlot mee ingestemd dat Kate de flesvoeding aan bleef vullen tot ze twee maanden oud waren. Wat ze zich niet had gerealiseerd was hoe pijnlijk die regeling zou zijn. *Voor ons allebei waarschijnlijk.*

Terwijl ze Eli voedde, kirde Kate zachtjes tegen hem. Toen sprak ze Rosanna aan over haar schouder. 'Ik hoor dat je man nogal veel optrekt met Reuben Fisher.'

'*Jah*, Reuben – en anderen – zijn erg behulpzaam voor Elias.'

'Nee, ik bedoel niet helpen op de boerderij.' Kate fronste. 'Jouw Elias en Reuben praten over de Schrift, dat bedoel ik.'

Rosanna kon zich met geen mogelijkheid herinneren dat Elias iets had gezegd over zulke gesprekken met Reuben Fisher of iemand anders, hoewel Nellie Mae's vader haar man vaak hielp met het mengen van voer en het storten ervan in de silo. 'Weet je het zeker, Kate?'

'Tja, ik zou het niet verzinnen.'

Ineens was ze doodmoe. 'Met wie Elias wil werken zijn mijn zaken niet.'

Noch de jouwe…

Kate zette grote ogen op. 'Je begrijpt me zeker niet. Ik bedoelde…'

Rosanna knikte en verzachtte haar toon. 'Toch wel, dacht ik.'

'Je zegt dat het je niet kan schelen als Elias naar een verkeerde leer luistert?'

'Als het de bisschop niet stoort, wie zijn wij dan om…'

'Nee!' Kate schudde haar hoofd. Ze haalde Eli van haar borst en legde hem over haar schouder en wreef zijn ruggetje. 'Flitsbekeringen, Rosanna… dat zijn het. De mensen laten zich emotioneel meeslepen en praten over trotse dingen zoals een hechte relatie met God. Het is niet goed.'

Heimelijk hoopte Rosanna dat haar man inderdaad aangetrokken werd tot de leer waarover ze zelf had gehoord van Linda Fisher. Het leek haar wonder-*gut*, en helemaal niet verkeerd.

Zonder nog iets te zeggen droeg ze Rosie naar de schommelstoel in de hoek van de keuken, om afstand te scheppen tussen Kate en haar. Rosie viel aan op de fles en Rosanna genoot van haar nabijheid terwijl ze zachtjes schommelde en het donzig zachte haar van de baby streelde.

Kijkend naar Rosie vroeg ze zich af of er een manier was om zelf melk in haar borsten te krijgen. Ze had er weleens van gehoord, maar misschien was het kletspraat, of iets waarvoor je misschien een dokter uit Lancaster moest hebben. *Wat zou ervoor nodig zijn?*

Ze schrok op van Kates stem. 'Houd jezelf niet voor de gek over de bisschop, nicht. Hij is erg verstoord… en toch zo schappelijk tegenover Manny en Reuben, en nou ja, de hele rest.' Kate ontlokte Eli een galmende boer, en toen nog een, waarna ze hem prompt aan haar andere borst legde. 'Je hebt het nieuws de laatste tijd niet goed bijgehouden.'

Ik heb het te druk voor geroddel. Als Elias vond dat ze iets moest weten, dan zou hij het haar vertellen als het avond werd, als hij zo lief voor haar was als de tweeling in hun

18

wiegjes lag. Zo was Elias, hij vertelde haar altijd gretig wat hem bezighield als ze in elkaars armen genesteld lagen. Hij was ook gretig in andere opzichten, trouwens.

★

Na de niet zo drukke vrijdagmiddag ruimde Nellie Mae de bakkerswinkel netjes op. Er waren de hele dag nog geen vijf klanten geweest. Ze telde het geld en stopte het in haar zak. Ze had zin om weg te glippen naar de molenvijver achter de oude White Horse Mill om te schaatsen. Caleb en zij waren daar twee keer als stelletje naartoe geweest, dus misschien kon ze een glimp van hem opvangen. Ze was nog niet vergeten dat ze hem daar de laatste keer dat ze er was had gezien; heel verrassend en heerlijk, tot ze afscheid hadden moeten nemen.

Daarstraks was ze naar de brievenbus gerend, net als alle dagen in de afgelopen weken, in de hoop op een brief. Caleb kon haar makkelijk schrijven zonder dat iemand het wist, als hij de afzender maar wegliet.

Tenzij hij ziek is.

Daar had ze nog niet eerder aan gedacht, maar ze had Caleb op geen enkele jongerenbijeenkomst rond de Kerst gezien. Op de zondag twee dagen voor Kerst had ze hem ook niet in de kerk gezien, maar dat wilde niet zeggen dat hij er niet was. Het huis van aanbidding – de boerderij van diaken Lapp – was zo stampvol mensen dat ze hem makkelijk over het hoofd had kunnen zien.

Misschien is Caleb inderdaad niet lekker. Ze wist van verscheidene families die in de afgelopen tijd aan griep hadden geleden.

Ze keek de winkel rond naar het gedeelte waar ze van plan was de tafeltjes en stoeltjes neer te zetten. Als de klanten even konden gaan zitten om een praatje te maken, schaften ze misschien meer lekkers aan.

Ze vroeg zich af of ze sandwiches of zelfgemaakte soepen moest toevoegen aan de sortering artikelen die op het kleine schoolbord aan de muur achter de toonbank waren geschreven. Maar nu hun familie genegeerd werd door veel mensen die de Oude Wegen aanhingen, nu pa en mama en haar zussen naar de nieuwe kerk gingen, moest Nellie daar maar niet op hopen. Bovendien wilden de meeste mensen op een bitter koude dag naast hun eigen haard eten. En wie kon hun dat kwalijk nemen?

Ze zette de draagbare gasverwarming uit en liep naar de deur. Gebogen tegen de wind zocht ze haar weg over de besneeuwde grond, wetend dat er een behoorlijke hoeveelheid ijs onder de sneeuw lag. Op vrijdagavond werd er geschaatst op de molenvijver. Als ze straks onder de afwas uit kon komen, zou ze zich warm inpakken en gaan.

Met een verwachtingsvol gevoel stapte Nellie Mae het huis binnen, trok haar laarzen en jas uit en deed haar sjaal af. Ze slingerde haar wanten uit en onderdrukte een giechel toen ze over de zomerveranda vlogen.

Als Caleb en ik elkaar één keer kunnen tegenkomen, waarom dan niet nog een keer?

Verrukt om het vooruitzicht ging Nellie de warme keuken binnen voor het avondeten.

Hoofdstuk 3

Nellie's spieren waren al stijf van de bijtende kou maar ze zette door. Toen ze op Cambridge Road de bocht om kwam, zag ze Rebekah Yoder en een paar van haar zussen. Haar hart sprong op.

Als zij er zijn, is Caleb er vast en zeker ook.

Vrolijk sprong ze over de sneeuwwallen langs de molenvijver, vlak bij de plek waar Caleb en zij eens hand in hand hadden gelopen. Ze was nooit bang geweest voor het ijs, zelfs niet laat in de winter als de vijver hier en daar begon te ontdooien. Ze had altijd gedacht dat ze wel wijzer zou zijn dan in het water te vallen.

Nellie moest ineens aan Suzy denken en besefte dat ze haar voornemen om meer te weten te komen over de dag dat haar zusje was verdronken niet had doorgezet. Ook nu de drukke dagen rond de Kerst voorbij waren, had ze geen zin gehad om op zoek te gaan naar Zach en Christian Yoder, de twee mennonitische broers die bevriend waren geweest met Suzy. Niettemin was ze nog steeds nieuwsgierig genoeg om met iedereen te willen praten die op die vreselijke dag in juni bij haar zus was geweest.

Ze zette de verdrietige gedachte opzij en keek naar de ongeveer twaalf jongelui die aan het schaatsen waren. Ze bleef uitkijken naar Caleb terwijl ze haar schaatsen aantrok. Ze durfde Rebekah of haar zus niet naar hem te vragen. Ze zou zich met haar eigen zaken bemoeien en heerlijk gaan schaatsen op de grote vijver.

De eerste ster van de avond verscheen als een pulserende stip wit licht. Nellie ging zo op in de ijzige pracht om haar heen, dat ze Susannah Lapp pas zag toen ze bijna tegen haar op botste. Susannah gilde en het scheelde een haartje of ze was gevallen. Nellie schaatste hard naar rechts en probeerde haar evenwicht te bewaren.

Ach, niet zij!

Vlug vermaande ze zichzelf. Ze hoefde Susannah niet langer als een bedreiging te zien. *Calebs vader is nu mijn grootste angst.*

Nellie draaide nog een rondje over de vijver en paste dit keer goed op om de anderen te ontwijken. Maar hoe langer Nellie bleef, hoe kouder ze zou zijn tegen de tijd dat ze naar huis vertrok. Weer piekerde ze over waar Caleb zou kunnen zijn, en een beetje paniekerig dacht ze: *hij zal me toch niet ontlopen?*

Maar ze bleef, vastbesloten er te zijn als hij toevallig laat kwam. Het was tenslotte een volmaakte avond om te schaatsen, en dat zou hij ongetwijfeld ook vinden. Het ijs was hard en glad, het eerst ruwe oppervlak was glad geblazen door de wind.

Echt een avond voor een meisje en haar beau…

Ze maakte weer meer snelheid, zwaaide en glimlachte naar Rebekah Yoder, toen ze ineens iemand donker en bewegingloos afgetekend zag staan tegen de bomen op de andere oever. Was het Caleb?

Nellie wilde niet staren en dwong zichzelf vooruit, met een verwachtingsvol bonzend hart.

★

Elias begon helemaal niet over Reuben Fisher toen Rosanna in de holte van zijn arm lag. Ze wachtte en dacht terug aan de merkwaardige dingen die nicht Kate met zo veel overtuiging te berde had gebracht. Was het waar?

Maar tussen het kussen door had Elias wel iets interessants te vertellen. Maryann Fisher, die met haar man Ephram aan de overkant woonde, was alleen thuis geweest toen haar weeën waren begonnen. Elias was langsgekomen om een paar stukken gereedschap voor Ephram af te leveren, die naar het stadje Cains was gegaan voor een boodschap.

'Eerlijk waar, ik dacht ik Maryann moest helpen baren terwijl haar vier kleintjes toekeken.'

'O, Elias… wat heb je gedaan?'

'Nou, ik kon de oudste jongen gelukkig naar de telefooncel verderop langs de weg sturen en de vroedvrouw kwam precies op tijd.'

Rosanna schudde haar hoofd. 'Arme Maryann, ze moet verschrikkelijk bang geweest zijn.'

'Integendeel… ze zei dat het wel goed kwam als ik even op de kleinsten wilde passen, Katie en Becky.'

Rosanna moest giechelen. 'Je zult wel blij toe zijn.'

Hij lachte. 'Ach, als ik koeien kan verlossen, kan ik ook wel een baby op de wereld helpen.' Hij zweeg even en trok haar dichter tegen zich aan. 'Maar op die peuters van Maryann passen en zorgen dat hun niets overkwam… dat is een heel ander verhaal.'

Rosanna keek glimlachend op naar Elias, die ophield met lachen en haar aankeek met een vertrouwde glans van verlangen. 'Laten we het niet over Ephrams nieuwe baby hebben, lief,' zei hij zacht met zijn gezicht dicht bij het hare.

Laten we helemaal niet praten. Ze sloeg haar armen om zijn nek, vol ongeduld naar meer van zijn kussen.

★

De schimmige gestalte was wel een man, maar niet jong genoeg om Caleb te zijn, stelde Nellie vast toen ze hem een tweede steelse blik toewierp. Hij kwam langzaam dichter naar de vijver toe en ze kon niet uitmaken of hij een bepaalde schaatser in het bijzonder gadesloeg. Maar het was duidelijk dat de man hen observeerde en zijn aanwezigheid maakte haar onrustig.

Wie is het? En waarom staat hij daar zo te kijken?

Ze vroeg zich af of de andere schaatsers de man hadden opgemerkt. Het was duidelijk aan zijn verschijning te zien dat hij Amish was. Anders zou Nellie zich nog meer zorgen hebben gemaakt.

Ze zoefde nog twee keer de vijver rond voordat ze aan de kant het dichtst bij de bomen stilhield om op Rebekah te wachten. Toen Rebekah haar zag en zwaaide, en haar kant op kwam, zei Nellie: 'Niet meteen kijken, maar er staat daar een man naar ons te kijken.'

Rebekah groef de ijzers van haar schaatsen in het ijs zodat de schilfers in het rond vlogen toen ze tot stilstand kwam. 'O, *jah*, dat weet ik.' Ze lachte zacht. 'Dat is mijn vader, die ons naar huis komt halen... als we zover zijn.'

Nellie voelde zich dwaas. 'Ik vond het eng om daar een man te zien staan.' Ze zweeg even. 'Nou ja, een beetje.'

'Verbaast me niks.' Rebekah deed een beetje verlegen. 'Hij houdt ons in de gaten, denk ik.'

Rebekah gaf een vlug kneepje in haar hand en gleed snel weer weg over de vijver om haar zusjes in te halen.

Nellie Mae had het nu zo koud dat haar tenen gevoelloos waren. *Ik moet naar huis.* Ze kloste naar de oever, waar ze tegen een boom geleund haar schaatsen uittrok en verlangde naar de gietijzeren bank waar ze met Caleb op had zitten praten, met zijn sterke armen om haar heen toen ze begon te bibberen.

Maar de bank stond aan de andere kant van de molenbeek, en ze durfde er niet naartoe te klimmen nu haar voeten aanvoelden als ijsklompen. Ze vroeg zich af of haar tenen bevroren waren en probeerde ermee te wiegelen in haar dikke sokken terwijl ze haar laarzen aantrok. Toen nam ze de lange weg om de vijver heen naar een voetbrug, die naar de weg voerde.

Ze dwong haar voeten vooruit en keek omhoog naar de lucht en de vele sterren van de melkweg, terwijl ze nadacht over het feit dat vanavond zo'n groot deel van Calebs familie er was, maar hijzelf nergens te zien bleek.

Met haar ogen stijf dichtgeknepen vocht ze tegen haar tranen. *Caleb, ik mis je zo.*

Na een tijdje hoorde ze het geratel van een paard en rijtuig achter zich. Het minderde vaart.

'Nellie Mae!' riep Rebekah Yoder. 'Kom, stap bij ons in het rijtuig.'

Uitgeput had ze noch de kracht, noch de zin om te weigeren. Ze draaide zich om en strompelde naar het rijtuig. '*Denki*, heel erg bedankt.'

'Ach, Nellie, je hinkt.' Rebekah hielp haar naar binnen.

'Heb je je voet bezeerd met schaatsen?' vroeg een van Rebekah's zusjes achterin toen Nellie zich naast Rebekah op de voorbank nestelde.

David Yoder sprak voordat Nellie antwoord kon geven. 'Het is een boerenmeid – dat geeft niks.' Hij hield zijn blik op de weg gericht.

Haalt hij me op zodat Caleb het niet kan doen?

'Ik ben erg dankbaar voor het meerijden,' bracht ze uit, niet wetend hoe ze thuis had moeten komen nu het gevoel in haar voeten nagenoeg verdwenen was.

Rebekah reikte onder de zware wollen schootdeken en kneep in haar hand. 'Ik heb zoiets ook een keer gedaan… te lang geschaatst. Ik was bijna een teen kwijtgeraakt.'

'Wat heb je toen gedaan?'

'Mijn voet in koud water ondergedompeld… en langzaam opgewarmd.' Ze zweeg even en keek naar haar vader. 'Je moeder weet wel wat je moet doen.'

Jah. Ze zou lachen als ze wist waarom ik eigenlijk gegaan was.

Vlak voordat ze de eenbaansbrug in de Beaver Dam Road overstaken, boog Rebekah zich naar haar toe om te fluisteren: 'Ik zal tegen Caleb zeggen dat ik je heb gezien.'

Nellie Mae snakte naar adem. *Geen twijfel aan. Ze weet het…*

Zonder onderbreking fluisterde Nellie terug: 'En ik tegen Nan dat ik jou gezien heb.'

Hoofdstuk 4

Zaterdagmorgen werd Rosanna al vroeg wakker omdat Eli huilde. Ze trok haar oude chenille badjas aan en keek naar Elias, die diep lag te slapen.

Hoe kan hij door zo veel lawaai heen slapen?

Ze snelde naar de zitkamer die nu ingericht was als kinderkamer en bukte om Eli op te pakken. Meer dan Rosie was hij ongeduldig om gevoed te worden, vooral na middernacht. Ze keek naar de vredig slapende Rosie en verbaasde zich er opnieuw over dat iemand, vader of kind, door zulk gekrijs heen kon slapen.

Ze greep de trapleuning met haar vrije hand en wenste als altijd op momenten als deze dat ze naar de grote slaapkamer op de eerste verdieping zouden verhuizen. Dat betekende natuurlijk wel dat de baby's in dezelfde slaapkamer moesten slapen als zij, iets wat Elias zelfs op deze prille leeftijd niet wilde. Ook zij koesterde het vrijen met haar man, vooral vannacht. Ze had zich zo kwetsbaar en geïrriteerd gevoeld door Kate, die zichzelf de mama noemde van kleine Eli. Kon haar nicht niet raden wat Rosanna daarvan zou vinden?

In de keuken warmde ze Eli's flesje en toen het klaar was keek ze toe hoe zijn wangetjes en lipjes bewogen terwijl hij het leegdronk. Later, toen hij geboerd had en in haar armen lag te slapen, klom ze de trap op. Nog versuft stopte ze hem in zijn wiegje, waarop Rosie wakker werd voor haar volgende voeding. Hoe vermoeid ze ook was, Rosanna koesterde deze nachtelijke voedingen. *Alleen de baby's en ik... en de lieve Heiland.*

Rosie nestelde haar gezichtje tegen Rosanna's boezem, waarop ze opnieuw wenste dat ze zelf beide kindjes kon zogen, en niet alleen Eli, zoals Kate vandaag had gedaan. Ze liep met Rosie in haar armen naar beneden en haalde vlug het tweede flesje uit de op gas werkende koelkast en schudde het alvorens het in een pan met water op het gasfornuis te zetten. Het was verstandig van Elias geweest om het oude houtfornuis te vervangen voordat de tweeling was thuisgekomen.

'Komt eraan,' beloofde ze Rosie met een oog op het fornuis om de fles niet te warm te laten worden. Rosie begroef haar hoofdje weer tegen haar aan. *O, lief kleintje.* Ze vroeg zich af of Eli en Rosie ooit een echte band met haar zouden krijgen nu haar nicht voortdurend over de vloer kwam. Voelden ze in hun onderbewustzijn soms dat Kate hun echte moeder was?

Toen de fles met voeding warm genoeg was, ging Rosanna in de schommelstoel zitten, met haar gezicht naar het raam om naar de maan te kijken – een brede vingernagel aan de hemel. En biddend stelde ze God vragen waarvan ze hoopte dat het Hem behaagde om ze te beantwoorden. Hun lieve buurvrouw Linda drukte zich soms zo uit in gebed. Linda had haar en Elias uitgenodigd om op een zondag met haar en haar man Jonathan naar 'een nieuwe groep' te gaan, en hoewel Rosanna erdoor gefascineerd was, had ze geen zin om er met Elias over te praten. Maar als haar man met Reuben Fisher over de Schrift praatte, zoals Kate had verteld, dan zou Elias het misschien niet erg vinden als zijn vrouw hardop ging bidden.

Zuchtend genoot ze van de intimiteit tussen haar en de dochter naar wie ze zo had verlangd, terwijl Rosie zich begon te ontspannen. 'Je bent mijn eigen kleine schatje,' fluisterde ze. 'Jij en je broertje…'

Denkend aan de komende dag en aan de quiltbijeenkomsten en werk*frolics* die ze zou missen, betreurde Rosanna het niet dat ze met twee schattige baby's afgezonderd zat in haar huis. Het leek wel of ze op dit moment geen behoefte had aan menselijk contact met anderen dan haar echtgenoot en kinderen, al was er weinig kans dat ze met rust gelaten werden. Kates moeder, Rachel Stoltzfus, was aanvankelijk bijna net zo vaak op bezoek gekomen als Kate zelf, maar haar belangstelling was de afgelopen dagen enigszins getaand. Rosanna vroeg zich af of Kates intense aandacht mettertijd ook zou afnemen, vooral als ze niet meer als voedster functioneerde.

Rosanna voelde zich al schuldig bij de gedachte en een kort gebed kwam over haar lippen. 'God, help me om grootmoedig te zijn met deze kleintjes... die me zo genadig zijn geschonken.'

★

Voor het zaterdagse ontbijt hoorde Betsy Fisher haar dochters praten in Nellie Mae's kamer. Betsy kon zich niet herinneren dat ze ooit eerder daar bij elkaar waren gekomen. Maar nu waren ze er wel en ze praatten ook nogal hard – zo hard dat ze elk woord kon verstaan.

Rhoda's scherpe stem kwam boven de andere uit. 'Je moet echt nog een keer meegaan, Nellie Mae. Je schijnt te denken dat je beter bent dan de rest, zoals je voet bij stuk wilt houden!'

'Dat is niet eerlijk,' zei Nellie.

'Zeker wel,' zei Nan. 'Rhoda mag best haar mening geven, het werd tijd dat iemand dat deed.'

Nellie zweeg.

'Jah, je moet 's zondags meegaan,' zei Nan op wat vriendelijker toon. 'Waarom niet?'

'Ik weet dat jullie graag willen dat ik met jullie meega, zusjes,' antwoordde Nellie iets minder defensief. 'Maar ik wil graag de weg volgen die ons allemaal van jongs af aan gewezen is. Waarom is dat nu ineens verkeerd?'

'Nou, er is helemaal niks mis mee als je graag met elektriciteit en auto's en zo wilt leven,' zei Rhoda tot Betsy's ongerustheid.

'Dan jaag je de wereld na en niet de Schrift,' zei Nellie.

Betsy streelde het kleine reukzakje dat Suzy voor haar had gemaakt – het hoofdpijnkussentje zat vaak in haar zak – en liep naar de deur van Nellie's kamer, haar hand omhoog om aan te kloppen. Ze wilde een einde maken aan dit nutteloze gesprek. Ze had geen idee hoeveel belang Rhoda had bij wereldse dingen, afgezien van de kettinkjes die de laatste tijd over haar kant van de commode bungelden. Ging Nan dezelfde kant op?

Ze zuchtte en vouwde haar handen. Ze hunkerde ernaar dat haar kinderen de Heiland leerden kennen, niet dat ze zich druk maakten over wonen in een huis met of zonder elektriciteit. Ze had gehoopt dat ze dat inzicht zouden krijgen door de preken van prediker Manny, of door de zondagsschool die de nieuwe kerk binnenkort op wilde zetten. De gedachte verblijdde haar hart, want ze bad elke dag dat steeds meer mensen de reddende genade van de Heere Jezus mochten gaan zien, al dan niet voor de uiterste datum van de bisschop.

De meisjes begonnen weer te praten, maar het gesprek dwaalde af van de zondagse bijeenkomsten van prediker Manny naar de komende zangavonden en andere activiteiten voor de jeugd van de Nieuwe Orde. Omdat ze het pijnlijk vond dat ze stond af te luisteren, klopte Betsy aan de deur.

Nellie verscheen, ze zag er uitgerust uit en haar grote bruine ogen stonden helderder dan anders. 'Goedemorgen, mama.'

'Heeft er iemand trek in ontbijt?'

Dat leverde een snelle reactie op van Rhoda, die langs haar heen de trap af stormde. Nan volgde haar op de hielen, maar niet voordat ze Nellie Mae een zijdelingse blik had toegeworpen.

Nellie bleef in haar kamer en ging op het bed zitten. Betsy

zei niets meer en liep naar de trap; ze wilde haar in gedachten verzonken dochter de ruimte geven die ze nodig had.

★

Rhoda liep voor haar zus uit mama's keuken binnen. Omdat ze vandaag niet naar haar werk hoefde, zou ze proberen in het huis van haar vader zo veel mogelijk te helpen… vooralsnog haar thuis. Vandaag zou ze alles maar weer plichtmatig doen, zoals ze steeds had gedaan sinds ze bij mevrouw Kraybill werkte. Dáár was ontbijt klaarmaken een genoegen, met al die aantrekkelijke en uiterst moderne hulpmiddelen. Mama en haar zussen zouden er vast ook voor zwichten, als ze de kans maar kregen om die wonder-*gute* dingen als blenders en elektrische mixers in werking te zien.

Jah, *ze lopen heel wat mis.*

Haar gedachten dwaalden terug naar gisteren, toen mevrouw Kraybill haar had betrapt toen ze een van de familiefotoalbums zat in te kijken. Rhoda had het meteen dichtgeslagen en zich verontschuldigd, maar de nog jeugdige mevrouw Kraybill was helemaal niet boos geweest en had haar zelfs aangemoedigd om alles te bekijken. Rhoda had genoten van de vriendelijke en zelfs genoeglijke blik op het sympathieke gezicht van haar werkgeefster. Op dat moment maakte ze een omslag in haar denken over wat haar altijd was verteld dat zondig was.

Wat zou mama ervan vinden? Rhoda werd heen en weer geslingerd tussen de wens haar ouders te beschermen tegen haar verlangens, en de wens haar geheime plannen door te zetten.

Eerlijk gezegd popelde ze om zich zo veel mogelijk onder te dompelen in de verrukkelijk aanlokkelijke wereld van de familie Kraybill – vol stadse en mooie dingen. Rhoda smachtte naar schoonheid; ze smachtte ook naar verre reizen. Ze droomde ervan een auto te bezitten en op een dag het land te gaan bekijken, de steden en de bergen en vooral de oceaan. Ze zou erg op de kleintjes moeten letten, wat ze met alle plezier deed, maar verder was het misschien niet al te moeilijk om haar droom waar te maken.

Maandag zou ze zodra ze de kans kreeg nog eens bij de Kraybills in de krant kijken hoeveel een tweedehands auto kostte. Ze durfde niet zelf naar een autobedrijf te gaan om rond te kijken, zoals sommige jongens in hun *Rumschpringa* wel deden, maar ze kon makkelijk de rubrieksadvertenties lezen. Wie weet? Als ze genoeg durf had om het te vragen, wilde mevrouw Kraybill misschien wel een keer met haar naar een auto gaan kijken.

Maandag, de dag na de kerkdienst, dacht Rhoda, zonder te weten waarom ze zulke verdorven plannen maakte voor de dag na de goedheid van de dag des Heeren. Wanneer loonde opzettelijke ongehoorzaamheid ooit?

Ze huiverde toen ze dacht aan prediker Manny's dringende oproep aan de jeugd om zich te bekeren… en aan het verdrinken van Suzy. Wat Nellie Mae hun ook in Suzy's dagboek had laten zien over haar verrassende bekering, Rhoda geloofde nog steeds dat God de dood van haar jongste zusje had toegelaten. Kon haar eigen ongehoorzaamheid even slecht aflopen?

Rhoda haalde haar schouders op. Nu er zo veel meningen over wat goed was de ronde deden in Honey Brook, was het aan haar om haar eigen weg te vinden. Op dit moment betekende dat dat ze zich liet leiden door haar enthousiasme om te ervaren wat haar al die jaren was ontzegd. *Nee, ik ben nog helemaal niet klaar om lid te worden van de kerk, de oude of de nieuwe.*

Rhoda hoopte een man aan de haak te slaan, werelds of anderszins. *Misschien dat een glanzende blauwe auto — of zelfs een groene — het hem doet,* dacht ze. Het was niet makkelijk geweest om haar hunkering naar een *beau* te verbergen, maar ze was erin geslaagd voor mama en haar zussen haar diepe teleurstelling geheim te houden omdat ze overgeslagen werd op zangavonden en bij andere bijeenkomsten. Wat had je aan die pietluttige kerels? Ze liet hen met alle genoegen achter zich om haar eigen toekomst te maken. Ze weigerde om te sterven als *Maidel*.

Ze zag al voor zich hoe ze in haar auto zou rijden, met mooie kleren aan en haar lange, onbedekte haren wapperend in de wind. Ze ging ook op zoek naar een mooie nieuwe bril, maar ze ging zich niet verlagen tot het dragen van die mouwloze tentjurken of die stomme plastronblouses die ze had gezien in de catalogi op de salontafel van mevrouw Kraybill.

Ze lachte vrolijk om de Rhoda van haar verbeelding, een Rhoda die niet lang eenzaam zou blijven. Als ze de sprong gauw maakte, kon ze binnen het jaar getrouwd zijn.

Maar ik moet mijn plan geheimhouden, dacht Rhoda. *En ik moet voorzichtig zijn…*

Hoofdstuk 5

Christian Yoder had sterk het gevoel dat er iemand in de buurt van zijn bed stond. Hij tilde zijn hoofd op en zag zijn jongere broer Zach die op het voeteneind leunde. Zijn gestalte was zichtbaar in het licht van de maan, dat hun gezamenlijke slaapkamer binnenstroomde.

'Zach?' Hij zweeg even. 'Wat is er?'

Het bleef drukkend stil in de kamer.

Chris ging rechtop zitten en zwaaide zijn benen over de rand van het bed. Zijn blote voeten raakten de vloer. 'Man, wat is het hier koud.'

Zach maakte een gebaar in het halfdonker. 'Sorry. Ik wilde je niet wakker maken.' Hij reikte omhoog naar zijn prikbord om de foto van Suzy Fisher glad te strijken, een vergroting van het enige kiekje dat hij van haar had. Een week na haar ontijdige dood had hij de foto opgehangen.

'Ik… kon niet slapen.'

Het was hard om zijn broer zo te zien. Tot vorig jaar zouden de meeste mensen Zach een onverbeterlijke optimist hebben genoemd. 'Geeft niet. Ik ben wakker,' zei Chris.

Zach bleef staan bij het prikbord met herinneringen en krantenknipsels en schudde zijn hoofd. 'Ze is bij God, hè? Dat geloven we toch?'

Chris bleef zwijgend zitten. Hij begreep Zachs verdriet. Suzy was de eerste liefde van zijn broer, en ze had iets heel bijzonders gehad, nog afgezien van het feit dat ze interessant was en vol levenslust.

Of was het Zachs schuldgevoel, het weten dat zij voor een deel verantwoordelijk waren voor Suzy's dood? Chris werd ook gekweld door schuld. Ze had een paar zussen gehad, als hij zich goed herinnerde, waaronder Nellie Mae, de zus over wie Suzy het vaakst had gepraat. Het was zijn idee geweest om Suzy's meest vertrouwde zusje die dag mee te vragen, een aanbod dat ze had afgeslagen.

Wat moesten Nellie Mae en de hele familie kapot zijn geweest. En nog steeds. Hoe groot de kloof ook was tussen hun manier van leven en de zijne, hij had uitdrukking willen geven aan zijn diepe verdriet en… spijt willen betuigen. Alsof dat verschil zou maken.

'Suzy is meer levend dan wij… vergeet dat niet,' zei Chris.

'Ja.' Zach dwaalde van het raam terug naar zijn bed, waar hij in het maanlicht voor zich uit ging zitten staren. 'We moesten maar eens gaan slapen.' Zijn ogen stonden hol.

Suzy's dood had alles aangetast, zelfs Zachs geestelijk leven. Niet dat hij worstelde met zijn geloof, maar hij was geschokt tot in zijn diepste kern, net als Chris. Hun hele familie had er verdriet van gehad; ze waren allemaal zo dol geweest op het sproetige Amish meisje met haar korenblonde haar.

'Heb je er ooit aan gedacht om nog eens naar het meer te gaan?' Chris was niet van plan geweest om het te zeggen.

Maar Zach knikte langzaam. 'Misschien moesten we dat maar eens doen. Wanneer had je willen gaan?'

Chris had al spijt van zijn voorstel, maar hij kon niet meer terug nu Zach ermee had ingestemd. 'Volgend weekend komt goed uit. Vandaag is er te veel te doen in de kerk.'

Zach keek nog eens naar het prikbord, en toen naar Chris. 'Goed, ik kan wel wachten.'

'Zeg, het is al bijna de dag des Heeren… kom op.' Chris gooide zijn kussen door de kamer, maar Zach dook naar beneden.

★

Reuben Fisher stond buiten in de kou te wachten tot de kerkdienst ging beginnen. Benjamin, een van zijn vijf getrouwde zoons, kwam jachtig op hem af.

'Goeiemorgen,' zei Benjamin, tot zijn enkels in de sneeuw. 'Het schijnt dat uw neef Jonathan Fisher een tweedehands auto heeft gekocht. Een Rambler Marlin van twee jaar oud, tweedeurs, met een schuin aflopende achterkant.'

'*Ach*, maar jij weet ook een beetje te veel van de autohandel, jongen.'

Benjamin porde met zijn zwarte laars in de sneeuw. 'Nou, ik zou geen bezwaar hebben tegen zo'n knappe auto. Hij is mooi beige.'

Reuben schudde zijn hoofd. Was dit het nu waar de bijeenkomsten van de Nieuwe Orde toe leidden? Hij keek naar zijn oudste zoons – de tweeling Thomas en Jeremiah, allebei in zondags zwart – en vroeg zich af hoelang het nog zou duren voordat die met zulke praatjes zouden aankomen. 'Hoe komt het eigenlijk dat je weet wat Jonathan heeft aangeschaft?'

Benjamins gezicht klaarde op. 'Ik heb de auto zelf gezien toen ik bij hem aan het helpen was in de schuur. Het is een juweel, hoor.'

Reuben slikte moeilijk. 'Een auto is het laatste wat ik nodig heb... en hebben wil.' Hij had meer verhalen gehoord over anderen die rondneusden bij tweedehands autobedrijven en hun *Englische* buren om advies vroegen en wat niet al. Allemaal tijdverspilling, dat onbesuisde rondrennen.

'We zitten met een scheuring binnen een scheuring, lijkt mij.' Benjamin liep om naar de achterkant van het huis. 'Hoeveel blijven er over, als alles achter de rug is?'

Reuben erkende de waarheid in zijn woorden en maakte zich zorgen over zijn eigen familie, en niet alleen om zijn getrouwde zoons. Zelfs Rhoda gaf hem reden tot zorg, als de enige ongetrouwde dochter die niet beschermd onder zijn dak leefde, nu ze vaker bij haar werkgevers was dan thuis.

Hij stond stil om het landschap in zich op te nemen, wit en verfrissend. De winter was een tijd om het land te laten rusten, maar zijn lichaam had ook rust nodig, ten gevolge van de nieuwe veulens van de laatste tijd en drie oudere paarden die geneeskundige zorg nodig hadden gehad. Trouwens, geestelijk kon hij ook wel een rustpauze gebruiken. Hij dacht aan de langdurige gesprekken die hij onlangs had gehad met Elias King, die pas vierentwintig jaar was. Jong, inderdaad, maar wat een prachtkerel. De jongeman hongerde ernaar om over God te praten, maar niet zoals je zou verwachten van een echte Amish man. Elias was duidelijk op zoek, zoals Reuben zelf ook was geweest. Hij verlangde naar het vlees van het Woord, zoals prediker Manny het geestelijk voedsel soms noemde.

Op dat moment kreeg Reuben zijn neef Manny in het oog – aangesteld door God – die de laan in kwam rijden met zijn hele gezin in het afgesloten grijze rijtuig geperst. Ze zwaaiden allemaal.

'God, zegen hem overvloedig omdat hij zijn nek uitsteekt,' fluisterde hij, terwijl hij wachtte om Manny te begroeten en zijn stevige hand weer eens te grijpen.

Wat vindt Manny van al dat gepraat over auto's?

Prediker Manny was niet van de veroordelende soort, al hield hij zich graag aan de regels. Hij had niet lichtvaardig de leer van de *Ordnung* over de behoudenis verworpen, en hij besteedde veel aandacht en zorg aan de bespreking van de nieuwe ordinantie. Binnenkort waren ze allemaal weer terug bij het begin, als de nieuwe kerk Gods Woord, hun belangrijkste handboek voor het leven, in de nieuwe *Ordnung* had verwerkt. Intussen sloten degenen die smachtten naar auto's en elektriciteit zich al aan bij een groep in de buurt, die diensten hield in een afzonderlijk kerkgebouw in plaats van in huizen, en waar de diensten nota bene in het Engels werden gehouden.

★

Nellie Mae lag weggekropen onder haar quilts naar het plafond te staren. *Wanneer ben ik ooit zo ziek geweest?* Ze vond het ironisch dat ze zich had afgevraagd of Caleb ziek was, en nu zelf te hoge koorts had om uit bed te komen.

Haar ogen vielen dicht. Ze was alleen thuis op deze bijzondere zondag. Voor de snel krimpende groep van de Oude Orde bleef het vandaag een zondag zonder kerkdienst. Haar familie was natuurlijk naar Manny's kerk vertrokken, nadat mama Nellie nog eens had gevraagd om mee te gaan. Al had ze gewild, er was geen sprake van dat ze vandaag kon gaan.

Eerlijk gezegd was ze zo zwak dat ze er niet aan moest denken om morgen vroeg op te staan om te gaan bakken, zoals ze altijd deed op wasdag voordat ze mama en Nan hielp met de was.

Misschien zou geen van de vaste klanten het merken als de bakkerij gesloten bleef. Ze wist wel zeker dat ze hier morgenochtend nog plat op haar rug lag, zo heet was haar voorhoofd… en zo misselijk was ze.

Is het griep? Of heb ik iets verkeerds gegeten?

Was mama maar thuisgebleven om een beetje kippensoep voor haar op te warmen of een pot kamillethee te zetten. In haar waas van afwisselend ongemak en slaap miste Nellie Caleb nog erger.

Toen ze uiteindelijk in een onrustige slaap viel, droomde ze dat ze langs de molenbeek wandelden, alleen liep zij aan de ene kant en hij aan de andere, het water ruiste tussen hen in.

Caleb zei tegen haar dat ze oud genoeg was om een standpunt in te nemen voor of tegen de oude kerk… en haar familie.

'Wat wil *jij*, Nellie?' vroeg hij.

Ze wilde zeggen dat ze weliswaar een gehoorzame dochter was, maar klaar om onder het gezag van haar vader uit te komen. En klaar om binnenkort een eigen leven te beginnen met haar echtgenoot.

'Je weet hoe een hekel ik heb aan ruzie,' bracht ze uit in haar droom.

'Tja, wie niet? Maar goed, je hebt niet gezegd welke kant je kiest, als het erop aankomt.'

Haar mond was droog. 'Denk je dat het zover komt?'

'O *jah*, er komt strijd, dat weet ik zeker.' Toen vroeg hij nog een keer: 'Wiens kant, lief?'

In haar droom hoopte ze dat het niet betekende dat ze moest kiezen. Zulke dingen schiepen afschuwelijke complicaties tussen broers en zussen, ouders en volwassen kinderen, goede vrienden… Ze had vaak gehoord van families hier en daar die de Amish gemeenschap verlieten voor de mennonieten en andere groeperingen van Eenvoud. Maar zelfs midden in haar erg verwarde droom wist Nellie dat deze strijd al gevoerd was, en dat ze gewoon de kerkscheuring opnieuw beleefde, die nu zo velen verdeelde.

Toen ze wakker werd, was de onrust die de droom had gewekt blijven hangen, en ze hoopte dat Caleb haar in het echte leven nooit zo onder druk zou zetten. Ze rolde zich onder *Mammi* Fishers warme winterquilts op tot een bal en duwde de vreselijke droom heel ver weg.

Toen Nellie een poosje later dorst had gekregen en wilde weten hoe laat het was, kroop ze uit bed en de trap af, waarna ze duizelig naar de keuken strompelde. Nadat ze erin geslaagd was een glas water in te schenken, steunde ze met haar armen op het aanrecht om naar de klok te turen. *De kerkdienst is bijna afgelopen,* dacht ze met een wazige blik op de wijzerplaat.

Haar hoofd deed pijn van inspanning en Nellie kreunde. Ze had mama een duidelijker verklaring moeten geven van de reden waarom ze thuis was gebleven. Haar familie vond het misschien een beetje al te toevallig dat ze weer niet was meegegaan naar hun kerk. Zeker Rhoda had haar weigering met enige minachting ontvangen.

Het is mijn verdiende loon dat ze me in de steek laten, dacht ze treurig, en liep langzaam weer naar de trap.

Toen ze uitkeek over de besneeuwde velden en het erf, zag ze over de weg een lange, donkere gestalte aankomen. Nellie kroop dichter naar het raam en probeerde te onderscheiden wie het was. Kon het zijn dat ze slaapwandelde en dat het maar een droom was?

Ze leunde op de vensterbank, haast te zwak om te staan. De man liep regelrecht naar hun brievenbus en daar stond hij stil. 'Wat is dat nu?' mompelde ze terwijl ze fronsend toekeek.

Een golf van misselijkheid dwong Nellie terug naar de trap, en ze trok zich tree voor tree omhoog aan de leuning, tot ze eindelijk de overloop bereikte waar ze op de grond neerzeeg. Er was geen sprake van dat ze naar de brievenbus kon gaan om te kijken… in haar zieke toestand. Het beste wat ze kon doen was door de gang kruipen en weer in bed klimmen, in de hoop dat pa en mama niet bleven hangen bij de gemeenschappelijke maaltijd na de kerkdienst. En in de hoop dat als Caleb inderdáád het risico had genomen om iets voor haar in de brievenbus te stoppen, haar familie er niets wijzer van werd.

Als het inderdaad Caleb was geweest…

Hoofdstuk 6

Lang voordat het maandag licht werd, verraste Nan Nellie door binnen te komen en op de rand van het bed te gaan zitten. 'Je bent gisteravond niet wakker geworden voor het eten,' fluisterde Nan. 'Mama heeft een paar keer geprobeerd je wakker te maken.'

Nellie strekte haar benen onder de quilts, alles deed haar pijn. '*Ach*, wat heb ik diep geslapen… en ik ben nog steeds uitgeput.'

Nan raakte Nellie's voorhoofd aan. 'Volgens mij heb je koorts.'

'Wil jij… zou je een briefje op de winkel willen hangen?'

'Tuurlijk. Maar jij blijft hier liggen, goed?' Nan glimlachte vol medeleven. 'Volgens mij heb je een ouderwetse griep.'

Nellie's hoofd bonsde. 'Het is toch veel te vroeg voor jou om op te zijn?'

'Maak je over mij maar geen zorgen. Jij bent degene die hier ligt te gloeien van de koorts.' Nan kwam langzaam overeind. 'Ik haal een koud washandje voor je voorhoofd.'

Ze sloot haar ogen, opgelucht dat Nan voor haar wilde zorgen. Hoe graag ze ook op wilde staan om te gaan bakken en aan haar gewone maandagse werk te gaan, ze kon het gewoon niet.

Uren later, toen ze weer wakker werd en het licht was geworden, hoorde ze beneden stemmen. Was het haar levendige nichtje Emma met haar mama en broertjes? Normaal gesproken wilde Nellie voor geen prijs de ochtendpret missen met haar vijfjarige nichtje en haar twee jongere broertjes Jimmy en Matty. Benny was al zes jaar en zat in de eerste klas.

Hij zou op dit moment dus op school zitten.

Nan bracht gauw een nieuw koud washandje en Nellie nam een aarzelende slok van de kop lauwe kamillethee, gezoet met honing.

'Dit zal je goeddoen… het is niet te warm, om je koorts niet op te jagen.' Nan praatte net zo zacht en vriendelijk als mama kon… of Suzy.

'Lief van je.' Nellie keek op naar Nan, die haar met stralende blauwe ogen aankeek. Haar soms zo afstandelijke zus was ongewoon attent. Wat de reden ook was voor de verandering, Nellie Mae was er dankbaar voor.

'Martha is beneden met de kinderen,' zei Nan, waarmee ze Nellie's vermoeden bevestigde. 'Voor een vlug bezoekje.'

'Ik zou niet graag willen dat ze deze griep kregen.'

Nan was het met haar eens. 'We houden de kleintjes beneden, maar ik kom af en toe even bij je kijken.'

'*Denki*, zus.' Nellie glimlachte haar toe.

Nan verliet de kamer en liet de deur op een kiertje staan.

★

Toen Betsy Fisher nog een tienermeisje was, liep ze eens te wandelen over een landweggetje toen ze werd opgeschrikt door de dreunende knal van een laagvliegende straaljager. Ze herinnerde zich nog de sensatie van verbluftheid door het geluid en de aanblik van het enorme vliegtuig, nu ze met haar kleindochter Emma op schoot aan de keukentafel zat. Dit keer echter galmde de klap na door een paar simpele woorden.

'We willen een tractor gaan kopen.' Had haar schoondochter dat echt gezegd?

Maar het was waar, en Martha voegde eraan toe dat haar echtgenoot James en zijn jongere broer Benjamin kortgeleden een chauffeur hadden gehuurd om hen naar de stad te brengen, waar ze met een aannemer hadden gesproken over de aanleg van elektriciteit in hun beider huizen.

Ach, wat een beerput hebben we opengetrokken. Betsy was ontsteld, ze wist dat er zeker nog meer zou komen.

Haar hoofd tolde van het besef dat er kennelijk alweer een nieuwe groep was voortgekomen uit Manny's kerk van de Nieuwe Orde, de *Beachy's*, een groep die uit was op alle moderne zaken. De *Beachy's* waren absoluut te werelds naar haar zin.

Ze besefte ineens dat ze Emma te stevig had vastgehouden, want het kleintje protesteerde en gleed van haar schoot. Ze voelde zich verdoofd, net zoals jaren geleden haar trommelvliezen verdoofd waren geweest, al was het nu haar besef van goed en kwaad dat geschokt was. Betsy had lang genoeg geleefd om te weten dat als bepaalde dingen in beweging waren gezet, je de komende verandering gewoon niet kon tegenhouden.

★

Voor nicht Kate zou arriveren voor de babyvoeding van halverwege de ochtend, wilde Rosanna twee broden bakken. Ze had het kneden van deeg gemist, het gevoel van het meel tussen haar vingers. Sinds de komst van Eli en Rosie was er erg weinig tijd geweest voor bakken of quilten – haar twee grootste hobby's. Toch koesterde ze haar tijd met haar kindjes, ze hield hen langer vast dan noodzakelijk en verwende hen bij elke gelegenheid. Het was zo'n vreugde om de schattige kleintjes dicht tegen haar hart te koesteren, waar ze even innig als elke biologische moeder naar had verlangd.

Geen wonder dat Kate aanbood om hen af en toe te voeden, dacht ze. *Hoe kan iemand zulke heerlijke kleintjes weerstaan?*

Maar het knaagde aan haar dat Eli duidelijk Kates favoriet was. Rosanna schudde haar frustratie van zich af en begon het gezeefde meel af te meten. Ze zette het opzij en mengde bakvet, zout, suiker en kokend water door elkaar tot het bakvet was opgelost. Ten slotte voegde ze er nog een mengsel bij van gist, suiker en warm water, en mengde alle ingrediënten door elkaar in haar grootste kom.

Ze dacht aan haar moeder, die vele jaren geleden overleden was. Wat had ze er niet voor overgehad om mama hier te hebben, om haar te helpen Eli en Rosie te voeden en liefdevolle raad te geven over alles, van voedingsschema's tot hoe ze Rosie moest laten boeren als ze gespannen was en krampjes had, en haar knietjes optrok naar haar buik.

Ze herinnerde zich hoe opgetogen Elias en zij waren geweest toen de baby's geboren waren – hoeveel te meer zou haar moeder verrukt zijn geweest van deze onverwachte kleinkinderen, Rosanna's bloedeigen neefje en nichtje. Urenlang had ze de stand van hun ogen bestudeerd en de vorm van hun oorlelletjes, om een gelijkenis te zoeken met zichzelf en haar vele broertjes… verlangend naar de geringste band.

Ze bewerkte het deeg en voegde het resterende meel toe tot het mengsel zacht was en niet meer kleverig. Nu zou ze het een paar uur laten rijzen.

Ze liep naar de voorkamer en ging even zitten, genietend van de rust voor de komst van Kate. *Misschien verloopt het bezoek vandaag prettiger voor ons allemaal.* Met die hoop begon Rosanna met God te praten, haar eigen Heiland, volgens de Bijbel. Linda Fisher had haar de ogen geopend voor deze onbetaalbare waarheid.

★

Het was over tienen toen Reuben klaar was met het inwrijven van meerdere benen van zijn oudere paarden met massageolie. Terwijl hij over de weg kuierde om een voerbetaling op de post te doen, bedacht hij dat hij gedetailleerde dieetregels op papier moest zetten voor zijn jonge hengsten. Hij keek op naar de grijze lucht en wenste dat het stukje blauw in het zuiden uitbreidde naar deze kant. De dagen waren te lang somber geweest. Wat zonneschijn zou de mensen opbeuren.

Dat die ochtend de vrouw van zijn zoon James met de kleintjes op bezoek was gekomen, was precies wat hij nodig had, en Betsy genoot ook van het bezoek. Gelukkig was zijn vrouw druk in de weer en niet meer zo diepbedroefd. En drukke bezigheid was goed voor een mens.

Eerlijk gezegd was hij nijdig op neef Jonathan, met zijn nieuwe auto. De man die als eerste openlijk had gesproken over behoudenis was nu nota bene een gelovige met een auto.

Wat bezielde Jonathan? Wist hij niet dat anderen zouden volgen? Het idee van zijn eigen neef die in een auto reed gaf Reuben de kriebels terwijl hij de vlag optilde en de brievenbus opende. Hij zou zijn envelop er zo in hebben gestopt, maar wachtte even toen hij zag dat er al post in zat. *Is de postbode geweest?* Hij keek een eindje de weg langs, naar de brievenbus van de buren. Hun vlaggetje stond nog omhoog.

Wat raar.

Reuben haalde de envelop eruit voordat hij zijn eigen brief in de bus legde. De brief was klaarblijkelijk persoonlijk afgeleverd voor Nellie Mae. *C. Yoder* stond er met flinke letters in de hoek, maar geen afzendadres.

Maakt Davids zoon onze Nellie het hof?

Het ergerde hem. David Yoder was een van de meest stijfkoppige mannen die hij kende met een grote mond, en al had Reuben vriendelijkheid betoond aan de mensen van zijn vroegere kerk, nu had hij moeite met het idee dat Caleb achter Nellie Mae aanzat. Caleb had er natuurlijk niet op gerekend dat de brief door iemand anders gevonden werd dan door Nellie, omdat ze gisteren alleen thuis was geweest op de zondag zonder kerkdienst.

Hij keek weer naar de troosteloze hemel. Mismoedig besloot hij Betsy de brief aan Nellie Mae te laten bezorgen, hoe groot de verleiding ook was om hem te verscheuren of aan de jongen terug te sturen. Maar hij wilde niet vrijwillig meewerken aan Davids strategie. Hij had van diaken Lapp zelf gehoord dat David een regeling aanmoedigde tussen een dochter van de diaken en Caleb, met als doel de jongste Yoder stevig in de oude kerk te planten.

Misschien is David er een beetje laat mee, dacht Reuben wrang.

Hoofdstuk 7

'Ik hoop dat Rhoda en jij dat vreselijke virus niet krijgen,' zei Nellie zacht. Nan was weer bovengekomen nadat Martha en de kinderen waren vertrokken, en Nellie was blij met het gezelschap. De stilte in huis stond in scherp contrast met de geluiden van haar spelende kleine nichtje en neefjes.

'Nou ja, in de afgelopen jaren heeft de griep me overgeslagen,' zei Nan vlug. 'Ik heb echt geluk gehad.'

Nellie keek naar haar slanke bruinharige zus, die zo gehoorzaam en loyaal was om met pa en mama mee te gaan naar de diensten van prediker Manny. 'Je bedoelt zeker dat je gezegend bent, niet dat je geluk hebt gehad?'

Nan wierp haar een zijdelingse blik toe. 'Dat moet je in de nieuwe kerk hebben gehoord, *jah*?'

'Vast wel.' Nu ze erover nadacht, ze had het gehoord op de enige zondag dat ze gezwicht was en meegegaan.

'Als je ooit onze Bijbel wilt lezen – die van Rhoda en mij – dan zeg je het maar.' Nan glimlachte lief. 'Het is zo interessant om voor jezelf te lezen.'

Nellie had vaak gewenst dat ze het kon verstaan als de Schrift tijdens de kerkdienst in het Hoog-Duits werd voorgelezen. 'In het Engels, hè?'

'*Jah.* Pa zegt dat het soms beter is om een tekst een paar keer te lezen. Om het te laten doordringen.'

'Zo heb ik het nooit horen uitdrukken.'

Nan zuchtte rusteloos en keek naar het raam. 'Ik leer erg veel.' Ze zweeg een ogenblik en er biggelde een traan over haar wang. Vlug veegde ze hem weg. '*Ach*, het spijt me.'

Nellie's hart smolt. 'Het hoeft je niet te spijten.' Ze wilde eraan toevoegen: 'We zijn per slot van rekening zussen... je kunt me alles vertellen wat je dwarszit,' maar ze pakte alleen Nans hand.

'Ik lees de Bijbel niet alleen om te weten te komen wat erin staat,' fluisterde Nan door nog meer tranen heen.

Nellie luisterde met ingehouden adem, om dit ogenblik van openhartigheid niet te verstoren.

'Mijn hart is gebroken.' Nan haalde een zakdoekje uit haar smalle mouw. 'Mama weet het... maar verder heb ik het aan niemand verteld. Zelfs niet aan Rhoda.'

'*Ach*, Nan.'

'Dave Stoltzfus had alles wat ik kon verlangen in een *beau*, Nellie Mae. Alles...' Nan huilde openlijk.

'Je hield veel van hem,' was het enige wat Nellie kon zeggen zonder zelf in huilen uit te barsten. Dit was voor het eerst dat ze de naam hoorde van de jongen die haar zus zo veel pijn had gedaan.

Nan knikte met een vertrokken gezicht. 'Ik lees voornamelijk de Psalmen. Koning David heeft ook zo veel verdriet meegemaakt, maar toch kon hij de lofzang zingen voor de Heere God.'

Nellie had de verzen waar Nan over sprak nooit gehoord. 'Ik ben blij dat je er troost in vindt.'

Hierop kon Nan niets zeggen en ze keek neer op Nellie, van wie het hart werd verwarmd door deze demonstratie van tederheid van de zus die ze altijd liever had gehad dan Rhoda.

★

Nellie schrok wakker en zag mama naast het bed staan.

Mama ging langzaam zitten, met een envelop in haar hand. 'Het was niet mijn bedoeling om je wakker te maken, kind.' Ze hield haar hoofd schuin, er stond bezorgdheid in haar ogen te lezen. 'Dit heeft je vader meegebracht... voor jou.'

Ze was bijna vergeten dat ze iemand bij de brievenbus

had gezien… was het niet gisteren? De schimmige man aan de weg was verloren gegaan in een wirwar van verwarrende dromen tot Nellie er haast zeker van was dat ze hem alleen in haar verbeelding had gezien. '*Ach, wat is dit?*'

Mama zei niets, maar ze bleef zitten. Na een lang ogenblik vroeg ze: 'Hoe voel je je nu? Is de koorts gezakt?'

Nellie schudde haar hoofd. Wat zou ze er niet voor over-hebben om bevrijd te zijn van de felle hitte in haar lichaam. Haar hele lijf voelde heet aan, zelfs voor haar eigen aanra-king. Maar ondanks de koorts voelde ze een onbeheersbare kou en kon ze niet warm worden. Ze moest zich dwingen zich te ontspannen en niet hevig te sidderen. Ze smachtte naar verlichting van de ziekte die haar sinds zaterdagavond had geteisterd.

Is het nog maar twee dagen?

Mama verschoonde het natte washandje op haar voor-hoofd en liet haar meer lauwe thee met honing drinken. Toen legde ze een hand op Nellie's hoofd, boog haar eigen hoofd, en bewoog zwijgend haar lippen.

Nellie voelde zich getroost, maar ongemakkelijk. Onder-wees prediker Manny om zo te bidden? Zo leerde ze allerlei nieuwerwetse dingen, ook zonder zijn bijeenkomsten te be-zoeken. Maar ze was geroerd door mama's gebaar en hoopte dat het gebed haar inderdaad sneller beter zou maken.

Toen mama klaar was, deed ze haar ogen open. 'Ik bid dat de macht van de levende God je weer zal doen herrijzen.'

Nellie knikte, maar ze betwijfelde of God wel lastiggeval-len wenste te worden met zo'n gering verzoek.

Mama tilde het koele washandje op en bukte om haar voorhoofd te kussen voordat ze de kamer uit ging. Pas toen durfde Nellie de envelop naar haar ogen te brengen. De brief was inderdaad van Caleb.

Hoe ziek ze ook was, haar hart sprong op van blijdschap en vlug maakte ze de dichtgeplakte envelop open.

Mijn liefste Nellie,

Ik ben je niet vergeten, nog geen minuut! De Kerst was verschrikkelijk zonder jou. En dat spijt me vreselijk.

Ik voel me een vogel die opgesloten zit in een kooi. En ik moet bekennen dat ik zondig door deze brief vandaag, zondag dertien januari, bij je in de brievenbus te gaan stoppen, door te doen alsof ik griep had, wat helaas heerst. Dus terwijl mijn familie op bezoek is, lig ik 'ziek' in bed – maar straks loop ik naar je huis, lieveling.

Als er ooit een meisje voor mij is geweest, dan ben jij het. De keren dat ik aan je denk en zelfs van je droom zijn niet te tellen. Ik hoop dat je niet slecht van me denkt omdat ik je zelfs maar voor een poosje zonder het gezelschap van een beau laat zitten. Ik vind het afschuwelijk.

En nu is het alweer bijna half januari, en ik heb ons dilemma nog steeds niet opgelost. Pa eist dat ik jou en je familie uit de weg ga, maar ik snak ernaar om met je te praten en weer bij je te zijn.

Je moet niet bang zijn voor onze toekomst, mijn lieve, lieve Nellie. Binnenkort weet ik wat er gedaan moet worden zodat we samen kunnen zijn.

Met al mijn liefde,
Caleb Yoder

Met trillende handen, maar nu niet langer van de koorts, vouwde Nellie de envelop dubbel en liet de brief onder haar kussen glijden. *O, Caleb, wat heb je veel op het spel gezet om deze brief te bezorgen. Hoe kon ik aan je twijfelen?*

Ze was zijn liefkozende woorden niet vergeten, en hoe hij haar bij de molenbeek vastgehouden had terwijl hij haar gezicht kuste, maar nooit haar lippen. Het was hun onuitgesproken belofte om te wachten.

Nellie liet haar warme hand onder het koele kussen glijden en voelde aan de brief. Kon ze maar een manier vinden om hem bericht terug te sturen.

Terwijl Rhoda bij de Kraybills in de voorkamer aan het af-
stoffen was, drukte hun kat zich tegen haar been. Met een
hoge rug liet hij een galmend *miauw* horen.

'*Ach*, je hebt honger, hè?'

Pebbles mauwde nog een keer. Dat beest was altijd op
zoek naar iets lekkers.

Hij volgde haar door het halletje en de officiële zitkamer,
met zijn hoge houten schoorsteenmantel en de bij elkaar
passende met goudkleurige stof overtrokken stoelen, naar de
keuken. Rhoda opende de zak met kattenvoer, vulde Pebbles' bakje en keek of hij nog genoeg water had.

Ze keek neer op de knabbelende zwart-witte kat en dacht
aan haar vader, die nooit iets lichtzinnigs als het houden
van een kat in huis zou toestaan. Verlangend om weer aan
het werk te gaan keerde ze terug naar de woonkamer, zoals mevrouw Kraybill hun gezellige en mooi gemeubileerde
voorkamer noemde. Rhoda ruimde de salontafel op en probeerde niet te kijken naar de tijdschriften die daar netjes op
een stapel lagen, vooral één periodiek die verdwaald scheen
te zijn uit de studeerkamer van meneer Kraybill – het tijdschrift *Auto en Automobilist*. Ze had gezien dat het nieuwe
nummer vorige week was verschenen. Haar ouders zouden
boos zijn als ze wisten dat ze smachtte naar de auto's op de
glanzende bladzijden, maar ze kon niet ontkennen dat ze het
rijden met paard en rijtuig helemaal zat was.

Net als vast en zeker een paar jongens van de kerk.

Verscheidene jongelui uit de oude kerk hadden een auto
aangeschaft en die ver van het huis van hun vader verstopt
voordat ze uiteindelijk gedoopte kerkleden zouden worden.
Een paar van diezelfde jongens hadden haar op de zondagse
zangavonden een blauwtje laten lopen. Rhoda wilde het
zelfs aan zichzelf niet bekennen, maar ze was op weg om
hun te laten zien wat ze misgelopen waren.

Toch zou ze met het inkijken van het nieuwste autotijd-
schrift wachten tot ze zeker wist dat ze helemaal alleen was.
Tot mevrouw Kraybill in een wijnkleurig pakje en op zwarte hoge hakken was vertrokken naar de damesclub in New
Holland. Ze keek op de klok. *Hoelang moet ik nog wachten?*
dacht ze.

Natuurlijk moest ze vandaag de eerste verdieping grondig
schoonmaken, maar halverwege de middag gunde mevrouw
Kraybill haar nog een pauze, compleet met thee en koekjes,
die regelmatig werden aangeschaft bij Nellie's Zoete Heerlijkheden.

Rhoda had de laatste tijd minder belangstelling voor lekkers, want ze wilde graag een paar pond afvallen. Ze was er
zeker van dat een slanker figuur en een mooie auto het pas-
poort vormden om een man te krijgen.

Hoofdstuk 8

Toen Nellie Mae woensdagochtend wakker werd, voelde ze zich beter. Hoewel de koorts gisteren gezakt was, hadden mama en Nan haar vervangen in de winkel. Ze hadden minder gebakken dan normaal, omdat er toch maar af en toe een klant binnendruppelde.

Nellie genoot van het medelijden van haar op een na oudste zus, die over de ontbijttafel heen warm naar haar glimlachte als ze het eten aan haar doorgaf.

Later, toen de tafel was afgeruimd en Rhoda naar haar werk was, waste Nan de vaat en mama droogde af. Ze stonden erop dat Nellie aan tafel bleef zitten om thee te drinken.

Maar toen mama de kamer uit was om boven met pa 'stille tijd' te houden, kwam Nan naast haar zitten. 'Rebekah Yoder is hier weer op bezoek geweest,' fluisterde ze.

'Wanneer?' vroeg Nellie.

'Gisteren, toen jij nog in bed lag.' Nan keek bezorgd. 'Ze vertelde me iets heel verbazingwekkends. Ze zei dat haar moeder had gehoord dat er iemand een advertentie in de *Lancaster New Era* had gezet voor Nellie's Zoete Heerlijkheden.'

'Wat? Weet je het zeker?'

'Dat zei ze. Haar moeder scheen er nogal verontwaardigd over te zijn; ze had gezegd dat het net wat voor "die Fishers" was om zoiets werelds te doen.'

Nellie was ontsteld door de gedachte dat Calebs moeder zo over hun gezin sprak. 'Wie zou zoiets gedaan hebben?'

'Ik kan er maar eentje bedenken.' Nan keek naar de deur. 'Rhoda.'

Nellie lachte. 'Maar waarom zou ze zoiets doen?'

'Het heeft Rhoda ontzettend dwarsgezeten dat de mensen van de oude kerk geen klant meer zijn sinds de scheuring.' Nan zweeg even. 'Misschien probeert ze alleen maar te helpen.'

'Heel lief eigenlijk, als je erover nadenkt.'

Nan beaamde het. 'Vooral omdat ze de laatste tijd nogal gereserveerd doet.' Ze nam een slok thee. 'En weet je wat nog meer?'

Nellie luisterde terwijl ze haar kop en schotel opzijschoof.

'Rebekah zei dat ze denkt dat de advertentie een wonder-*gut* idee is. Ze zegt dat we meer *Englischers* zullen krijgen dan we aankunnen.'

Nellie kreunde. 'Hoe moet dat dan, als dat gebeurt?'

'Wacht maar af. Geen zorgen voor de dag van morgen.' Nan grinnikte dat het een lust had. 'Ik zal je vaker helpen, Nellie Mae, en mama ook.'

'Pa is bijna klaar met de tafeltjes en stoeltjes,' bracht Nellie haar onder het oog. 'Misschien dat Rhoda daarom voor deze advertentie heeft betaald, om reclame te maken voor de winkel, denk je niet?'

'Wie zal het zeggen? Haar kennende kan het best zijn dat ze gewoon graag meer stadsmensen binnen wil halen.' Ze zuchtte. 'Ze is zo graag bij de familie Kraybill thuis.'

Liever dan hier…

Nan liet haar gezicht in haar handen rusten en zette haar ellebogen op tafel. 'Ik denk dat het hier binnenkort beter zal gaan.'

'Voor jou ook, Nan?'

'In zekere zin misschien.' Weer keek Nan naar de deur, als om zeker te weten dat mama buiten gehoorsafstand was. 'Ik ben klaar om te vergeven… om de dwaasheid van mijn vroegere *beau* te vergeten. Maar ik kan niet zeggen dat ik bereid ben om mijn woede tegenover Rebekah's vader opzij te zetten. Hij heeft het recht niet om vriendinnen uit elkaar te houden.'

Dat is waar! dacht Nellie.

'Je zou denken dat David Yoder wel zou luisteren naar oom Bisschop. Hij is er zo op gebrand de oude kerk te volgen, het klopt gewoon niet dat hij het verbod van de bisschop op verstoting niet wil accepteren.' Nan rolde met haar ogen.

Nellie beaamde het en stond op, ze bracht haar kop en schotel naar het aanrecht. 'O, wat is het lekker om weer sterker te zijn. Ik kan me niet heugen wanneer ik voor het laatst zo ziek ben geweest.'

'Nou, dank God maar voor je gezondheid... en mama voor haar gebed,' zei Nan.

Nellie vertelde niet hoe mama haar hand op haar voorhoofd had gelegd terwijl ze voor haar gebeden had. Nan wist nu waarschijnlijk ook iets van dat soort bidden. Het stond vast dat deze familie aan het veranderen was – en snel ook. En als Rhoda inderdaad de advertentie in de krant had gezet, was hun oudste zus van plan om zelfgekozen wegen te gaan.

★

Chris Yoder stond in de deuropening te wachten tot zijn klas met jongens kwam. De woensdagavondgroep was dubbel zo groot geworden sinds hij was begonnen met lesgeven. Twee van de vlotste jongens hadden schoolvriendjes van dezelfde leeftijd uitgenodigd, en er bleven maar nieuwe kinderen komen, die nog meer vriendjes meebrachten.

Hij liep naar de ramen en keek achterovergeleund tegen de vensterbank het lokaal in. Zach en hij hadden het deze herfst een nieuw laagje verf gegeven, om het voormalige grijs te vervangen door halfglanzend wit. Ook had Chris van zijn eigen geld een schoolbord aangeschaft.

Hij bad voor de ontvankelijke jonge levens die God elke week aan hem toevertrouwde, en noemde fluisterend hun namen tegen de Vader. Eén jongen in het bijzonder baarde hem zorgen: Billy Zercher, een eenling met donkere kringen onder zijn grote blauwe ogen.

'Help me hem te bereiken…'

Chris wist dat hij te ongeduldig resultaat verwachtte. Met zijn eindexamen vlak voor de boeg was hij verlangend om door te gaan met het leven in het algemeen, maar ook klaar voor de goddelijke roeping. Zijn vader had altijd gezegd dat het beter was om een bewegend voertuig te zijn dan een stilstaand… wachtend tot er iets groots zou gebeuren. En iets groots was wat Chris wilde. Samen met zijn broers had hij voor supermarkten en op de stoep voor de plaatselijke openbare scholen folders uitgedeeld met uitnodigingen voor opwekkingsbijeenkomsten op het kampeerterrein Tel Hai. Hoewel hun pogingen met bescheiden succes werden beloond, hoopte hij op iets productievers, iets waarmee ze meer mensen konden bereiken dan de twee of drie verdwaalde kinderen die hun weg vonden naar de bijeenkomsten. Als hij zijn zin kreeg, zou hij onvermoeibaar zijn best doen om de onzin van 'God is dood' die de laatste tijd onder andere in het tijdschrift *Time* stond eruit te stampen.

Voor zijn toekomstige levensonderhoud was zijn vaders hoveniersbedrijf beslist een optie. Chris kende het klappen van de zweep; hij wist wat de juiste, voorzichtige manier was om boomwortels te behandelen bij het overplanten en dergelijke. Moeiteloos had hij de kennis over alle vaste planten die in deze buurt groeiden uit zijn hoofd geleerd. Hij wist hoeveel water ze nodig hadden, hoe diep de wortels gingen, en welke bloeiende planten waren en welke niet.

Maar de laatste tijd hunkerde hij naar iets met betekenis voor de eeuwigheid, een volledige evangelisatiebaan. Hopelijk kwam hij daaruit als hij komende herfst naar het Bijbelcollege in Harrisburg, Virginia ging.

Chris was niet de enige met grootse dromen. Hij wist dat ook Zach zijn hart op evangelisatie had gezet, en zelfs in die zin om een levenspartner had gebeden, om een meisje dat God liefhad met haar hele hart, haar hele geest en verstand. Toen hij Suzy Fisher had ontmoet, had Zach geloofd dat zijn toekomstige bruid hem was geopenbaard, zij het wellicht ietsje te vroeg. Samen met hun vader had hun oudere broer zijn best gedaan om Zach te waarschuwen niet te hard van stapel te lopen… zeker niet met een Amish meisje.

Chris echter had nog nooit een meisje ontmoet naar wie hij nog eens omgekeken had. Maar Zach was er zeker van dat hij vroeg in zijn leven een bijzondere liefde had gevonden en dat had hij Chris met zo veel woorden toevertrouwd. Hij had besloten Suzy tijdens hun uitstapje naar Marsh Creek State Park om vaste verkering te vragen. En toen was Suzy in één afschuwelijk ogenblik verdwenen, verzwolgen door het uitgestrekte meer.

Chris en Zach waren onmiddellijk in actie gekomen, evenals hun drie oudere broers, die hun ontstelde vriendinnetjes alleen in de andere roeiboten hadden laten zitten. Eerst had Chris' afgrijzen hem ervan weerhouden zijn longen te vullen met genoeg lucht om dieper te duiken.

Maar eindelijk, bij zijn derde duik, lukte het Chris om diep genoeg te duiken om met Suzy naar boven te zwemmen. Te laat – haar longen waren al vol, haar lichaam slap.

Ze heeft nooit geweten dat Zach dacht dat God hen samen had gebracht…

Chris geloofde in Gods soevereiniteit, net als alle vier zijn broers. Dat hadden hun ouders hun van jongs af aan ingeprent. En dan te bedenken dat Suzy, voor wie de mennonietenkerk zo nieuw was, zijn schoonzusje had kunnen worden als ze was blijven leven. Maar nu zat het hem dwars dat Zach de herinnering niet kon kwijtraken aan Suzy die rechtop in de roeiboot stond en toen wankelde, haar lange jurk bolde op toen ze haar evenwicht verloor en overboord sloeg. Hij leed aan regelmatig terugkerende nachtmerries en gooide zich heen en weer in zijn bed aan de overkant van de kamer die hij deelde met Chris. De dromen en herinneringen bleven hem de hele dag bij en zijn cijfers waren gekelderd.

Zelfs Chris had concentratieproblemen gehad na het ongeval van afgelopen juni. Plichtmatig had hij naast zijn vader in de kwekerij gewerkt. Toen hij de kans had gekregen om jeugdleider te worden op de woensdagavond, had hij hem met beide handen aangegrepen.

God weet dat ik deze klas nodig had…

Hij liep weg van het raam en verspreidde extra Bijbels op de grote, ronde tafel voordat hij zijn kaartjes nog eens bekeek. Maar koppig keerden zijn gedachten terug naar de bekering en plotselinge dood van Suzy Fisher.

Te bedenken dat ze onbekeerd had kunnen sterven.

Hij dankte God opnieuw voor hun weg naar het kruis, voor het klaarmaken van Suzy's hart om Hem aan te nemen. Ook bad hij dat Suzy's dood niet tevergeefs mocht zijn.

Druk pratend stroomde de groep jongens het klaslokaal binnen. Vlug namen ze hun plaatsen in en vormden een cirkel van acht energieke derde- en vierdeklassers. Chris haastte zich om bij hen aan tafel te gaan zitten. Hij wilde een grote broer voor hen zijn. 'Zijn jullie klaar voor de strijd?' vroeg hij.

Er was even wat drukte toen degenen die geen Bijbel bij zich hadden er een van het midden van de tafel pakten. Met hun duim boven de vergulde randen wachtten ze, met stralende ogen.

'Galaten 6 vers 2,' kondigde Chris aan.

'Draagt elkanders lasten, en vervult alzo de wet van Christus,' riep een jongen luid, zonder de moeite te nemen om het op te zoeken.

'Niet eerlijk!' riep een ander.

'Het is toch een opzoekoefening, niet om uit je hoofd op te zeggen?' vroeg Billy Zercher.

Chris keek Billy verrast aan. 'Je hebt gelijk.' Hij glimlachte. 'Wil jij een tekst uitkiezen?'

Billy knipperde verlegen met zijn ogen. Hij boog zijn hoofd en zweeg.

'Ik! Ik!' klonk een koor van stemmen.

Chris keek naar Billy. *Ik geef het niet op met hem. En met Zach ook niet...*

Hoofdstuk 9

Het ogenblik was daar.

Met een volkomen ernstig gezicht was pa woensdagavond met Caleb aan tafel gaan zitten om de toekomst uit te stippelen, te beginnen met zijn verwachtingen voor de eerste verdeling van het landbouw- en zuivelwerk, en daarna over de uiteindelijke landoverdracht. 'Zoon, ik wil dat jij de leiding krijgt over alles, het ploegen, het planten, de landbewerking, de zorg voor het vee. Tijdelijk kun je natuurlijk voor hulp rekenen op je twee oudere broers, net als ik nu.' Hij haalde zijn duimen langs zijn zwarte bretels voordat hij er gedetailleerder op inging.

Caleb had verlangend naar deze dag uitgekeken en was vol aandacht. *Mijn geboorterecht, eindelijk!*

Na een tijd leunde pa achterover in zijn stoel en nam hem taxerend op. Caleb keek terug, een beetje ongemakkelijk door het onverwachte staren.

'Hoor eens, Caleb, ik ben trots op je dat je het uitgemaakt hebt met dat meisje van je. Tenminste, ik neem aan dat je dat hebt gedaan.'

De woorden van zijn vader vervulden hem met wrok, maar hij slaagde erin het oogcontact vast te houden.

'Denk maar niet dat het me ontgaan is dat je niet naar zangavonden en dergelijke gaat.'

Caleb klemde zijn kaken op elkaar en zei niets.

'Nu is de tijd gekomen om een geschikte echtgenote te vinden. Laat het gras niet voor je voeten wegmaaien.' En zijn vader voegde eraan toe: 'Afspraak is afspraak. Ik zal de eigendomsoverdracht tekenen als je een passende bruid gevonden hebt.'

'Passend?' Nellie Mae was de meest passende bruid die hij zich kon voorstellen. 'Waarom niet Nellie Mae? Ze heeft zich niet aangesloten bij de kerk van prediker Manny, pa. Ze blijft van de Oude Orde. Dat zult u komende herfst wel zien als we allebei gedoopt worden.'

Zijn vader gromde. 'Ik zie het zo dat meisjes de neiging hebben om hun moeder te volgen, ook als ze getrouwd zijn. Het is maar goed dat je haar hebt losgelaten.'

Caleb deed zijn mond open om antwoord te geven, maar bedacht zich. Het was niet Nellie's schuld dat Reuben Fisher *das Alt Gebrauch* had verlaten en opging in de gevaarlijke manier van denken van zijn neef de prediker over dingen als het bestuderen van de Schrift. Waarom zou Caleb zijn liefde voor Nellie Mae los moeten laten vanwege zijn vaders weerstand tegen Reubens grote belangstelling voor dat alles?

Pa vervolgde: 'Je kunt trouwen met wie je wilt in ons kerkdistrict… de dochter van diaken Lapp, bijvoorbeeld.'

'Susannah?'

Pa's ogen lichtten op. 'Dat is een sterke meid, een harde werkster. En knap ook. Knapper dan dat meisje van Fisher.' Pa zwaaide met zijn vinger onder zijn neus. 'Ik wil maar zeggen dat ik verwacht dat je met een respectabel meisje trouwt uit een van de families in onze kerk. Dat is de enige manier om je land te krijgen.' Daarmee bedoelde zijn vader dat niemand uit de nieuwe groep of uit de nog verder afscheidende groepen voldeed. Caleb had gehoord dat verscheidene van de zogenaamde tractorenthousiastelingen al mensen opbelden met telefoons die nog wel *binnen* in huis geïnstalleerd waren.

Zo te zien aan zijn vaders rood aangelopen gezicht was dit niet het juiste moment om aan te dringen, als hij hem niet woedend wilde maken. Nee, zijn vader was veel te verdiept in deze scheuring en trok strakke grenzen voor zijn gezin over wie wel of niet geschikt was om mee om te gaan. Caleb had zich afgevraagd of aan zijn zus Rebekah soms een soortgelijk ultimatum was gesteld. Gisteren had hij gekibbel gehoord tussen de gewoonlijk kalme Rebekah en pa, en Rebekah was in huilen uitgebarsten en had gezegd dat ze haar beste vriendin Nan toch op ging zoeken. 'En niemand kan me tegenhouden!'

Kennelijk was hij niet de enige die zich ergerde aan zijn vaders vooringenomenheid tegen de Fishers, al leek het erop dat Rebekah koppiger was dan hij.

Dat denkt pa althans...

Pa nam niet de moeite om het gesprek af te ronden, maar stond plompverloren op en kuierde naar de bijkeuken. Caleb kon niet vergeten dat dit dezelfde man was die negen jaar geleden zijn oudere broer Abe had gedwongen om met zijn zwangere vriendinnetje te trouwen. Maar Caleb leek in niets op de al te amoureuze Abe.

Maar hij huiverde als hij bedacht hoe snel hij betrokken kon raken in een meedogenloze krachtmeting tussen de erfenis waarvoor hij was grootgebracht en zijn schat Nellie Mae. Maar dat kon allemaal vermeden worden als zijn vader inzag dat Nellie Mae volledig trouw was aan de Oude Orde. Als pa hem de tijd maar gunde.

★

Het nieuws over de krantenadvertentie voor Nellie's Zoete Heerlijkheden verspreidde zich als paardenbloemzaadjes in de zomer. Betsy's schoonzuster Anna, de vrouw van de bisschop, wierp zich tijdens de naai*frolic* op donderdagochtend op om erop te wijzen dat het 'een schandelijke zonde' was dat de familie Fisher zich daartoe had verlaagd. Ze zei het rechtstreeks tegen Betsy, die verbijsterd was.

'Nou, het was niet door toedoen van Reuben of mij,' antwoordde Betsy.

'Van wie dan?'

'Ik weet het niet.' Niemand in huis las ooit de dagelijkse

krant die uitgegeven werd door *Englischers*. De enige krant waarop ze geabonneerd waren was *The Budget*, een Amish uitgave uit Sugarcreek, Ohio, waarin de wekelijkse activiteiten werden opgenomen.

'Volgens mij doen sommige mensen alles voor extra geld.' Rachel Stoltzfus deed een duit in het zakje alsof ze Betsy totaal niet had gehoord.

'Wij hebben er niets mee te maken gehad.' Betsy draaide zich om en tuurde naar haar naaiwerk. Er zaten nog acht andere vrouwen op deze ochtendgroep, waaronder haar eigen schoondochters Esther en Fannie – de echtgenotes van Thomas en Jeremiah.

Esther nam het voor haar op. 'Zeg, waarom zou je zoiets denken van mama?'

Rachel schraapte haar keel en hield haar hoofd gebogen, haar ogen gericht op de losse naad van een overhemd van haar man. Allemaal waren ze verschillende kledingstukken aan het verstellen, en voor de gezelligheid waren ze bij elkaar gekomen zoals ze een paar keer per jaar deden. Maar de *frolic* van vandaag bleek niet erg gezellig voor Betsy, en ze besloot zich op haar werk te richten, het stikken van de zoom van haar oudste jurk, in de hoop dat hij weer een maand of twee mee kon.

'Vraag je mama maar eens of ze met opzet moeilijkheden veroorzaakt door meer *Englische* klanten naar onze buurt te halen,' stookte Rachel weer.

Nu was schoondochter Fannie aan de beurt om tegenwerpingen te maken. 'Hoor es, Rachel, je kunt rechtstreeks tegen mama praten. Allemensen zeg, ze zit aan de overkant van de tafel!'

'*Jah*, en jullie kunnen niet zeggen dat jullie niet afhankelijk zijn van buitenstaanders voor voer en graan en zo,' bracht Esther onder het oog, die haar werk even opzijlegde om Rachel aan te kijken.

'Voerverkopers zijn niet bepaald buitenstaanders,' zei Anna, die zich weer met het gesprek bemoeide.

'Inderdaad,' zei Betsy, 'ze zijn *Mennischte* – mennonitisch.'

'Maar tractorverkopers dan?' zei Rachel weer.

Nu was Betsy echt ontstemd. 'Daar heb ik niets mee te maken.'

'O, maar andere mensen hier wel… en die weten precies wie ik bedoel!' Rachel stond met een ruk op en beende naar de achterkant van het huis, waar een kleine wasruimte was aangebouwd, net als Reubens aanbouw aan het huis van de Fishers.

Er heerste stilte terwijl Rachel weg was, maar Betsy had zin om eens goed van zich af te bijten. Ze werd hier in het huis van haar schoonzus pijnlijk beproefd, maar ze hield zich kalm, net als toen Reubens moeder haar had afgekraakt. Dat was natuurlijk een heel andere kwestie geweest.

Nou, misschien toch niet zo anders, nu ik erover nadenk.

Al die insinuaties van Rachel en zelfs Anna hadden rechtstreeks te maken met de spanning tussen de kerkelijke groepen. Het waren er nu al drie: Oude Orde, Nieuwe Orde en de *Beachy's*. Eerlijk gezegd was het nogal verrassend dat de vrouw van de bisschop vandaag vrouwen uit alle drie de groepen had uitgenodigd.

Ze doet in elk geval een poging tot eenheid, peinsde Betsy.

Ze dacht aan prediker Manny's preek van afgelopen zondag, over een gloednieuw leven. Manny had gezegd dat de Heer Zijn leven niet tegen iemands wil zou opdringen. Je wil speelde een grote rol in het al dan niet komen tot het kruis van Golgotha. Dat, en de goddelijke roeping – het innerlijke trekken en lokken, net zoals het gebeurde in een liefdesrelatie. Zouden Anna en de bisschop uiteindelijk tot behoud worden getrokken? En Rachel? Betsy bad erom, net als voor anderen in haar gemeenschap die nog in slaafsheid aan de traditie leefden.

Het duurt nu geen maand meer tot een verandering van kerk tot verstoting leidt!

Rosanna wenste dat nicht Kate vanmorgen maar naar de naai*frolic* was gegaan in plaats van zo lang te blijven nadat ze Eli had gevoed. Het was vreemd dat haar nicht het voeden van Rosie helemaal had opgegeven, hoewel het onderhand tijd werd dat nicht Kate beide baby's niet meer voedde.

Rosanna wilde Kate beslist niet weghouden bij de baby's. Maar Kate was totaal zichzelf niet, en haar gedrag maakte Rosanna prikkelbaar. Was het neerslachtigheid na de bevalling? Veel vrouwen leden daaraan in de maanden na een geboorte en in haar positie wilde zij begripvol en begaan zijn. Toch schokte het haar dat Kate haar vriendelijke vraag over wanneer ze van plan was om te stoppen met het voeden van Eli volkomen negeerde.

Rosanna probeerde het nog een keer. 'Er zijn twee maanden voorbij, Kate. Elias en ik hebben je hulp op prijs gesteld, maar je hebt vast wel iets beters te doen dan elke dag hier op bezoek komen.'

Zelfs hierna scheen Kate te weigeren Rosanna in de ogen te kijken. In plaats daarvan boog ze zich over Eli heen en streelde het mollige armpje dat onder zijn dekentje uit piepte.

'Het is zo'n knapperd,' mompelde Kate. 'Hij lijkt precies op zijn vader.'

Rosanna beefde. Hoe zou Kate zich voelen in haar plaats? Ze leunde zwaar tegen de deurpost en probeerde de dingen vanuit Kates gezichtspunt te zien – hoe vreselijk moeilijk het voor haar moest zijn om haar baby's weg te geven. Ze kon het zich niet eens indenken.

'Kijk eens hoe zijn rechterwenkbrauw licht gebogen is,' zei Kate, die hem met haar wijsvinger natrok.

'Dat heb ik ook gezien.'

Toen raakte Kate ter vergelijking haar eigen wenkbrauw aan.

Rosanna moest haar blik afwenden. Ze kon het niet meer verdragen dat haar nicht hier kwam.

Ze trok zich terug in de keuken en vroeg zich af of Kate bekende kruiden innam om neerslachtigheid te verlichten. Misschien moest ze eens in haar kastjes kijken en Kate wat gezegende distel of teunisbloemen aanbieden om thee van te zetten. Ze wist net als veel vrouwen dat die geen invloed hadden op de voeding. *Al zou ik er geen bezwaar tegen hebben als daar een eind aan kwam.*

Ineens barstte Kate in de andere kamer in tranen uit. 'O, mijn lieve *Boppli*.' Ze stond op uit de schommelstoel en maakte de kleine Eli wakker. Toen dwaalde ze met hem over haar schouder naar de voorkamer en streelde zijn ruggetje terwijl hij met zijn oogjes knipperde.

Ach, heeft ze een zenuwinstorting? Of heeft ze echt zo weinig oog voor mijn wensen?

Op hetzelfde moment besloot Rosanna dat ze beslist naar de volgende quilt*frolic* zou gaan, of ergens op bezoek, en de baby's mee zou nemen. *Laat Kate dan maar voor een dichte deur staan!*

★

Nellie Mae onderdrukte een kreet van verrukking toen ze donderdag na het middageten de post ging halen voordat ze terugkeerde naar de winkel. In de hoek van een envelop stonden Calebs naam en afzender zodat iedereen het kon zien.

Weer een brief, zo gauw alweer… wat dapper van hem!

Ze rende over het besneeuwde erf naar de voorveranda, waar ze ondanks de kou ging zitten om de brief van haar geliefde te lezen.

Liefste Nellie,
Ik heb je erger gemist dan ik je durf te schrijven. Ik moet je weer

zien. Laten we elkaar stiekem ontmoeten op ons speciale plekje.
Ik kom lopend, vrijdagavond na het eten. Hopelijk is het niet te
koud voor je. Pak je goed in, hoor!
Ik tel de uren.

Altijd van jou,
Caleb Yoder

Ze drukte de brief tegen haar lippen. Hij gaf veel om haar,
dat was wel duidelijk. Opnieuw had hij het risico genomen
om betrapt te worden met nog een brief. Natuurlijk, *hier* viel
er voor hem niets te vrezen, want haar ouders hielden geen
erfenis boven haar hoofd.

Nee, Nellie was vrij om te zien wie ze maar wilde... om
met Caleb te trouwen. Het was duidelijk dat pa en mama
wilden dat zij zich bij hun geloof aansloot, maar ze hadden geen voorwaarden gesteld over met wie hun dochters
mochten trouwen.

Toch maakte Nellie zich zorgen om Caleb. Wat zou hij
doen als zijn vader weigerde zich te bedenken en hem toe te
staan verkering met haar te zoeken?

Houdt Caleb genoeg van me om de boerderij vaarwel te zeggen?

Nellie wist dat Calebs liefde voor zijn geboorterecht niet
zozeer in het land lag, als wel in wat het betekende voor zijn
toekomstige gezin. Caleb was niet zelfzuchtig in zijn verlangen. Hij betoonde zich eerder voorzichtig en betrouwbaar,
en daarom had ze hem des te liever. Maar dat kon ze hem
voor vrijdag niet vertellen, want ze durfde hem geen brief
terug te schrijven.

Morgen zie ik hem!

Hoofdstuk 10

Vrijdagavond lukte het Nellie pas om het huis uit te gaan nadat ze in de keuken had geholpen en gezellig met mama en Nan had gepraat. Ze vond het noodzakelijk om een handje toe te steken aangezien Rhoda nog niet thuis was, wat tegenwoordig normaal begon te worden. Nellie bleef zo lang als ze kon en nam het risico dat ze te laat kwam voor de afspraak met Caleb.

Had haar hart ooit zo hard gebonsd? Ze haastte zich nu over de besneeuwde weg naar haar *beau* en merkte meer van de opwinding van binnen dan van de bittere kou.

Gauw, heel gauw zijn we samen!

Ze wenste dat ze eraan gedacht had het paard voor het rijtuig te spannen. Heel misschien rekende Caleb daarop, al had hij het niet geopperd in zijn lieve brief. Maar ze had genoeg laagjes kleding aan en kon het zo nodig best een paar uur te voet uithouden.

Over de weg lopend verlangde ze ernaar om Caleb te zien, met hem te praten en te luisteren naar het nieuws dat hij haar te vertellen had. Te bedenken dat ze meer dan een maand uit elkaar waren geweest! Hoelang zou het duren tot ze elkaar na vanavond weer zouden zien? Maar zo mocht ze niet denken. Het was veel beter om te leven voor dit kostelijke ogenblik en dankbaar te zijn voor de tijd die ze samen wel hadden.

Toen ze de bocht om kwam van de oude molen keek ze gretig rond. Er waren al een paar stelletjes op de vijver aan het schaatsen en hun gelach dreef over de molenbeek naar haar toe. Ze hoopte dat Caleb zijn schaatsen niet had meegenomen, want zij had de hare niet bij zich. Opgelaten speurde ze de omgeving af naar een teken van haar *beau*, voor het geval hij besloten had een eindje van de weg af op haar te wachten.

Ze tuurde tussen de bomen door, maar toen hij niet kwam liep ze om de molen heen om aan de andere kant te kijken. Misschien had hij zich verstopt voor spiedende ogen. Ze hoopte dat ze zijn brief niet verkeerd begrepen had en te laat was. Was ze te lang thuisgebleven na het eten?

Haar oog viel op de gietijzeren bank waar ze samen op hadden gezeten. De bank leek haar nu een symbool van hun relatie, de plaats waar ze hun eerste lieve woordjes hadden gezegd en waar ze zijn tedere genegenheid had aanvaard. Ze glimlachte als ze dacht aan zijn zachte kussen die een veertjesachtig gekriebel in haar buik hadden veroorzaakt.

Calebs genegenheid voor haar was duidelijk in de oprecht respectvolle manier waarop hij zijn liefde betoonde, anders dan sommige jongens die de grenzen opzochten. Haar *beau* was niets minder dan een echte heer.

Nellie keek naar de weg en tuurde in het donker, verlangend naar Caleb. *Waar ben je, lief?*

★

Reuben bekende niet graag dat hij trots koesterde, maar hij schepte er genoegen in dat hij niet makkelijk *ferhoodled* werd. Hij was bijna altijd beheerst en had geweigerd zich mee te laten slepen in de al te regelmatige kerkelijke debatten van de laatste tijd. De argumenten vlogen heen en weer tussen de drie Amish groepen in Honey Brook, ondanks de poging van de bisschop om de vrede te bewaren.

Vanavond was hij uitgegaan om een bezoek te brengen aan zijn zoon Ephram. Het probleem was, vond Reuben, dat Ephram en Maryann nog maar een paar weken hadden voordat alle gedoopte volwassenen die de oude kerk verlieten in de ban werden gedaan. Wat gebeurde er dan met

Ephram als hij *na* de genadetijd besloot zich bij de nieuwe kerk van Reuben en Betsy aan te sluiten? Hoewel beide groepen kerkmensen hem vast zouden verwelkomen, zouden Ephram en zijn gezin verstoten worden uit de oude gemeenschap, van wie veel leden bloedverwanten waren. Als het zover kwam, zou Ephrams levensonderhoud eronder lijden, net als zijn vader nu meemaakte. *Ban of geen ban, het valt niet te ontkennen dat het harde tijden zijn.*

Reuben was zenuwachtig. 'Het wordt hoog tijd dat we het eens openlijk bespreken, jongen,' zei hij nadat hij Ephram had begroet.

'Ik zal het nooit zo zien als u, pa.' Zijn zoon leunde tegen de muur, de armen over elkaar geslagen voor zijn brede borst. 'Spaar u de adem, zou ik zeggen.'

Reuben schudde zijn hoofd. 'Ik heb lang genoeg mijn mond gehouden,' zei hij. 'Ik heb voor je gebeden, jongen.'

'Net wat ik zeg, pa, spaar u de adem.'

Zijn hart is gesloten…

Reuben sloeg zijn ogen op naar de dakspanten en herinnerde zich hoe star zijn broer Joseph, de bisschop, eerder vandaag was geweest. Ephram en de bisschop waren het eens; hun denken was verwrongen zoals dat van Reuben zijn hele leven was geweest, tot nu toe.

'Er heeft iemand een advertentie voor Nellie Mae's bakkerswinkel in de *Englische* krant gezet,' zei Ephram, abrupt een ander onderwerp aansnijdend. 'Iedereen heeft er de mond van vol en de mensen vragen zich af of hij volgende week weer in de krant zal staan.'

'Ik weet van niks.'

Ephram kneep zijn ogen tot spleetjes. 'Wilt u zeggen dat u er niets mee te maken hebt?'

'Waarom zou ik?'

'Ik dacht gewoon…'

'En dat is nu precies waar je problemen mee krijgt, jongen. Je trekt overhaaste conclusies waar je eigenlijk eerst vragen moet stellen.' Reuben lachte gedwongen.

'Ik vraag het nu toch.'

'De mensen nemen voortdurend ten onrechte van alles aan. Maar wat doet het ertoe of jij of iemand anders denkt dat ik een advertentie heb geplaatst?'

Ephram trok een verbaasd gezicht. 'Het doet er heel veel toe als u erop uit bent om steeds meer mensen van buiten in Nellie's winkel te halen. Het maakt een slechte indruk, alsof u te veel neigt naar het wereldse.'

'Ik heb het niet gedaan, dat staat vast.'

'Kan zijn, maar zo lang Nellie die winkel heeft, hebt u het erbij laten zitten, hè?'

Reuben stond versteld van de toon die zijn zoon aansloeg. Hij weigerde zijn besluit om de bakkerswinkel toe te staan te verdedigen tegenover Ephram of wie dan ook. Meer dan genoeg families in de Oude Orde hadden groentekramen langs de weg en dergelijke. Nee, hij begon zin te krijgen om zo Ephrams schuur uit te lopen, want de verleiding was groot om zijn handen op de schouders van zijn gespierde zoon te leggen en hem krachtig door elkaar te schudden. De geruchtenmolen was inderdaad altijd actief, maar de manier waarop de mensen interpreteerden wat ze hoorden was het echte probleem.

'Nellie's Zoete Heerlijkheden doet onze familie meer goed dan kwaad,' zei hij ten slotte. 'En ik heb nooit reden gehad om te twijfelen aan de manier waarop je zus de zaken beheert. Je zou wijs genoeg moeten zijn om te weten dat zij net zomin een advertentie zou plaatsen als ik.'

Na een kortaangebonden afscheid haastte Reuben zich naar het rijtuig. Hij voelde de kou nu erger. 'Een mens moet in dit weer niet te lang buiten zijn,' mompelde hij tegen het paard.

Hij kwam thuis bij Betsy, die over Nellie Mae wilde praten. 'Ze is al een poosje weg... lopend nog wel.' Ze keek op van het borduurwerk in haar schoot.

'Ze zal wel een afspraak hebben met een *beau*.' Hij keek naar de keukenklok.

'Toch niet met zomaar een jongen.'

Hij wist het. En het ergste was het weten dat Caleb Yoder vast niet over zou gaan naar de Nieuwe Orde, als je in aanmerking nam hoe zijn vader tekeerging tussen de broeders van de oude kerk. Als Nellie Mae met Caleb trouwde... tja, dat betekende een zorgelijke situatie.

'We raken haar kwijt,' fluisterde hij. 'Ze zal zich onderwerpen aan de gedachtegang van haar *beau*.'

Betsy fronste.

'En net nu ik had gehoopt dat ze meer ging neigen naar de verlossing.' Hij dacht aan haar tijdelijke ontvankelijkheid nadat ze die ene keer met hem was meegegaan om naar prediker Manny te luisteren.

'Laat God Zijn werk op Zijn manier doen, lief.' Ze stak haar hand naar hem uit.

Hij gaf haar een zoen op haar wang. 'Daar heb je gelijk in.' Hij wilde het niet toegeven, want zijn vrouw vermoedde het al, maar hij zou God met alle plezier een handje helpen, en gauw ook, wat hun kinderen betrof.

Betsy pakte haar borduurring op. Als Reuben zich niet vergiste, haalde ze onder het werken een Schrifttekst aan.

Hij had zijn jas niet uitgedaan, omdat hij van plan was geweest om nog even bij de paarden te kijken. Zijn laarzen lieten sporen achter in de ijzige sneeuw toen hij naar de schuur sjokte, waar hij eerst bij de nieuwe veulens keek. Toen hij tevredengesteld was omdat hij gezien had dat ze elk genoeg stro hadden om op te liggen, ging hij naar de kleine hoek van de schuur waar hij de fokgegevens van zijn paarden bijhield, en hun veterinaire voorschriften. Ook was hij daar vele uren bezig geweest om de ronde tafels en stoelen voor Nellie's winkel te maken.

Reuben nam plaats op zijn werkkruk en dacht weer aan het roddelcircuit. 'Wat een onzin,' mompelde hij, een cirkel trekkend in het zaagsel op de werkbank. Het kon hem geen zier schelen wie de advertentie had betaald. Hij zou het aan Betsy overlaten om erover te beginnen. Het had geen zin om er een hoop drukte van te maken.

Hij inspecteerde een van de afgemaakte stoelen, streek met zijn hand over de gladde zitting en de rechte latten in de rug. Maandag zou hij klaar zijn, misschien precies op het juiste moment, als Nellie Mae weer gezond genoeg was om in de winkel te bedienen.

Laat de Englischers *maar komen…*

★

In de verte verscheen een afgesloten zwart rijtuig en de moed zonk Nellie in de schoenen. Er was geen sprake van dat het Caleb kon zijn. Toch bleef ze nog aarzelen in de struiken en ze begon te bibberen. Caleb had er vast wel een verklaring voor dat hij zo laat was, als hij tenminste nog kwam.

Ze had gedaan wat hij geschreven had en twee stel lang ondergoed aangetrokken en haar dikste trui en warmste zwarte jas over haar jurk en schort. Het zou wel een mooi gezicht zijn; ze was een behoorlijk aantal centimeters uitgedijd.

Ze keek naar het rijtuig, dat vaart minderde. Nee maar, het kwam helemaal tot stilstand. En daar was hij ineens, Caleb, die naar buiten sprong! Hij stond even stil om rond te kijken.

Ze stapte de open plek op. *Wat heerlijk, hij is er.* Ze legde haar hand op haar hart, dat trilde van blijdschap. 'Caleb,' fluisterde ze.

Hij uitte een gesmoorde juichkreet en rende door de sneeuw recht op haar toe. 'Nellie Mae!'

Ach, Caleb… Met moeite hield ze zich in bij het zien van haar *beau*, haar lieveling.

Zijn armen gingen voor haar open en ze viel tegen hem

aan in een verpletterende omhelzing. 'O, wat heb ik je gemist,' fluisterde ze in zijn lange wollen jas.

Hij drukte zijn wang tegen de hare. 'Nellie, liefje… je gezicht is ijskoud.' Hij boog zijn hoofd achterover om haar in de ogen te kijken; toen nam hij haar weer gretig in zijn armen. Hij was onwillig om haar los te laten, maar hij pakte haar hand en nam haar mee naar het rijtuig. 'Kom, we gaan je opwarmen.'

Onder het lopen legde hij uit dat hij de tijd had genomen om naar een neef te gaan en hem te smeken om zijn nieuwe rijtuig te mogen lenen. 'Anders bevriezen we, dacht ik. Er liggen genoeg zware schootdekens in om je lekker warm te houden, lief.'

Lief…

O, de klank van zijn stem.

De gedachte aan warmte na de ijzige kou, en het vooruitzicht van het samenzijn met hem, deden Nellie haastig lopen.

'We hebben een familierijtuig voor onszelf.' Hij lachte.

'*Jah*, dat zie ik.'

'Het hoort eigenlijk niet in de verkeringstijd, maar het is een stuk warmer.'

Ze lachte toen hij haar in het rijtuig van zijn neef tilde.

Wat een blijdschap!

Hoofdstuk 11

In het rijtuig besefte Nellie pas hoe door en door koud ze was, vooral haar vingers en tenen. Zodra het paard aantrok liet Caleb de teugels los en begon haar handen te warmen door haar vingers te wrijven, eentje tegelijk, tussen zijn eigen handen, waarna hij de toppen kuste.

Ze lachte zacht omdat hij het erg komisch deed. 'Mallerd,' fluisterde ze, tegen zijn arm geleund.

'Niet maller dan jij.' Met grote zorg had hij haar in de wollen schootdekens gewikkeld. 'Mijn neef zal blij zijn dat we ze goed gebruiken.'

'Hij heeft een mooi rijtuig.' Ze keek naar het spatscherm.

'Dat zeg je goed. Neef Aaron had een gammel familierijtuig aangeschaft toen hij trouwde, dus hij had al een tijdje een nieuw nodig. Hij had niet veel zin om ervan te scheiden, al was het maar voor één avond. Ik heb hem moeten smeken, daarom duurde het zo lang.'

'Misschien vermoedt hij waar je het voor wilde gebruiken.'

Hij glimlachte en nam de teugels op. '*Ach*, hij heeft zelf ook zijn portie verboden liefdes gehad.'

'Echt waar?'

Caleb vertelde dat Aaron nooit bij de Oude Orde had gehoord maar bij de groep mennonieten die in zwarte rijtuigen reden. 'Maar Aaron ging stiekem met vooruitstrevende Amish meisjes uit, heb ik gehoord.'

Net als wij vanavond.

Het rijtuig reed zachtjes hobbelend over de weg en Nellie vroeg zich af of neef Aaron Caleb zou verraden, maar ze wilde er niet over beginnen.

'Maar zeg eens, hoe gaat het met je, Nellie Mae?'

'O, wel goed.'

'Nee… echt,' drong hij aan. 'Vertel eens wat ik allemaal heb gemist.'

Nooit eerder hadden ze samen zo afgezonderd bij elkaar gezeten, beschut tegen de elementen en toeschouwers. Het rijtuig was heel iets anders dan Calebs open rijtuigje. Het gedempte licht gaf een vreemd gevoel van intimiteit en Nellie was verlegen, al was ze onder alle omstandigheden blij met Calebs aanwezigheid.

'Nou, laat eens kijken. Ik zal beginnen met de Kerst. Mijn broers kwamen de hele dag met hun gezinnen, en mijn neefjes en nichtjes regen om beurten popcorn bij het fornuis. Emma, mama's lievelingetje – dat weet iedereen – was echt schattig, ze heeft een gedicht opgezegd dat ze geleerd had van de oudste van mijn broer Ephram. Ik klapte toen Emma klaar was, en Rhoda zei dat ik moest ophouden want daar werd ze maar ijdel van.' Zo gauw Nellie het gezegd had, schaamde ze zich.

'Dus Rhoda heeft haar op haar tanden.'

Ze wilde het vlug goedmaken, want het was niets voor haar om iets lelijks te zeggen over haar familie. '*Ach*, ze had waarschijnlijk gelijk,' voegde ze eraan toe.

'Kom, liefje… je mag toch best zeggen wat je voelt.'

Zijn antwoord maakte dat ze zich afvroeg of hij zelf ook iets wilde vertellen over een familielid, met name zijn vader. Maar over dat pijnlijke onderwerp begon ze niet. 'En hoe was de Kerst bij jou thuis?' vroeg ze.

Hij leunde achterover en sloeg zijn arm om haar heen voordat hij antwoord gaf. 'De ergste aller tijden… zonder jou.' Hij boog zich naar haar toe. 'Bedenk eens, volgend jaar zullen we man en vrouw zijn.'

Nellie bloosde, blij dat het donker was, maar ze vroeg zich af hoe hij ooit toestemming moest krijgen van zijn vader. *Als hij zeker weet dat we zullen gaan trouwen, dan moet ik me gewoon ontspannen en ophouden met piekeren.*

'Ik zal pa ervan overtuigen dat wij bij elkaar horen, je zult het zien.' Hij zweeg even. 'Zullen we meteen in november trouwen?'

Ze knikte blij, verrast dat hij ineens zo open was terwijl de zaak er eerst zo somber voor had gestaan. Was er iets veranderd? 'Als de tijd nadert, zal ik er met mama over praten. Ze zal toch wel twee weken willen hebben om alles klaar te maken, denk ik.'

Hij knikte en boog zich over haar heen. 'Ik denk er vaak aan dat ik je zo in mijn armen houd, Nellie Mae. Ik denk haast nergens anders aan.'

Zuchtend nestelde ze zich in zijn armen. Het was erg geruststellend om te weten dat hij een manier gevonden had om te kunnen trouwen.

Hij kuste haar op haar wang. 'Ik hou van jou.'

Ze kuste hem terug, iets dichter bij zijn lippen dan ze van plan was geweest. Het was gewaagd, maar het speet haar niets. 'Ik hou ook van jou.'

Hij trok haar verrassend dicht tegen zich aan en de schootdeken gleed weg. 'O, lieve help, kijk eens wat we hebben gedaan.'

'Wij? *Jij* deed dat!' Ze kon haast niet ophouden met giechelen.

Hij bukte zich en trok de zware dekens weer op haar schoot. Ze stopte de randen weer in en hij hield nu beide handen aan de teugels.

Ze reden een paar minuten door in volkomen stilte. Nellie smoorde een nieuwe lach. Misschien zou ze hem losgelaten hebben als Caleb niet gesproken had. 'Mijn vader en ik hebben deze week over mijn toekomst gesproken. We hebben alle details van de landoverdracht doorgenomen.' Hij zweeg even voordat hij eraan toevoegde: 'Eerlijk gezegd geloof ik dat mijn vader wel zal bijdraaien wat jou betreft... te zijner tijd.'

'Dat is goed nieuws, Caleb.' Ze vond zijn gedrag verbazingwekkend. Er was iets radicaal veranderd tussen David Yoder en zijn zoon – iets wat Caleb haar niet vertelde.

'Intussen zullen we elkaar niet vaak zien, of helemaal niet. Begrijp je dat?'

Nu ze ervaren had hoe verrukkelijk het was om bij hem te zijn nadat ze nog maar een maand uit elkaar waren geweest, was Nellie graag bereid om op hem te wachten. Ze zou de tijd verdrijven door zich druk bezig te houden met huishoudelijk werk en al het bakken dat van haar gevraagd werd. Het drukke leven met de bakkerswinkel zou een troost zijn.

Maar hoe ze zich ook verheugde op een leven met Caleb, Nellie was ondanks de geruststellende woorden van haar geliefde bang dat zijn vader het laatste woord zou hebben. Ze hoopte met haar hele hart dat Caleb zich niet vergiste.

★

Betsy lag met een naar gevoel klaarwakker in bed. Ze kon het idee niet van zich afzetten dat er iets mis was. Haar oudste dochter was nog niet terug van haar werk, als Rhoda daar tenminste geweest was. Het was tegen tien uur, dat kon ze zien aan de stand van de bijna driekwart volle maan, die onder het rolgordijn door scheen.

Vandaag had ze een vijfde kettinkje gezien aan Rhoda's kant van de ladekast die ze deelde met Nan. De groeiende verzameling wees zonder twijfel op een groeiende belangstelling voor de wereld.

Nellie Mae echter was net zozeer van Eenvoud als Betsy en zou dat altijd blijven – daar leek het tenminste op. Je kon een ander niet in het hart kijken, dus hoe kon ze zelfs haar eigen dochters volledig kennen?

Ze had van Esther en Fannie – die net als zij allebei naar de nieuwe kerk gingen – gehoord dat Jonathan en Linda Fisher zich bij de *Beachy's* hadden aangesloten, net als haar eigen zoon James en schoondochter Martha. Zou de modernere, vooruitstrevender groep nog eens verdeeld raken? *Iedereen scheidt zich maar af, lijkt het wel.*

En wat zou bisschop Joseph van dit alles denken? Dat hij een eventuele verstoting een volle drie maanden lang had uitgesteld kon in zekere zin negatief gewerkt hebben en de oorzaak zijn van deze ontwikkeling.

Betsy glipte uit bed. Reuben lag met zijn arm boven zijn hoofd zwaar te ademen. De lieve man werkte het grootste deel van elke dag buiten, van 's morgens vroeg tot 's avonds na het eten was hij bezig de paarden te voeren, te verzorgen en te trainen om gewend te raken aan teugels en een hoofdstel en tuig.

Betsy misgunde Reuben zijn broodnodige rust niet. Ze liep naar het raam en tilde het rolgordijn een beetje op om naar de bomen te kijken en de sneeuw, die wit oplichtte in de maneschijn.

Lieve God, zorg alstublieft ook vanavond voor Rhoda. Ik ben bang dat ze ver van U af is. En sla alstublieft Uw liefdevolle armen om mijn bezeerde Nan. Geef haar een aardige en liefhebbende man om mee te trouwen. En wat Nellie Mae betreft, ik vertrouw erop dat U haar zult bewaren waar ze ook is. Bedek elk van mijn kinderen en kleinkinderen met Uw genade, Uw goedheid en Uw liefde. Ik vraag dit in Jezus' naam. Amen.

★

Rhoda vermoedde dat haar kleren naar sigarettenrook stonken. Sinds lang na etenstijd zat ze in een box in het Honey Brook Restaurant, ze had een lift naar de stad gekregen van meneer Kraybill, die een boodschap had gedaan. Ze had het gevoel dat ze tegen de muren op zou vliegen als ze niet even kon ontsnappen om voor de verandering iets heel anders en zelfs gewaagds te doen. Hoe impulsief dit uitstapje ook leek,

Rhoda wilde ver van de nieuwsgierige ogen van haar familie in de laatste autoadvertenties neuzen.

Maar ineens bedacht ze dat ze geen idee had hoe ze weer naar huis moest komen.

Dom van me om dat niet van tevoren te bedenken, stelde ze vast nu het restaurant langzamerhand leeg begon te lopen.

Ze had hier vanavond aardige mensen ontmoet, de een spraakzamer dan de ander. Maar ze had zich geconcentreerd op haar taak en zich gebogen over de advertentiekolommen van de krant die ze van mevrouw Kraybill had mogen meenemen. Rhoda omcirkelde de advertenties die haar belangstelling wekten, maar zag teleurgesteld dat de meeste auto's ruim boven de tweeduizend dollar kostten; in elk geval de meest recente modellen. En zelfs dat kon ze niet uitgeven.

Tot haar spijt had Rhoda in de afgelopen drie maanden maar 450 dollar kunnen sparen. *Te veel lichtzinnige aankopen.* Maar ze dacht de afbetalingen wel aan te kunnen, gesteld dat ze genoeg geld had om een aanbetaling te doen op een lening.

Haar oog viel op een bruine Rambler uit 1963, een rode Rambler cabriolet, hoewel dat onpraktisch was, en een blauwe Falcon uit 1960. Een zwarte Imperial sedan uit 1964 deed haar op onverklaarbare wijze denken aan het open rijtuigje van haar broer Benjamin, dat langgeleden was ingeruild voor een familierijtuig.

Rhoda zuchtte. Eerlijk gezegd had ze geen flauw idee hoe ze het moest aanpakken om een auto te kopen, tenzij ze wat krediet had. Maar wie zou haar geld willen lenen?

Kan ik bij de Kraybills in de huishouding blijven werken? Dat was een belangrijke vraag. Pa had altijd gezegd dat je nooit je kuikens moest tellen voordat ze uitgebroed waren. Ze vroeg zich af tot wanneer ze mocht hopen op loopafstand van haar vaders huis te blijven werken.

Ze spreidde de krant voor zich uit en las genietend de advertenties.

Uiteindelijk voelde ze een blik op zich gericht. Ze keek op en er stond een knappe man voor haar, die haar met zijn diepblauwe ogen vragend aankeek.

'Neem me niet kwalijk, juffrouw. Ik zag toevallig dat u hier alleen zit.'

Ze knikte opgelaten. Wat leek het wel niet, de enige jonge vrouw in het hele restaurant in een pelerinejurk en met een *Kapp* op haar hoofd. Hij moest zich wel afvragen waarom ze zo gretig autoadvertenties zat te lezen.

'Ik ben op zoek naar een leuke, nou ja, een tweedehands auto,' verklaarde ze. *De perfecte auto…*

Hij was geen ober, besefte ze toen hij aarzelend vroeg of hij kon helpen. 'Mag ik u gezelschap houden?'

Ze keek rond. 'Vraagt u of u bij me mag komen zitten?'

'Alleen als ik u van dienst kan zijn, juffrouw.'

'Rhoda,' zei ze vlug. 'En ga gerust zitten, als u wilt.'

Hij stelde zich voor als Glenn Miller, genoemd naar een band die in het jaar dat hij geboren werd voor het eerst opgetreden had in New York. Hij was verrassend vriendelijk en spraakzaam, beleefd ook. Misschien was hij nieuwsgierig naar haar Amish kleding, net als sommige andere mensen vanavond, maar iedereen met wie ze had gepraat was uitzonderlijk aardig geweest.

Rhoda begreep dat het haar beurt was om iets over zichzelf te zeggen, dus ze vertelde dat haar vader paarden fokte. 'We hebben ook een bakkerswinkel bij ons huis. Er staat zelfs een advertentie van in de krant van Lancaster.'

Glenn knipperde herhaaldelijk met zijn blauwe ogen. 'Het spijt me, juffrouw Rhoda… ik geloof niet dat ik u volg.'

Ze voelde zich erg dom. 'Nee, misschien moet ik zeggen dat het mij spijt. Ik praat voor mijn beurt, *jah*?'

'Dat zou ik niet zeggen.' Hij gaf haar een knipoog en ze bloosde meteen. 'Ga gerust uw gang en zeg wat u wilt.' Hij glimlachte weer. 'En, welke auto's hebben uw belangstelling?'

Ze vond dat ze het niet moest zeggen en voelde zich ineens helemaal *ferhoodled*, in een *Englisch* restaurant te zitten met zo'n knappe man. Was het een goed of een slecht teken dat hij aldoor naar haar glimlachte? Ze had geen idee wie die Glenn eigenlijk was.

'Nou, ik moest maar eens naar huis,' zei ze zacht, en vroeg zich meteen af waarom ze dat had gezegd. Zo leek het net of ze wist hoe ze naar huis moest, terwijl ze in werkelijkheid geen idee had.

'Staan uw paard en rijtuig buiten?' Glenn keek uit het raam. Rhoda zag in het licht van de straatlantaarns dat het weer was gaan sneeuwen.

'Dit keer niet,' bekende ze met gebogen hoofd.

'Je hebt een lift nodig, hè dametje?'

Dametje? Dat was voor het eerst dat ze het hoorde sinds ze een jaar of tien was. Toen was ze behaaglijk mollig geworden, misschien wel dikker dan de meeste jongens mooi vonden. De meeste, behalve Glenn hier, die nu over de tafel heen met een charmante blik haar hand pakte. 'Het zal me een eer zijn om je te brengen waar je heen wilt, juffrouw Rhoda.'

Ze aarzelde. Mocht ze die vreemde man wel aan haar hand laten zitten?

Rhoda had nooit te horen gekregen of ze wel of geen mensenkennis had, dus toen meneer Glenn Miller, met zijn aantrekkelijke lach en zijn fris gestreken witte overhemd en zijn mooie gebreide vest, nog eens vroeg of ze een lift wilde, overwoog Rhoda om ja te zeggen. Ze wist zeker dat als ze hem maar diep genoeg in zijn heldere ogen keek – de spiegels van de ziel, zoals mama zei – ze zou weten of ze zijn vriendelijke aanbod veilig kon aannemen.

Hoofdstuk 12

Rhoda was niet zozeer ontsteld als wel vermoeid toen Glenn de berm in reed en langzaam tot stilstand kwam. Ze had hetzelfde gedaan met paard en rijtuig als ze onderweg verdwaald was. Zij en haar nieuwe vriend – een *Englischer*, nota bene – waren kennelijk verdwaald ergens in Chester County, ver achter Beaver Dam Road. Ze wenste dat ze een wegenkaart hadden om de weg terug te vinden naar Route 340, maar ze durfde het niet te zeggen. Glenn had onafgebroken gepraat sinds ze het restaurant hadden verlaten, over de bazige vrouwen in zijn leven, zoals hij zei. Een paar op zijn werk… twee jongere zusjes en zo… maar geen woord over een vriendin.

Ze was vastbesloten hem door zedig op de voorbank te zitten te laten zien dat zij geen bazig type was. Nee, Rhoda wachtte wel tot hij besloot hoe ze de weg terug moesten vinden. In elk geval was de benzine niet op, zoals ze weleens van andere mensen had gehoord. Op zo'n heldere maanverlichte avond zouden ze pa's huis straks heus wel vinden.

Er gleed een wolk voor de maan en Rhoda staarde naar de uitgestrekte donkere hemel, vol sterren als diamanten. Ze deden haar denken aan de kettinkjes die ze zo spontaan had gekocht. *Mijn zwakheid,* dacht ze. Die zou ze in bedwang moeten houden als ze genoeg geld wilde hebben voor de afbetaling van de auto.

Ze richtte haar aandacht op de man achter het stuur. Glenn leek geen haast te hebben om uit te zoeken waar ze heen moesten. Nu meer verlangend om naar huis te komen, vroeg ze: 'Denk je dat we dezelfde weg terug moeten volgen?'

'Nu nog niet.'

Ineens voelde ze zich gespannen… en geïrriteerd.

'We gaan gauw genoeg terug,' zei hij.

Rhoda probeerde niet te hard te zuchten en nam aan dat Glenn hier gewoon nog een poosje wilde blijven zitten praten.

★

Nellie voelde zich innig tevreden terwijl ze met Caleb in het geleende rijtuig over de landwegen reed. Ze ontspande zich terwijl hij almaar doorpraatte over zijn familieleden van de kant van de Yoders, die tientallen jaren geleden de Oude Wegen de rug hadden toegekeerd. 'Ik ken hen amper, maar ze zijn goed bevriend met mijn neef Aaron en zijn gezin.'

'O ja?'

'Hun grootouders maakten de fout die prediker Manny en zo veel anderen nu nog maken.'

Hij bedoelt ook mijn ouders.

'Zich afwenden van de *Ordnung*?' vroeg ze.

'Nou, meer dan dat. Ze verlieten niet alleen de kerk, maar ze sloegen een paar behoudender kerken over en gingen rechtstreeks naar de mennonieten.'

'Wat bedoel je?'

Hij wachtte even.

Deed het hem pijn dat ze vroeg naar de tak van zijn familie die niet meer tot de kudde behoorde? 'Het geeft niet, Caleb. Ik hoef het ook niet te weten.'

'Nou, je hoort het wel te weten…' Hij pakte haar hand. 'Ik denk dat hun vertrek uit de Gemeenschap van Eenvoud jullie Suzy weg heeft gevoerd van de kerk… wat tot haar dood heeft geleid.'

'Wat?' Geschrokken keek ze hem aan.

'Ik heb kortgeleden gehoord dat een paar neven van mij erbij waren toen Suzy die dag verdronk. Vreselijk nieuws.'

Nellie wilde niet toegeven dat ze zoiets al van Suzy zelf

had gehoord. 'Ze was die dag met een hele groep jonge mensen,' bracht ze hem onder het oog.

'O ja, er waren er meer dan genoeg bij. Maar mijn eigen familie zou er niet zijn geweest als hun grootouders in de oude kerk waren gebleven. Snap je niet, Nellie, dat alles zijn consequenties heeft? Je kiest waar je heen gaat, wat je gaat doen. Alles heeft invloed op alle andere dingen.'

Het klonk belangrijk, vol inzicht. 'Het zit je dwars, hè?' zei ze.

'Ik kan de toekomst zien. Onze toekomst.' Zijn woorden waren nauwelijks hoorbaar. 'Als we onze wil niet laten gelden…'

'Boven die van je vader?' onderbrak ze hem. 'O, Caleb… dat zal zo moeilijk zijn.'

'Ik moet er iets op vinden zodat pa je accepteert.' Hij kuste haar hand. 'Dat moet gewoon.'

Hij leunde diep in gedachten verzonken met zijn hoofd tegen het hare. Hij was van streek, en geen wonder. Hun toekomst, hun liefde, was vervlochten met strijd.

Ze slikte haar tranen weg. 'Soms zie ik in gedachten een boot voor me… net als de roeiboot waar Suzy uit viel,' begon ze. 'Pa, mama, mijn familie – allemaal zitten ze erin en laten mij achter om naar verre kusten te vertrekken. Als ik die boot niet haal, zit ik voor altijd vast aan de andere kant. Ik ben er eerlijk gezegd ontzettend bang voor.'

Hij gaf een kneepje in haar hand. 'Je houdt van je familie natuurlijk.'

Toen ze de zorgzame vriendelijkheid in zijn stem hoorde, begon Nellie te snikken. 'Snap je het niet? Als ik blijf weigeren met pa en mama mee te gaan naar de kerk, dan kom ik nooit méér te weten over Suzy's geloof. Maar als ik me bij de nieuwe kerk aansluit en jij in de oude blijft, krijgen we nooit de kans om te trouwen.' Ze huilde met haar handen voor haar gezicht.

'O, Nellie. Niet huilen… niet doen.'

Caleb zweeg. Nellie vond het een verschrikkelijke gedachte om gescheiden te zijn van hem of haar familie. Maar ze zag de blijdschap waarmee haar ouders en nu ook Nan 's zondags naar de kerk gingen en 's avonds in de Schrift lazen.

Haar gedachten werden onderbroken door de stem van Caleb. 'Nellie, we moeten elkaar niet kwijtraken. Voor niets en voor niemand.'

Kon ze zijn lieve gezicht maar goed zien... zijn hazelnootbruine ogen. 'Het klinkt natuurlijk allemaal erg verward, en geloof me, dat ben ik soms ook.'

'Dat hoeft toch niet? Jij moet in de oude kerk blijven, waar je hoort.'

Ze ademde de ijzige lucht in. 'Ik hoop dat je begrijpt waarom ik zo pieker.' Ze zweeg even, aarzelend. 'Gods Woord – zo noemt pa de Bijbel – heeft voor Suzy alles ten goede veranderd. En nu voor pa en mama ook. Voor zo velen van mijn familie.' Ze veegde haar tranen weg.

'Ach, Nellie Mae...' Maar zijn stem stierf weg toen hij de teugels optilde en stevig vasthield.

'De grote tent op het kampeerterrein Tel Hai speelde de afgelopen lente een grote rol in Suzy's leven.'

Caleb kreunde laag. 'Ze had er niets te zoeken.'

'Maar ze is er toch heen gegaan.'

'Dat heb je me nooit verteld, lief.' Hij liet zijn arm om haar heen glijden. 'Vroeg of laat zet je al dat gepraat over verlossing wel weer uit je hoofd.'

Nellie was stil. Caleb was natuurlijk van zijn stuk door haar bekentenis, maar ze geloofde dat hij het zou begrijpen, als hij van haar hield.

Een vluchtige gedachte knaagde aan haar en ze huiverde bij het idee haar *beau* voor altijd kwijt te kunnen raken. Ze zette haar angst opzij en gaf zich over aan zijn liefdevolle omhelzing.

★

Rhoda leunde tegen het portier terwijl Glenn Miller maar door ratelde. Al een paar keer had hij een flesje onder zijn stoel vandaan gehaald en naar zijn lippen gebracht. Het was de eerste keer dat ze echt met een man uit was en ze vroeg zich af hoe Nan en Nellie Mae het klaarspeelden om zo lang weg te blijven. Ze was er totaal niet aan gewend zo laat op te zijn, en ze kreeg haar bedenkingen over haar besluit om zich door deze onbekende naar huis te laten rijden.

'Ik ga met je op zoek naar een auto als je wilt,' bood Glenn aan, terwijl hij haar hand pakte. 'Wat zeg je daarvan? Morgen?'

Ze dacht na over een antwoord, zonder goed te weten of ze wel wilde dat hij haar hand vasthield. 'Na mijn werk moet ik mijn moeder helpen.'

Hij trok rimpels in zijn voorhoofd en kneep in haar hand. 'Kom, schatje, je hebt vast en zeker een heel stel zussen. Die kunnen het toch wel een keertje voor je doen.'

Hij gleed over de voorbank naar haar toe en ze rook zijn afschuwelijke adem. Hij rook naar *moonshine*, de illegaal gestookte sterke drank die de wildere jongens van de kerk brouwden en meenamen naar de zangavonden, uiteraard zonder dat de broeders het wisten.

Wat moet ik doen?

Haar vrije hand kroop naar het portier. Waarom had ze zulke tegenstrijdige gevoelens, terwijl ze er zo lang naar had gesmacht dat een man haar zag staan?

Glenn sloeg zijn arm om haar schouder en kroop almaar dichterbij. Zijn stinkende adem stoorde haar.

Maar terwijl Rhoda zich de andere kant op boog, vroeg hij of hij haar nog eens mocht zien. 'Waarom niet morgenavond? Ik haal je op wanneer je maar wilt.' Hij streelde traag haar wang met de rug van zijn hand.

Ze klemde haar kaken op elkaar. *Wat als hij probeert me te kussen?* Ze had altijd gedacht dat haar eerste kus zo bijzonder zou zijn, bewaard voor haar echtgenoot nadat de prediker had gezegd dat ze verenigd waren als man en vrouw, 'onder God'.

'Na mijn werk moet ik mijn moeder helpen,' herhaalde ze, in de hoop dat haar woorden geen boze reactie los zouden maken.

Ze keek naar het portier en zag de kruk. Ze dacht niet dat het portier afgesloten was, maar ze leunde er al zo hard tegenaan dat ze betwijfelde of ze het open kon krijgen. En zelfs dan, was het niet vreselijk om de warmte van de auto te moeten verlaten op een avond als deze?

Ik kan wel doodvriezen.

'Morgen neem ik je mee om naar auto's te gaan kijken. Ik weet de beste tweedehands bedrijven. Daar kun je kiezen wat je wilt.' Hij bracht haar hand naar zijn mond en streek met zijn lippen over haar knokkels. 'Kom, schatje, je wilt best.'

'Ik… ik heb liever dat je dat niet doet.'

Hij negeerde haar verzoek. 'Ik kan je helpen, Rhoda. Ik zal de tijd voor je nemen… en je… dingen leren.'

'Een auto kopen, bedoel je?' Ze trok haar hand weg.

'Ook dat.'

Hij begon met dubbele tong te praten, en dat maakte haar bang. 'Glenn, alsjeblieft…'

'O, dus nu vráág je het me? Goed hoor, schatje. Wat zeg je dat lief, *alsjeblieft*.' Hij boog zich naar haar toe en had haar op de wang gekust voordat ze hem kon tegenhouden.

Met haar hoofd tegen het ijskoude raampje zei ze: 'Nee!' Ze sprak het woord luid uit – luider dan ze ooit haar stem tegen iemand had verheven.

'Rhoda, mijn kleine meisje… dat kun je niet menen. Je bent zo knap, schatje. Je bent gewoon het lekkerste ding dat ik…'

'Laat me gaan!'

Rhoda slaagde erin aan de portierkruk te rukken. Het portier vloog open en ze sprong de auto uit. Ook Glenn tuimelde half naar buiten. Ze keek niet om of hij zichzelf weer in de auto hees of de achtervolging had ingezet.

Rhoda rende zo hard als de coyotes in de nabijgelegen bossen. Algauw knapten haar longen haast van de ijzige kou, maar ze worstelde om haar tempo vol te houden. Aan de stand van de maan zag ze dat ze in westelijke richting rende.

Ik kom straks vast wel bij een kruising.

Ze hoorde geen achtervolgingsgeluiden achter zich, maar haar luidruchtige hijgen en het knerpen van haar voeten op de aangestampte sneeuw op de weg konden al het andere overstemmen. Te bedenken dat ze nu op de vlucht was geslagen voor wat even zo opwindend en aangenaam had geleken. Van een paar onwelkome kussen ging ze niet dood, maar ze zouden al het andere bederven waarop ze hoopte… en een kwade uitwerking op haar hebben.

In de verte flakkerde een licht. Met nieuwe energie dwong ze haar benen nog harder vooruit en rende naar de boerderij in de verte. Haar hart bonsde tegen haar ribbenkast.

Ineens hoorde ze over de weg een auto aankomen. Ze durfde niet over haar schouder te kijken om niet per ongeluk in de ongelijke sneeuw te vallen. Doodsbenauwd dwong Rhoda zich om door te rennen terwijl de auto almaar dichterbij kwam en vaart minderde.

Hoofdstuk 13

Rhoda zag een hek openstaan aan het eind van de lange laan die naar de boerderij leidde. Vlug vloog ze erheen. De auto was langs de kant van de weg gestopt. Was hij van Glenn?

Had ze maar nooit een voet over de drempel van dat restaurant gezet! Wat had haar bezield om meneer Kraybill te vragen haar daar af te zetten?

Ze rende de verandatrap op en roffelde op de voordeur, terwijl ze over haar schouder keek om te zien of Glenn haar inderdaad volgde.

Een lange jongeman in een marineblauwe badjas verscheen in de deuropening en keek haar slaperig aan. 'Hallo?'

'Er… zit iemand… achter me aan,' stamelde ze.

De man keek langs haar heen en ze verstarde van angst. Wat als hij haar niet binnenliet?

'Teresa, kom vlug!' riep hij over zijn schouder. Er kwam haastig een vrouw de voorkamer binnen terwijl hij de deur opendeed voor Rhoda, die vlug naar binnen stapte. 'Bel de politie,' droeg hij Teresa op.

'Nee! Laat me alleen hier blijven… tot het veilig is.' Rhoda keek uit het raam en schrok zich naar toen ze Glenn zag staan, slechts een paar meter van de veranda. 'Ach! Laat hem niet binnen, wat u ook doet. O, alstublieft niet.'

'Kom mee!' Teresa pakte haar bij de hand en nam haar weer mee naar de keuken. 'Je bent hier veilig, dat verzeker ik je.'

De blonde vrouw met de zachte stem kon niet ouder zijn dan vijfentwintig, dacht Rhoda, maar haar moed was opmerkelijk. Haar ogen straalden een kalme kracht uit die Rhoda aan mama deed denken.

Bij de voordeur begon een luide woordenwisseling en bevend sloeg Rhoda haar handen voor haar oren om de boze waterval aan woorden buiten te sluiten van de man van wie ze had gedacht dat het een nieuwe vriend was.

Hier ben je veilig, had de jonge vrouw die naast haar aan tafel zat beloofd. Deze vrouw vouwde nu haar handen in gebed.

Bid hardop, dacht Rhoda ineens en ze haalde haar handen van haar oren, nieuwsgierig naar wat deze onverstoorbare vrouw aan God vroeg.

Binnen een paar minuten ging de voordeur dicht en ze hoorde de echtgenoot de grendel ervoor schuiven. Toen kwam hij naar de keuken, waar hij naast zijn vrouw ging staan. Teresa keek op van haar gebed.

'Ik ga die dronken man naar huis brengen. Hij mag niet meer rijden.' Hij keek Rhoda vriendelijk aan. 'Gaat het, juffrouw?'

'Nu wel.'

'Als u ergens heen moet, wil ik u met alle plezier brengen als ik terugkom.'

Ze knikte. '*Denki* heel hartelijk.'

Zijn blik maakte zijn verbazing duidelijk; waarom werd zij, een Amish meisje, achtervolgd door zo'n man?

Rhoda voelde zich verplicht om uit te leggen waarom ze zich in zo'n hachelijke situatie had bevonden dat ze het echtpaar gestoord had in hun slaap. Ze gaf een snelle samenvatting, zonder haar belangstelling voor de onbekende man op te biechten. 'Het was heel stom, dat besef ik nu wel. Gelukkig dat jullie thuis waren.'

'Fijn dat we je konden helpen,' zei Teresa, toen Rhoda zweeg om op adem te komen. 'Trouwens, wij zijn Timothy en Teresa Eisenberger.'

'En ik ben Rhoda... Rhoda Fisher.'

Teresa kwam overeind om water op te zetten voor thee en Timothy excuseerde zich om Glenn naar huis te gaan brengen. 'God heeft je naar ons toe gestuurd, denk ik,' zei Teresa zacht tegen Rhoda terwijl ze twee kopjes en schotels uit de kast haalde.

Rhoda had van prediker Manny gehoord over goddelijke leiding, maar ze had het nooit als een realiteit gezien.

'God leidt ons in onze smart.' Teresa pakte een doos kamillethee. 'Dat heb ik uit de eerste hand ervaren.'

Jah, *smart was het zeker,* stemde Rhoda zwijgend in terwijl ze aanbood om te helpen met de thee. Wat was ze dom geweest door zich onnodig in gevaar te begeven. Als God haar inderdaad hierheen had geleid, moest ze voortaan beter luisteren naar de preken van prediker Manny.

Dat is het minste wat ik kan doen.

★

Betsy hoorde Nellie Mae's bed kraken en was opgelucht dat haar dochter eindelijk thuis was. Ze fluisterde een gebed en besloot haar frustratie opzij te zetten om Caleb Yoder, die achter haar jongste aanzat. Op een werk*frolic* had ze zijn moeder in het voorbijgaan horen zeggen dat haar man van plan was het familieland aan Caleb over te doen zodra hij getrouwd was. Betsy was slim genoeg om te weten dat de landbouwgrond van de Yoders gekoppeld was aan de eis dat Caleb in de Oude Wegen zou blijven. Een strenge man als David Yoder wilde van niets anders horen.

Morgen was het de dag des Heeren en Nellie en de rest van het gezin zouden ongetwijfeld hun afzonderlijke wegen gaan, zoals helaas gewoon was geworden. Nellie had duidelijk gemaakt dat ze niet met hen mee wilde naar de kerk.

Zuchtend draaide Betsy zich om. Ze keek naar Reuben, die sliep als een blok. Het was hoogst ongewoon dat hij nog niet wakker was geworden en tegen haar aan was gaan liggen. Was hij vannacht wakker geweest, had hij in de gang lopen bidden voor de familie zoals hij zo vaak deed?

Ze ging rechtop zitten en propte een kussen achter zich. Tegen het hoofdeinde geleund wachtte ze tot de zon opkwam. Haar gedachten dwaalden van Nellie naar Rhoda, die net pas thuis was gekomen, in de auto van een vreemde nog wel. Had haar oudste dochter zich net als Suzy aangesloten bij lichtzinnig gezelschap? Ze had de bestuurder gezien die Rhoda afgezet had, beslist een *Englischer*. De jongeman had Rhoda helemaal tot de achterdeur gebracht.

Ze moest meer vertrouwen hebben in Gods zorg. Daarop dwaalden haar gedachten naar Reubens ouders, Noah en Hannah, en ze wenste dat ze met Reuben de reis zou maken naar Bird-in-Hand. Morgen misschien, na de gemeenschappelijke maaltijd? Het was hoog tijd dat ze weer eens op bezoek gingen, anders leek het of ze zelf afstand namen.

Betsy boog zich naar voren, tilde haar lange, zware haar op en liet het achter zich vallen.

Ze hoefden het contact met de familie niet te verbreken omdat ze het niet langer eens waren. Ze waren tenslotte bloedverwanten, en ze miste haar schoonmoeder en haar verhalen op quiltbijeenkomsten. Hoe voelde Hannah zich na haar lichte beroerte?

Ze keek nog eens naar de slapende Reuben en vroeg zich af hoe hij eigenlijk met de pijnlijke kloof omging. Noah en hij waren altijd erg aan elkaar verknocht geweest.

Ze stond op om de gaslamp aan te steken en pakte de Bijbel van het tafeltje naast het bed. Ze sloeg hem open bij het boek Spreuken. Prediker Manny had gezegd dat het goed was om elke dag een spreuk te lezen. *Dat zal je leven veranderen.*

Er was zo veel om in te drinken. Betsy was zo lang in hoge mate onbekend geweest met de kennis in Gods Woord, dat ze elke keer als ze erin las zo veel mogelijk wilde leren. Ze was blij met dit rustige moment terwijl Reuben nog sliep.

Al toen ze begon te schrijven voelde Rosanna beroering van binnen. Na de vroege ochtendvoeding van de tweeling was ze opgebleven en niet weer naar bed gegaan. Ze kon net zo goed nu de tijd nemen om instructies op te schrijven voor gezegende-distelthee. Een van haar tantes had beweerd dat het wonderen had gedaan voor haar eigen postnatale neerslachtigheid.

Schenk 1 kop kokend water over 1,5 tot 2 gram geplette gezegende distel. Laat twaalf minuten trekken. Drink 2 tot 3 keer per dag een kop, voor de maaltijd.

'Misschien probeert Kate het,' mompelde ze in zichzelf op de vroege ochtend in de keuken. Ze hoopte dat haar nicht ervan zou opknappen.

Ze vouwde het briefje met instructies voor de thee op en legde het onder de koektrommel. Tevreden over zichzelf zette ze alles klaar om brood te bakken voor het middagmaal. Straks zou Elias opstaan en zich aankleden, dan had hij zin in een rustig ontbijt voordat hij naar buiten ging om een buurman te helpen met reparatiewerk aan enkele hoofdstellen. Later zou hij naar een boerderijveiling gaan in de buurt van Smoketown.

'Als ik vlug ben, kan ik ook nog koffiebroodjes maken,' zei ze tegen zichzelf. Het was altijd zo heerlijk om de keuken te vullen met de verrukkelijke kaneelgeur.

Misschien kan ik er straks een paar aanbieden aan nicht Kate… voor bij haar thee natuurlijk!

Dat zou Elias grappig vinden. Hij zou zijn hoofd in zijn nek leggen en hartelijk lachen voordat hij haar in zijn armen nam om haar te kussen.

Rosanna glimlachte. Elias mocht best lachen. *Alles om die eigenaardige Kate te genezen!*

★

Rhoda haalde diep adem en rekte zich uit terwijl ze haar ogen opendeed. *Gelukkig dat ik thuis ben… en veilig.* Ze keek naar Nan die nog lag te slapen, ondanks een zonnestraal die onder het groene rolgordijn door piepte. Ze dacht aan wat er had kunnen gebeuren, maar ze stond zichzelf niet toe erbij stil te blijven staan; de herinnering aan gisteravond maakte haar nog steeds overstuur.

Dat had ze toch gewild, een blik werpen in de wereld van stadse mannen en auto's? Auto's vond ze nog steeds mooi, maar op kerels als Glenn Miller zat ze niet te wachten.

Maar hoe moest een meisje het verschil zien tussen een goede man en een foute? Glenn had haar behoorlijk voor de gek gehouden.

Ze stond op, liep op haar tenen naar het raam en tilde het rolgordijn een stukje op, zachtjes om Nan niet wakker te maken. Wat er gisteravond gebeurd was leek een nare droom, nu ze veilig thuis was en samen met haar jongste zusje lekker had geslapen. Waarom had ze zichzelf zo in gevaar gebracht?

Nan mag het nooit weten van Glenn, besloot ze.

Rhoda keek naar de lucht, waar in het oosten de dageraad het grauwe grijs verdrong. Een straal van hoop, misschien?

Ze draaide zich om en staarde naar de mooie kettinkjes die ze verzameld had en die aan haar kant van de spiegel op de ladekast hingen. Was het verkeerd om haar wereldse verlangens zo te voeden?

Rhoda zette haar zorgelijke gedachten opzij en liep naar de rij houten haken aan de muur om haar badjas te pakken. Ze trok hem aan en ging naar beneden naar de badkamer, waar haar vader de moeite had genomen om inpandig sanitair aan te leggen. Toch was de kleine badkamer niets vergeleken met de uiterst moderne, betoverend mooie twéé badkamers in het huis van de familie Kraybill.

Ze sloot de deur en liet het water lopen voor haar tweede bad binnen vierentwintig uur, om de herinnering aan Glenn van zich af te spoelen – zijn smerige adem in haar hals en op haar gezicht, zijn armen om haar heen…

Rhoda huiverde. Was hij al die tijd van plan geweest om haar erin te laten lopen door te zeggen dat ze verdwaald waren? Was hij net als sommige jongens van de kerk, die lieve woordjes in een meisjesoor fluisterden, in de hoop haar zover te krijgen dat ze zich liet gaan vóór haar huwelijksnacht? Vooral van Nan had ze een paar vreselijke verhalen gehoord over een paar jongemannen in hun kerkdistrict – nou ja, hun vroegere kerkdistrict. Ze wist echt niet veel van de jeugd van de nieuwe kerk, want ze had tot nu toe geweigerd om naar bijeenkomsten te gaan. Ze was het zat om door Amish jongens over het hoofd te worden gezien, al zeiden haar zussen en mama dat ze best knap was.

Net als Curly Sam Zook vijf jaar geleden. Maar hoelang het ook geleden was, ze kon niet vergeten hoe hij op een koude avond achter de schuur haar hand had vastgehouden en allerlei lieve dingen had gezegd, alleen om een maand later haar hart te breken. Zoals Nans *beau* nog niet lang geleden had gedaan.

Ze huiverde opnieuw en bedacht wat een *Dummkopp* ze was geweest, met Sam *en* met Glenn. Zoiets zou ze nooit meer laten gebeuren. *Ik laat me niet als een dwaas behandelen!*

'Op een dag heb ik een mooie auto en ook een aardige jongeman,' beloofde Rhoda zichzelf terwijl ze in het spiegeltje boven de wastafel keek. Ze zette haar bril op de brug van haar neus en deed het medicijnkastje met de spiegel open, op zoek naar een pijnstiller om haar hoofdpijn te verlichten. Maar het doosje was leeg.

Gefrustreerd besloot ze zelf een doosje te kopen en dat in een lade te stoppen in de kamer die ze deelde met Nan. Terwijl ze in het warme bad stapte, vroeg Rhoda zich af waarom het ineens zo belangrijk was dat haar spullen alleen van haar waren, net als haar toekomst.

Hoofdstuk 14

Zaterdag voor het ontbijt, terwijl Reuben zijn werkbroek stond aan te trekken, begon Betsy over de advertentie voor Nellie's Zoete Heerlijkheden die elke dag in de krant stond. 'Ik heb het met mijn eigen ogen gezien. Het is helemaal niet zoals het hoort.' Ze stond naast de tweezitsbank voor het raam met de bewuste krant in haar hand.

'Waarom zeg je dat, lief?'

'Omdat het zo is. Ik zie geen reden waarom Rhoda zoiets zou moeten doen.'

Hij hield op met aankleden, zijn bretels tot halverwege opgetrokken. 'Weet je zeker dat zij het gedaan heeft?'

'Nan denkt het, en omdat ze zo goed met elkaar zijn vermoed ik dat zij het kan weten.'

Hij vond het een overhaaste conclusie. Waarom moest Betsy blindelings geloven dat Rhoda de advertentie had geplaatst, alleen omdat Nan het zei? Nan had het weleens vaker mis gehad. Maar hij weigerde haar daarop te wijzen. Als er door de advertenties meer klanten naar Nellie's bakkerswinkel kwamen, dan kwamen de tafels en stoelen die hij had gemaakt goed van pas.

'Waarom vraag je het niet gewoon aan Rhoda?' opperde hij.

'*Jah*, dat doe ik.'

'Nou, *gut*.' Reuben had meer aan zijn hoofd dan Betsy's vermoedens. Hij was bijvoorbeeld nog steeds boos op Ephram, en op bisschop Joseph ook. Niet alleen had hij een aanvaring gehad met zijn zoon, maar ook zijn frustratie om zijn gesprek met zijn oudste broer – die gerespecteerd werd als een man van God – werd in zijn hoofd steeds groter.

Hij kamde zijn vette haar en wenste dat het vast avond was, als hij zich zou baden voor de kerkdienst bij neef Manny thuis. Bisschop Joseph hield nu toezicht op zowel Manny's kerk van de Nieuwe Orde als de groep van de Oude Orde, terwijl hij probeerde degenen die neigden naar de *Beachy's* over te halen om nee te zeggen tegen auto's en telefoons.

Reuben zelf neigde niet naar de *Beachy's*, maar het zou wel fijn zijn om vaker in bad te kunnen. *Heel prettig.*

'Wat zou je ervan zeggen als we morgen na de kerk bij je ouders op bezoek gaan?' opperde Betsy terwijl hij de kam opborg.

Hij miste het om een praatje te maken met zijn vader. '*Jah*, dat lijkt me een goed idee.'

Hij ging naar beneden en hoopte dat degene die de badkamer bezet hield opschoot, zodat hij zijn bovenlip kon scheren. In zichzelf lachend stond hij bij de deur te wachten. Het leek wel of een mens nooit genoeg had, hoeveel hij ook had. Maar als reinheid gelijkstond aan vroomheid… hij zou met plezier elke dag in de badkuip gaan.

Hij hoorde Rhoda in zichzelf mompelen. Reuben wachtte niet langer en ging naar de keuken. Hij vroeg zich af waar Betsy bleef, hij had zin in zijn eerste kop koffie en een paar kaneelbroodjes.

★

Vanaf het moment dat ze die zaterdag aankwamen in het Marsh Creek State Park wist Chris Yoder dat het een vergissing was. Maar Zach stond erop dat ze bleven en hij stond al naast de auto voordat Chris de handrem had aangetrokken. Zach stond stijfjes naast de voorbumper uit te kijken over het reusachtige meer.

Het was laat op de ochtend en de lucht was troosteloos als op alle januaridagen die Chris zich kon herinneren. Alles, van het meer met de steiger tot aan de bomen langs de kant, was grijs en stevig bedekt met ijs en sneeuw.

'Als je niet wilt blijven…' zei Chris onzeker.

'Nee, we zijn er nu,' viel Zach hem in de rede. Zonder Chris te vragen om mee te gaan liep hij naar het meer.

Ja, we zijn er nu, inderdaad. Chris kloste door de diepe sneeuw en keek naar het meer, dat meer dan tweehonderd hectare groot was en gevoed werd door een waterscheiding in de buurt.

Deze dag vormde een somber contrast met de heldere en geurige junimiddag van de vorige keer dat ze hier waren. Hij had zich nooit kunnen indenken dat Zach hier met hem heen had willen gaan. En dan nog wel in de winter.

Zach liep voorzichtig over het ijs. Chris hoopte maar dat het dik genoeg was. Hij nam aan van wel, na maanden ijskoud weer. Hij keek Zach na, die moeizaam naar het midden van het meer liep.

Waar Suzy is gestorven.

Terwijl Zach voortsjokte, bad Chris zwijgend dat het herstel zou brengen.

Zach vouwde zijn handen onder het lopen, hij praatte of bad in zichzelf, zijn lippen bewogen. Nu en dan keek hij naar de lucht, en dan weer naar het bevroren wateroppervlak.

Chris verschoof zijn sjaal om een groter deel van zijn gezicht te bedekken en liep ook in de richting van het stuk waar Suzy overboord was gevallen en verdronken. Hij herinnerde zich wat een prachtige dag het was geweest toen ze zich met z'n allen in een stel roeiboten hadden geperst. Suzy was voor het eerst mee. Een van hun oudere broers had erop gewezen hoe het zonlicht als diamanten op het wateroppervlak danste. Sommige jongens begonnen harder te roeien, ze sloofden zich een beetje uit voor Suzy en een stel andere meisjes van de kerk, die met hun drie oudere broers in twee andere bootjes zaten. Toen ze aardig in de richting van het midden van het meer waren, had Zach geopperd zich een poosje te laten drijven. Hij wilde een rustig moment om

Suzy een gouden armband te kunnen geven.

Chris had niet willen kijken, maar het was moeilijk geweest om hun aanstekelijke lach niet te zien toen Zach het fijne armbandje om haar smalle pols had gedaan.

Geroerd door de herinnering schudde Chris zijn hoofd. Hij blies tussen zijn op elkaar geperste lippen door en keek weer naar Zach in de verte. *Waarom spaart God de een wel en de ander niet?* Natuurlijk, God was soeverein. Het antwoord op de vraag waarom was minder belangrijk dan je complete vertrouwen stellen op Gods wil. Dat had hij van zijn ouders geleerd en hij had gezien hoe die niet zeurden over de moeilijkheden die hun toevielen. Ze geloofden dat Suzy's dood deel uitmaakte van 'alle dingen' uit Romeinen 8 vers 28, en dat er uiteindelijk iets goeds voort zou komen uit haar dood.

Niettemin werd Chris geplaagd door zijn eigen vragen, vooral omdat hij zo'n discrepantie zag tussen gebeden die wel beantwoord werden en gebeden die niet beantwoord werden. Na Suzy's dood had hij een preek gehoord over vertrouwen in wachtperiodes. Hoe moeilijk het ook was, vooral voor Zach, ze probeerden allebei geduldig te zijn en te wachten op Gods tijd om hen door de tragedie heen te helpen, evenals Suzy's familie, die ze vaak in hun gebed noemden.

Hij haalde Zach in, die met een verrassende vaart het meer was overgestoken. Chris kwam naast hem staan en ze dronken de stilte in, die alleen onderbroken werd door de roep van een paar wintervogels. Chris kon bijna raden wat Zach dacht, want zijn eigen gedachten wogen hem zwaar.

'Ik had mezelf beloofd dat ik nooit terug zou gaan,' bekende Zach.

Chris begreep het. Dit was nieuw terrein voor hen. Naast de dood van Suzy was er nooit iets echt vreselijks in hun familie gebeurd.

Zach vervolgde: 'Te bedenken… dat Suzy hier voor het

laatst was voordat…' Hij staarde naar de plek en zijn schouders schokten.

Chris legde een hand op Zachs schouder. 'Het is zwaar, ik weet het.' Hij zuchtte met een brok in zijn keel.

'We hadden allemaal zwemvesten moeten dragen,' fluisterde Zach wanhopig.

Wat heeft ons bezield?

Na een tijdje wilde Zach weg. 'Kom, we gaan.'

Chris was er ook aan toe.

Ze staken het meer over en liepen terug naar het parkeerterrein, waar enkele roeiboten op de oever lagen. 'Ik weet niet meer welke boot we hadden,' zei Zach. 'Toen Suzy viel…'

Hij hurkte naast de omgekeerde boten, waarvan de boeg door een metalen rek van de grond gehouden werd. Hij streek over de identificatienummers. 'Het kantoor heeft vast niet bijgehouden welke boten we die dag hebben gehuurd.'

'Waarschijnlijk niet.'

Zach schudde zijn hoofd. 'Man, ze zien er allemaal hetzelfde uit.' Hij wilde overeind komen, maar viel weer op zijn knieën. 'Wacht eens even. Wat is dat?'

Chris nam niet de moeite om te kijken, maar Zach hield vol. *Hij denkt toch zeker niet…*

'Zou het kunnen?' zei Zach, terwijl hij de sneeuw wegveegde.

Chris tuurde. Hij zag een glimp van goud in een klompje ijs van bevroren bladeren en steenslag.

'Zie je? Daar.' Zach wees.

'Kan van alles zijn.'

'Ik denk dat het haar armband is.'

Chris was niet overtuigd. Suzy's armband lag waarschijnlijk op de bodem van het meer.

'Hij moet van haar pols gegleden zijn toen ze viel.'

Hoogst onwaarschijnlijk. Chris hoopte dat zijn broer niet teleurgesteld werd.

'We moeten iets hebben om dit los te wrikken.' Zach keek rond. 'Ligt er iets in de kofferbak wat we kunnen gebruiken?'

'Niet dat ik weet.'

'We moeten teruggaan met een bijl of zoiets om het los te hakken.'

Terug? Dat was de afspraak niet. 'Kom, we gaan.'

Onderweg naar huis herinnerde Zach Chris aan de Schrifttekst die hij in de armband had laten graveren. 'Haar lievelingstekst. Weet je het nog?'

Chris knikte.

'Haar hele familie zal wel weten wat ze geloofde,' zei hij ineens. 'Suzy schreef elke dag in een dagboek, zie je.'

'Meen je dat?'

Zach knikte met een vage glimlach. 'Ze wilde niets vergeten. Het was allemaal zo nieuw en heerlijk voor haar.'

Het was fijn om Zachs ogen weer te zien stralen, maar Chris was ontsteld door deze nieuwe obsessie van zijn broer. En tegen de tijd dat ze thuis waren, was Zach ervan overtuigd dat hij de armband inderdaad gevonden had. 'Ik moet het zeker weten,' mompelde hij, vastbesloten om terug te gaan naar het park voordat er iets mee kon gebeuren.

Chris kende Zach goed genoeg om te weten dat hij niet te stuiten was als hij eenmaal iets in zijn hoofd had. Zijn ijver voor God werd alleen naar de kroon gestoken door zijn gevoelens voor Suzy Fisher, en zijn behoefte om alles uit te zoeken wat met haar in verband stond werd duidelijk niet minder. Nee, de reis naar het meer had helemaal niet geholpen om Zach te genezen. Zijn broer was erger in beroering dan ooit.

Hoofdstuk 15

Nellie verheugde zich op het bezoek aan *Dawdi* en *Mammi* Fisher, dat pa zondag aan het ontbijt had aangekondigd. Meteen na de kerk zouden ze vertrekken. 'We zullen zien hoe het gaat met *Mammi* Hannah,' voegde mama er met een glimlach aan toe.

Nellie hoopte dat er tijd was om nicht Treva ook even te zien. Misschien kon ze Treva en haar zussen eindelijk overhalen om een keer op bezoek te komen om de bakkerswinkel te bekijken.

Nellie voelde dat haar vader haar opmerkzaam aankeek terwijl ze haar koude graanontbijt met fruit at. Hij maakte zich er steeds meer zorgen over dat ze stevig vasthield aan de Oude Wegen.

Zodra de vaat was gedroogd en opgeruimd, snelde ze naar de wasruimte om zorgvuldig haar gezicht te wassen, want Caleb zou op deze dag des Heeren vaak haar kant op kijken. Niet dat hij dat tijdens andere kerkdiensten niet deed, maar sinds hun hereniging voelde ze zich nog dichter bij hem en verlangde ze naar hun trouwdag.

Zou het Caleb lukken met zijn vader? Nellie was van plan om te doen wat ze kon om te zorgen dat David Yoder niets op haar aan te merken kon hebben.

Ze deed de deur achter zich dicht en pakte een schoon washandje. Ze liet het water stromen en bracht de zelfgemaakte zeep aan. Gedachten aan de kerkelijke doop zette ze opzij. Dat had pa ongetwijfeld in gedachten. Het kiezen voor Caleb en de Oude Wegen in plaats van voor het geloof van haar ouders was de moeilijkste keuze van allemaal.

★

Toen de vrouwen voor Ephrams boerderij in de rij gingen staan, zag Nellie tot haar blijdschap dat Rebekah Yoder naar haar zwaaide. Calebs zus, met haar blonde glanzende haren, kwam naast haar staan.

'Hoe gaat het met je?' Nellie was benieuwd of Rebekah een vermoeden had van Calebs ongehoorzaamheid, of hun heimelijke ontmoeting.

'O, best. Ben je helemaal komen lopen?'

'*Jah*, maar ik had beter de slee kunnen inspannen. Omdat ik toch maar alleen ben…' Ze legde het niet verder uit, maar Rebekah begreep het wel.

'Ik had gehoopt nog weg te kunnen komen om bij Nan op bezoek te gaan,' fluisterde Rebekah. 'Het is gewoon niet goed dat ik haar niet zie.'

'Tja, we missen bijna de halve Gemeenschap van Eenvoud. Zo velen hebben de overstap gemaakt.'

Rebekah beaamde het. 'Ze zijn natuurlijk bang om te lang te wachten. Ik heb mensen horen zeggen dat ze de overstap maar beter achter de rug konden hebben voordat de *Bann* dreigt.' Fronsend keek ze over haar schouder. 'Ik ben eerlijk gezegd vreselijk nieuwsgierig naar de nieuwe kerk, Nellie Mae.' Ze legde haar arm op Nellie's arm. 'Niet zeggen, hè?'

'Overweeg je naar prediker Manny te gaan?'

Rebekah boog zich naar haar toe. 'Als ik een manier kan vinden, wil ik graag volgende week gaan,' fluisterde ze achter haar hand.

Nellie paste op om niet te reageren. Ze was benieuwd wat Calebs zus van plan was, maar ze zou moeten wachten tot na de gemeenschappelijke maaltijd – als Rebekah tenminste bereid was om verder te praten. Intussen bereidde ze zich erop voor om eerbiedig te zijn terwijl de rij opschoof in de richting van het tijdelijke bedehuis. Ze stak haar hand in haar jaszak en voelde aan de lintjes van Suzy's *Kapp*, een blijvende herinnering aan haar geliefde zus. De lintjes leken hier vreemd misplaatst.

Was Suzy wijzer dan wij allemaal?

★

De aanblik van zijn lieve Nellie maakte dat Caleb haar alweer miste en hij wist niet wanneer hij weer kon ontsnappen uit zijn ouderlijk huis. Hij wilde niet dat Nellie ongeduldig werd of de moed verloor omdat hij wegbleef bij zangavonden en dergelijke.

Hij legde zijn zwarte vilthoed op de lange houten bank bij de trap en nam zijn plaats in naast zijn vader en oudere getrouwde broers. Hij boog zijn hoofd toen zijn vader het deed en vouwde zijn handen. De drie uur durende bijeenkomst strekte zich in zijn gedachten voor hem uit, en hij had moeite om zijn gedachten bij de hemelse Vader te houden. Eerlijk gezegd moest hij de hele tijd denken aan zijn laatste afspraakje met Nellie Mae. Wanneer kon hij het regelen om haar weer te zien? Elke keer als ze samen waren verlangde hij nog meer naar de volgende ontmoeting, en de volgende. *Zo gaat het met de liefde,* dacht hij. Als je het meisje ontmoette van wie je wilde dat ze je bruid werd, dan joeg je haar na… je zette alles op alles om bij haar te zijn.

Hij deed zijn ogen open en richtte zijn aandacht op de voorkant van de grote ruimte, waar hij Ephram Fisher, Nellie's oudere broer, zag staan in zijn zwarte geklede jas. Hij en zijn vrouw Maryann hadden weer een kleintje gekregen, maar Caleb had de baby nog niet gezien. Sommige vrouwen bleven langer thuis met hun kleintjes dan anderen.

Eén ding was duidelijk: Ephram had geen duimbreed toegegeven sinds de kerkscheuring van de afgelopen herfst. Maar Ephrams vier broers waren nergens te zien, en Caleb nam aan dat ze net als Rhoda en Nan met hun vader mee waren gegaan. Erg aanlokkelijk, die nieuwerwetse kerk. Zelf vocht hij tegen het verlangen naar een tractor; hij wist hoeveel makkelijker het boerenwerk daarmee werd.

Er waren ogenblikken dat Caleb bang was dat als er niet gauw iets gebeurde, Nellie ook zou zwichten voor de aandrang van haar ouders en de Nieuwe Orde. Hij kon haar voor altijd kwijtraken.

Dat laat ik niet gebeuren.

★

Rosanna nam plaats op een bank achterin, dicht bij de keuken. Ze was op haar tenen binnengekomen met Essie, haar schoonzus, die naast haar zat en hielp met de baby's. Met opzet had Rosanna ervoor gekozen om Eli vast te houden tijdens de kerkdienst. Hij nestelde zich tegen haar aan tijdens het eerste lange gezang uit de *Ausbund* terwijl Rosie sliep als een roos in Essie's goedgevulde armen.

Behalve tegen Elias had Rosanna met geen woord gerept over nicht Kates duidelijke voorkeur voor Eli, noch over het feit dat ze beslist als voedster wilde blijven optreden. Terwijl ze zich afvroeg wat Essie ervan zou vinden als ze het wist, zong Rosanna mee met het tweede lied, het *Loblied*, terwijl de Gemeenschap van Eenvoud wachtte op de bisschop en de twee predikers. Het zou nog een paar minuten duren voordat bisschop Joseph terugkwam met de andere broeders. Ze waren boven om te beslissen wie van hen de eerste preek hield en wie de langdurige hoofdpreek zou doen. Ze hoopte heimelijk dat hun bisschop vandaag de tweede preek zou houden, omdat ze soms iets diepers in zijn boodschap bespeurde. Misschien kwam het alleen omdat hij de oudste man van God in hun midden was.

Kate Beiler keek om naar Rosanna. *O nee, wil ze hier komen zitten?* Straks begon de inleidende preek – de *Anfang* – en dan kon ze niet meer van haar plaats. Rosanna hield haar adem in en besefte ineens dat ze vergeten was het recept voor de kruidenthee voor Kate mee te nemen.

Eli maakte een zacht geluidje in zijn slaap. Zo lief vielen zijn kleine handjes over zijn rijzende borstkasje... die prachtige lange wimpers. *Wat een mooi kind.*

Ze keek op, half en half verwachtend dat Kate jaloers terug zou staren. Maar Kate zat recht voor zich uit te kijken. Toch was het pijnlijk duidelijk dat Kate zich vreemd gedroeg ten opzichte van haar en de baby's. Zelfs Elias had onder vier ogen zijn zorg uitgesproken tegen Rosanna. Ze hadden per slot van rekening alleen de zegen van de bisschop om Eli en Rosie groot te brengen, er was geen uitspraak van een wereldlijke rechter. Was dat genoeg?

★

Na de gemeenschappelijke maaltijd glipte Caleb naar buiten in de hoop Nellie te zien, die een paar minuten geleden naar de buiten-wc was gegaan. Het wemelde in zijn hoofd van de ideeën en hij wilde haar geruststellen dat ze de hoop niet moest opgeven. Hij was ervan overtuigd dat zijn vader zou zwichten als Nellie nadat de *Bann* weer was ingevoerd nog steeds bij de Oude Kerk was.

Als hij vlug was, kon hij haar misschien treffen op weg terug naar binnen. Zelfs een paar gestolen ogenblikken waren het risico waard.

Het was bar koud en de zon wierp een verblindend licht over het besneeuwde veld. Hij hield zijn hand boven zijn ogen, op zoek naar Nellie. Hij durfde niet te roepen, er liepen nog meer mensen buiten die de kou trotseerden.

Hij huiverde. Hij vond het afschuwelijk om het gevoel te hebben dat hij iets verkeerds deed door Nellie Mae op te zoeken op de dag des Heeren. Was het wel zo verschrikkelijk om bij het meisje te willen zijn van wie je hield... zelfs terwijl het in dit geval opzettelijke ongehoorzaamheid was?

Terwijl hij stond te wachten bij de deur van de schuur

schrok hij op toen pa hem riep, die bij de maïsbak stond en breed zwaaide. 'Caleb! Hier, jongen!'

Hij keek naar het pad naar de buiten-wc en zag Nellie aan komen lopen. *Wat een slechte timing!* Hij voelde zich ontmoedigd.

Heeft neef Aaron me verklikt?

Caleb schuurde met zijn laarzen tegen de drempel van de schuur en wandelde de sneeuw in. Zijn nek prikte toen hij zijn geliefde passeerde. Maar hij waagde het niet Nellie's kant op te kijken en hield zijn ogen gericht op de vader, wiens wil de zijne wilde breken.

Hoofdstuk 16

Nellie stond in de schaduw van de schuur van haar broer en sloeg Caleb gade die verderop met zijn vader stond te praten. Onwillekeurig vroeg ze zich af wat David Yoder zo dramatisch stond te zeggen, maar om door haar aanwezigheid geen olie op het vuur te gooien wachtte ze op een plek waar Caleb en zijn vader haar niet konden zien.

Hoe kon zijn vader Calebs gevoelens zo blijven veronachtzamen? David Yoders adem steeg in een rechte lijn omhoog van zijn zwarte winterhoed. Maar Caleb was merkwaardig stil.

Nellie wilde omlopen naar de zijkant van de schuur om te kunnen blijven kijken, maar op dat moment dook Rebekah naast haar op. 'Ach, ik schrik me een ongeluk,' zei ze toen Rebekah haar in wanten gestoken handen pakte en haar naar binnen trok in de schuur.

'Ik *moet* je spreken.' Rebekah's ogen waren nat. Huilde ze, of kwam het van de felle kou?

'Alles goed?'

Rebekah knikte en nam haar mee naar de melkbeugels, waar de geur van het vee sterk om hen heen zweefde. 'Ik heb je al verteld wat ik wil doen.' Ze keek over haar schouder.

'Krijg je dan geen vreselijke problemen met je vader?' vroeg Nellie.

'Ik wacht er niet langer mee om zelf in Manny's kerk te gaan kijken,' fluisterde Rebekah.

'Denk je echt dat je volgende week zondag weg kunt komen?' Nellie dacht aan wat Rebekah haar voor de kerkdienst had verteld.

'Ik ga het proberen.'

'Weet Nan van je plannen? En mijn ouders?'

'Jij bent de eerste aan wie ik het vertel.'

Nellie was verbijsterd. 'Weet je het wel zeker, Rebekah?' Het was niet te voorspellen welke consequenties er voor Calebs zus zouden volgen als ze betrapt werd.

Rebekah knikte. 'Dus jij vertelt het aan Nan… in het geheim?' Toen Nellie knikte, zuchtte ze alsof er een grote last van haar was afgevallen. 'Ik wacht langs de weg, als je ouders het niet erg vinden om me op te pikken.'

Wat zal David Yoder ervan zeggen als ze aanstaande zondag niet thuis is?

'Ik moet het doen…' Rebekah sloeg haar ogen neer. 'Al word ik… verstoten, of erger.'

Wat kon erger zijn?

'Bid je voor me?' Rebekah greep Nellie's handen weer vast.

Nellie was geschrokken door de wending in hun gesprek. Ze had geen flauw idee wat ze moest zeggen, noch hoe ze het aan Nan moest vertellen.

Op dat moment hoorden ze het geluid van zware laarzen over het cement onder het gestrooide hooi.

Ephram misschien?

De meisjes doken in elkaar en Nellie Mae hield haar adem in voordat ze langzaam uitblies. Haar hart bonkte. 'Wie was dat?' fluisterde ze na een tijdje.

'Caleb, denk ik. Zijn loopje, dat herken ik uit duizenden.'

Nellie had hem daarstraks buiten gezien, het leek erop dat hij haar had gezien maar het niet wilde laten merken, omdat zijn vader hem riep.

'*Ach*, Nellie, mijn broer is stapelverliefd op je,' zei Rebekah zacht, 'voor het geval je dat nog niet wist.'

Nellie's hart bonsde op Rebekah's bekentenis, maar nu Caleb haar achter zijn vaders rug om ontmoette, wilde ze niet vertellen dat zij hetzelfde voor hem voelde. Als hij zijn best deed om een manier te vinden om samen te zijn zonder zijn geboorterecht in gevaar te brengen, dan wilde zij de boel niet verknoeien.

'We moeten maar gaan.' Ze keek om zich heen naar de tientallen melkkoeien die hun staarten zwaaiden boven de mestgoot.

'Ik ga eerst.' Rebekah glimlachte vriendelijk en vertrok.

Toen Nellie overeind kwam, zag ze een zwarte mannenhoed. Was het haar *beau*, die hoopte op een gelegenheid om in het geheim met haar te kunnen praten?

Onzeker van zichzelf liep ze langzaam weg. Als het Caleb was die stond te wachten, zou hij roepen dat ze niet weg moest gaan.

Ze duwde de schuurdeur open toen een mannenstem riep.

'Nellie Mae Fisher!'

Ze verstarde.

Calebs vader? Ze keek om en daar stond hij, zijn rood aangelopen gezicht stond dreigend. Zijn zwarte hoed was diep over zijn voorhoofd getrokken en verborg bijna zijn ogen.

'Je blijft uit de buurt van mijn zoon, hoor je?' sprak David Yoder bevelend.

Heeft iemand Caleb en mij gezien? Wie dan?

Zonder na te denken vloog Nellie de schuur uit en rende de hele weg naar de beschutting van Ephrams huis.

★

Caleb was woest. Te bedenken dat hij betrapt was toen hij bijna naar buiten was gestormd om Nellie Mae te zien. Zijn handen trilden van frustratie toen hij zijn paard voor zijn open rijtuigje spande. Hij was in de stemming om iets geks te doen – zoals een wilde rijtuigrace. Was het maar een andere dag dan zondag. Hij moest stoom afblazen.

En wat nog erger was, pa had gedreigd Nellie te gaan zoeken. Maar eerst had zijn vader tegen Caleb geschreeuwd dat hij hem ervan verdacht dat hij al die tijd stiekem met Nellie Mae was omgegaan, wat maar één keer gebeurd was.

Nu dreigde zijn vader hem te onterven als hij het nog eens deed. De bevelende manier waarop zijn vader hem dwong trof Caleb als uiterst belachelijk.

Caleb wreef met zijn hand over zijn gezicht. Niet te geloven dat hij zelfs maar overwoog naar zijn vaders pijpen te dansen, maar wat had hij voor keus?

Het was eigenlijk niet zo moeilijk om aan de eis te voldoen. En hij won er tijd mee. Susannah Lapp was per slot van rekening een mooie meid. Waarom zou hij het onredelijke bevel van zijn vader niet opvolgen en een tijdje met haar optrekken? Nellie hoefde het niet te weten. Nu ze elkaar niet langer regelmatig konden zien, scheen ze minder zin te hebben om naar de zangavonden van de oude kerk te gaan. En hij deed het tenslotte voor Nellie Mae… om de hoop op een toekomst samen te behouden.

Hij zou *alles* doen om bij zijn geliefde te zijn, en nu moest hij van zijn vader met Susannah uit – één keertje maar.

Hij klakte met zijn tong om het paard aan te zetten. Was Nellie maar bij hem in zijn rijtuigje. *Later…*

Voorlopig moest hij zijn vader bewijzen dat hij noch voor Susannah, noch voor een ander meisje belangstelling had. Hoe erg het ook was, hij kon er niet omheen dat zijn vader de teugels van zijn leven in handen had. Zijn vaders land was alles… hij moest het hebben; anders had hij zijn bruid niets te bieden. Nellie verdiende alles wat hij had om mee te brengen in hun huwelijk en veel meer dan dat.

★

Zenuwachtig hielp Nellie om de keuken op te ruimen, terwijl ze gekweld werd door een tintelende onrust. Ze stopte met afdrogen om met Maryann te praten, die haar vroeg de nieuwe baby vast te houden – een schattig meisje dat Sadie heette – terwijl Maryann vlug naar boven ging om de kleine Becky en Katie te verzorgen en in bed te leggen voor hun slaapje. Het was makkelijk dat de kerkdienst in haar eigen huis was gehouden.

Nooit had Nellie er zo van genoten om naar een klein babygezichtje te kijken. *Zouden Caleb en ik ook zulke mooie baby's krijgen?* vroeg ze zich af, waarna ze zichzelf een standje gaf omdat ze ook innerlijke schoonheid moest wensen voor haar kinderen… als ze die op een heerlijke dag kreeg.

Ook toen haar schoonzus in de keuken teruggekeerd was, bleef Nellie Sadie vasthouden en keek vol tedere bewondering naar de zachte handjes en het gezichtje van haar nieuwste nichtje. Och, ze kon de hele dag dit kleintje wel in haar armen houden en geen slag uitvoeren. Sadie's gezelschap was een troost na de ontstellende aanvaring met David Yoder.

★

Nicht Kate en haar gezin volgden Rosanna en Elias helemaal naar huis, zonder de moeite te nemen om te vragen of het een geschikt moment was om op visite te komen. Ze sprong uit het familierijtuig van de Beilers toen Elias voor de achterdeur stilhield. Ze liet haar zes kinderen en haar man John zitten en snelde in Rosanna's kielzog over het besneeuwde pad.

Het zachte wiegen van het rijtuig had de baby's in slaap gesust in Rosanna's armen. Ze snakte naar een heerlijke lange dut, maar nicht Kates onwelkome aanwezigheid maakte dat onmogelijk. Kate kwam dichterbij en keek met een gloeiend gezicht naar Eli in Rosanna's armen. Rosanna wenste dat Elias haar kwam redden, maar hij was in de schuur om het paard uit te spannen. Kennelijk hield hij afstand.

Zonder een woord te zeggen nam Kate Eli van Rosanna over zodra ze haar jas uit had. Ze droeg hem naar de voorkamer, kirde in zijn oor en deed alsof ze thuis was in plaats van bij Rosanna. Ineens begon Kate te huilen. Ze snikte het uit.

'Wel allemensen,' fluisterde Rosanna, die Rosie aan Elias gaf die de keuken binnenstapte. Wat kon ze doen om het gewonde hart van haar niet te troosten?

Elias haalde zijn schouders op en marcheerde naar de achterdeur, waar hij naar buiten gluurde alsof hij zich afvroeg of hij John om hulp moest vragen.

Hij mompelde iets en kwam naar haar toe om te fluisteren: 'Kom me maar halen als het uit de hand loopt.' Toen legde hij Rosie tegen zijn schouder, bracht haar naar boven en liet het aan Rosanna over om Kate te troosten.

Het leek haar een goed idee om haar niet gewoon uit te laten huilen. Kate zat hard te snikken en Eli's geïrriteerde kreten mengden zich met haar gejammer.

Dit is gewoon niet goed. Rosanna stapte driftig door de keuken. Kon ze nog langer haar mond houden op deze dag des Heeren?

Ze liep naar het raam en keek naar buiten, waar Kates man door de sneeuw beende en af en toe iets tegen de kinderen zei die in het rijtuig zaten te wachten. Ze vroegen zich natuurlijk allemaal af hoelang Kate nog wegbleef, en waarom Elias hen hier zo in de kou liet zitten.

'Wat een lastig probleem,' zei ze hardop, ze pakte het rolgordijn voor het raam en trok het stevig naar beneden.

Elias lag onderhand te slapen boven, zoals zij ook wilde.

Het huilen in de voorkamer ging door en Rosanna wist dat ze iets moest zeggen. Ze liep naar de voorkamer en boog zich over de vrouw die het ondenkbare had gedaan voor haar en Elias. 'Wat wil je dan?' vroeg ze zacht. 'Wat maakt je weer gelukkig?'

'Ik weet het niet,' zei Kate. Eli huilde door, met driftig zwaaiende armpjes. 'Hier, neem jij hem maar.'

Rosanna raapte al haar wilskracht bij elkaar en nam kalm haar zoon over. 'Ik geloof dat je man het wachten moe is.'

'*Jah*, ik moet gaan.' Kate veegde haar ogen af en stond op.

'Voordat je weggaat, ik heb iets voor je.' Rosanna liep naar de keuken terwijl ze de arme Eli wiegde. Ze haalde het recept voor de gezegende-distelthee onder de koektrommel vandaan.

Kate nam het briefje aan zonder ernaar te kijken. Ze kuste Eli's handje voordat ze naar de achterdeur liep, en Rosanna voelde zich niet verplicht om haar uit te laten.

★

Toen Nellie Mae thuiskwam, trof ze een leeg huis aan. Ze was helemaal vergeten dat pa van plan was om naar *Dawdi* en *Mammi* Fisher te gaan.

Er lag een verontschuldigend briefje op de keukentafel, waarop mama had geschreven dat ze 'almaar op haar hadden gewacht', maar dat pa erop aangedrongen had om te vertrekken zodat ze voor donker terug konden zijn.

'Tjonge!' Ze schonk een glas melk in en nam een chocoladekoekje uit de trommel om zichzelf te troosten. 'Hoe kon ik dat vergeten?' Maar meteen wist ze het antwoord: de gebeurtenissen na de kerkdienst, eerst met Rebekah en toen met David Yoder hadden haar in beslag genomen.

Ze ging naar boven en liep langs de slaapkamer van Rhoda en Nan. Ze keerde op haar schreden terug en ging op hun bed zitten, waar ze overdacht wat ze op dit moment allemaal aan het doen waren in Bird-in-Hand. Lachten ze en luisterden ze naar de verhalen van *Mammi* Hannah? Genoten ze van haar beroemde appeltaart met grote klodders echte slagroom?

Nellie wenste dat pa nog wat langer had willen wachten voordat ze vertrokken. Was dit zijn manier om haar iets te bewijzen? Zou het leven voortaan zo zijn als de hele familie aangesloten was bij de Nieuwe Orde?

Ze voelde zich buitengesloten en stond op om Rhoda's kettinkjes te bekijken. Nieuwsgierig stak ze haar hand uit naar de lange gouden hanger die ze nog niet eerder had gezien. Ze streek licht met haar vingers over de ketting en vroeg zich af of het echt goud was. Zo ja, hoe kwam Rhoda eraan? Het was vast geen geschenk van een *beau*. Of was er in de wereld van de stadse Kraybills een *Englischer* in haar geïnteresseerd? Was ze daarom vrijdagavond zo laat thuisgekomen?

'Was het leven nog maar zo simpel als vroeger.' Nellie hing het kettinkje weer aan de spiegel en ging voor het raam staan om naar de sneeuwmassa te kijken, die zich in alle richtingen uitstrekte. Zeer binnenkort zou de bisschop de *Bann* weer invoeren, en hoe stond het er dan voor? Aan welke kant zou Rhoda dan staan? En Nan? Neigde ze ernaar zich aan te sluiten bij de tractor- en autoaanhangers?

Volgens pa was de sleutel tot verlossing het overgeven van je wil aan God. Dat klonk erg moeilijk, zo niet onmogelijk, maar kon ze anders echt tevreden zijn?

Nellie wist zonder twijfel dat ze met Caleb wilde trouwen. Hoe kon ze gelukkig zijn zonder haar geliefde? Ze wilde niet dat de kerk van prediker Manny haar toekomst anders dicteerde, of haar dwong te kiezen tussen haar grootste liefde en Suzy's Verlosser.

Hoofdstuk 17

De silo achter het huis van *Dawdi* en *Mammi* Fisher glansde als gepoetst zilver, maar de zonnestralen gaven geen warmte op deze ijskoude zondagmiddag. Toch stond Rhoda buiten te kijken naar Nan, die droge broodkruimels op de sneeuw strooide voor de vogels, terwijl ze kirde alsof ze zelf een wintervogel was.

Ze hadden zich allebei warm ingepakt om te wachten terwijl pa en mama binnen een privégesprek voerden met hun grootouders. Rhoda meende te weten wat er aan de hand was: *Dawdi* vond het niet prettig om helemaal hier in Bird-in-Hand te wonen terwijl het grootste deel van zijn directe familie in Honey Brook zat. Pa zag dat waarschijnlijk als een nieuwe kans om de nieuwe kerk met zijn ouders te bespreken. Rhoda had het idee dat hij steeds op zoek was om nieuwe leden te werven voor Manny's kudde.

Als ze straks thuis waren, zou ze meteen met mama praten over een eigen ruimte in huis. Ze snakte naar meer privacy en vrijheid, hoewel haar eerste echte poging daartoe zich tegen haar gekeerd had. Natuurlijk had ze in romantische zin geen moment meer aan Glenn Miller gedacht nadat ze uit zijn klauwen was gevlucht. Het was een harde les geweest, en niet voor herhaling vatbaar.

Nan en zij waren haast ijspegels toen pa eindelijk het familierijtuig achter het paard begon te spannen. Rhoda voelde weer hoe beu ze het was om zo zielig langzaam te reizen. *Vijfentwintig minuten met de auto,* dacht ze. Er waren dingen in overvloed die ze beu was: een met hout verwarmd huis, elke avond dezelfde saaie werkjes, eindeloos Bijbellezen en vroeg naar bed. Ze had gezien hoe meneer en mevrouw Kraybill leefden, met hun heerlijke centrale verwarming, een mooie radio in de keuken… en een flinke kleurentelevisie in wat ze hun woonkamer noemden, waar ze het grootste deel van hun vrije tijd doorbrachten. Heel anders dan de voorkamer waar haar familie alleen ging zitten om de hele avond te bibberen, ver van de houtkachel en de warmte van mama's grote keuken, de plek waar ze meestal bij elkaar zaten. Nee, hun *voorkamer* was niet de gemeenschappelijke ruimte in huis, maar gewoon de kamer aan de voorkant van het huis. Als zodanig werd hij vooral gebruikt om grote quiltframes op te zetten en – als ze aan de beurt waren – om de gemeente te huisvesten voor de kerkdienst.

Er werd rondverteld dat de tractor- en autoaanhangers al een kerkgebouw hadden gevonden om in bij elkaar te komen, waardoor de oorspronkelijke splintergroep doormidden was gedeeld. Maar de Nieuwe Orde, zoals prediker Manny zijn groep noemde, zou voorkamers en keukens blijven omzetten in tijdelijke bedehuizen.

Ze hoorde mama gedag zeggen tegen *Mammi*, ze omhelsden elkaar terwijl pa en *Dawdi* elkaar vriendschappelijk de hand schudden. *Mooi. Misschien komt* Dawdi *terug naar Honey Brook*.

Op weg naar huis ontdekte ze dat het anders was. *Dawdi* en *Mammi* waren niet van plan bij hen in te trekken op Beaver Dam Road, niet zolang hun gezin hun geest 'volpropte' met de 'verkeerde boodschap' die door prediker Manny wijd en zijd werd verbreid. Ongeacht het feit dat hij pa's neef was.

Rhoda begreep dit alles uit de dingen die pa en mama in fragmenten tegen elkaar zeiden, alsof ze Rhoda en Nan waren vergeten die achter hen zaten en uitstekend tussen de regels door konden lezen. Het was volkomen duidelijk wat er voorgevallen was terwijl Nan de vogels voerde en Rhoda zich stierlijk verveelde.

Het pijnlijk langzame hoefgetrappel van het paard maakte

dat Rhoda zich vaster dan ooit voornam om een sneller vervoermiddel te kopen en te ontsnappen, al moest ze zich er diep voor in de schuld steken.

★

Toen Rosanna op bed kwam liggen draaide Elias zich naar haar toe en begon over Kate. 'Wat vind je ervan dat je nicht ons achterna kwam nadat ze de baby's in de kerk had gezien? Je zei toch dat ze Eli daar gevoed had?'

'Nou, jij maakte het er niet beter op,' antwoordde Rosanna zacht. 'Je had naar buiten kunnen gaan om met John te praten.'

'Waar was dat goed voor geweest?'

Ze kon wel huilen. Kate had alles verknoeid, en Rosanna vond het onverdraaglijk.

Elias zweeg en ze had het vervelende gevoel dat ze te ver was gegaan. Ze had er meteen spijt van.

Ze kende hem goed... hij zat natuurlijk te piekeren over wat er was gebeurd. *Waarom was hij niet tussenbeide gekomen en had hij nicht Kate niet naar huis gestuurd?*

Hij deed zijn ogen dicht en zuchtte. '*Ach*, Rosanna...' Toen draaide hij haar de rug toe.

'Het geeft niet, hoor. Kate is nu weg,' fluisterde ze. 'Ga maar lekker slapen, lief.'

Hij lag stil en haalde nauwelijks adem. Ze nam aan dat hij weer in slaap gevallen was. Zij moest hetzelfde doen als ze klaarwakker wilde zijn om het avondeten te maken en voor de baby's te zorgen, en later goed gezelschap te zijn voor Elias.

★

Maandagochtend stond Rhoda in de deuropening van James' vroegere slaapkamer. Peinzend nam ze de ruimte in zich op en bedacht wat ze er allemaal niet mee zou kunnen doen.

Ze stapte naar binnen en bekeek het tweepersoonsbed met zijn mooie eikenhouten hoofd- en voeteneinde, gemaakt door haar vader toen James nog maar een jongen was. Mama zou achterdochtig zijn als ze het vroeg – *als* ze de moed had. Gisteren had zich geen gelegenheid voorgedaan, maar vandaag zou ze vragen om te mogen verhuizen.

Ze streek over de mooie bedquilt en bekeek het schitterende paars met rood en marineblauwe *Bars* patroon, fijntjes dubbel gestikt door *Mammi* Hannah lang voordat James geboren was – en voordat mama getrouwd was. *Mammi* Fisher had samen met mama en haar zussen deze familie jarenlang warm gehouden met vele lagen quilts.

Glimlachend hoopte Rhoda tegen beter weten in dat mama het goed zou vinden. Deze lege kamer werd nu voor logees gebruikt, maar hij was een van de twee dingen die ze echt heel graag wilde. Voor het tweede zou ze vandaag stappen ondernemen, als ze na het werk samen met mevrouw Kraybill naar een tweedehands auto ging kijken.

Ze schrok van mama, die met de zwabber in de hand binnenkwam, en Rhoda deed een stap opzij. 'O, sorry.'

'Nee… het geeft niet.' Mama keek een beetje boos. 'Zou jij deze kamer willen stoffen en vegen?' Ze kneep haar ogen half dicht. 'Je schijnt de tijd te hebben.'

'Ik moet echt gaan.'

Mama duwde de zwabber tegen de brede planken van de vloer. 'Je maakt zeker liever bij een *Englischer* schoon.'

Er klonk een venijnige steek door in mama's woorden, maar Rhoda weigerde te reageren. Ze liep door de gang naar haar kamer met Nan. Over James' kamer hoefde ze voorlopig niet te beginnen.

Later stak ze haar hoofd om de hoek van Nellie's slaapkamerdeur en zei: 'We hebben je gisteren gemist bij *Mammi*.'

Nellie knikte. 'Ik was gewoon de tijd vergeten.'

'Nou, het is jammer, want het zou leuk zijn geweest als je

mee was geweest.' Ze zuchtte. 'Je weet maar nooit hoelang het duurt voordat we er weer naartoe gaan, hè?'

'Ik weet het, en ik vind het heel jammer dat ik onze grootouders niet heb gezien.' Nellie legde haar borstel neer. Haar volle bruine haar viel als een dik gordijn over haar schouders naar haar middel.

Rhoda aarzelde even en zei: 'Het schijnt dat jij en ik iets gemeen hebben.'

'O ja?'

Ze knikte langzaam. '*Jah*, jij bent bij wijze van spreken ook een buitenbeentje in dit gezin, net als ik.'

Nellie Mae keek verbaasd. Ze borstelde verder en draaide zich om naar het raam. 'De kerkscheuring heeft veel problemen veroorzaakt, dat kun je wel zeggen.'

Rhoda zag de flits van pijn in Nellie's ogen. 'Ik mag zeker niet Suzy's dagboek lezen.'

Nellie fronste. 'Waarvoor?'

'Ze was *mijn* zusje ook.'

'Waarom nu?'

'Ik wil het gewoon graag lezen.' Rhoda wilde zich niet verlagen tot smeken.

Nellie legde haar haarborstel neer. 'Beter van niet.'

Dat had Rhoda wel gedacht en ze liep de kamer uit. Als Nellie sliep, dan leende ze het gewoon een keer…

★

Aan het ontbijt, toen Rosanna het mandje met muffins aan Elias doorgaf, verraste hij haar door te zeggen: 'Ik hoorde je vanmorgen bidden, lief.'

Ze schrok. 'O. Ik wist niet…'

'En je hebt ook de Schrift bestudeerd.'

Had hij de Bijbel opengeslagen zien liggen, of de lijst met teksten die Linda Fisher had opgeschreven?

Ze hield haar adem in terwijl hij zweeg.

'Ik heb eens nagedacht,' begon hij. 'We moesten minstens eens een kijkje nemen bij prediker Manny's groep. Zien waar het om draait.'

Ze werd vervuld met hoop. 'Echt?'

'Ik heb ook met een paar tractorlui gesproken.'

Ze hoorde de opwinding in zijn stem en vreesde dat hij de Nieuwe Orde wilde overslaan, de groep die haar het meest aantrok. Ze beet op haar lip, wilde haar vraag zorgvuldig verwoorden om niet kritisch te klinken. 'Is het de landbouwapparatuur die je aantrekt?'

'Ik zal niet ontkennen dat het een grote hulp zou zijn, want het duurt nog heel wat jaren voordat kleine Eli mee kan werken,' antwoordde hij. 'Maar het is meer. Ik heb Reuben Fisher gesproken. *Ach*, wat hij me allemaal heeft laten zien in de Schrift, wonder-*gute* dingen, Rosanna… dingen die ik nog nooit had gehoord. En ik wil meer leren.' Hij keek haar aan. 'Ik hoop dat het je niet bang maakt.'

O, wat hield ze van hem. 'Ik ben ook erg nieuwsgierig… En ik wil ook meer weten en God leren kennen zoals Linda Fisher. Ik voel het al een tijdje zo, Elias.'

Hij pakte haar hand. 'Dat dacht ik wel.'

'Dus je bent niet boos op me?'

Hij stond op en gaf haar een kus op haar wang. 'Ik ben vol hoop, lief. Ik wil dat Eli en Rosie Gods Woord kunnen bestuderen en niet alleen de verordeningen volgen. Als ik Reuben over Suzy hoor praten, de troost van het weten dat ze bij haar Verlosser is, dat ze haar op een dag weer zullen zien… Dat wil ik voor ons ook. Voor ons gezin.'

'We zijn nu een gezin, hè?' Ze keek naar de box, waarin de tweeling naast elkaar lag te slapen.

Hij knikte met een glimlach. 'Waren we altijd al, maar nu des te meer, met Gods geschenk van die twee kleintjes.'

★

Nellie glimlachte, niet in staat haar blijdschap te verbergen toen een hele groep klanten de bakkerswinkel verliet om naar hun auto te lopen. 'O, mama, wat gebeurt er dat er zo veel mensen binnenkomen? En haast niemand van Eenvoud.'

Haar moeder leunde op de toonbank. Ze zag er knap uit in haar groene pelerinejurk, haar haren wat losser dan anders om haar ronde gezicht. 'Het moet door die advertentie in de krant komen, denk ik.' Mama onderdrukte een lach. 'Ik heb er Rhoda naar gevraagd, maar zij was het niet.'

Nellie schudde haar hoofd. 'Het is een mysterie.'

'Dat kun je wel zeggen.'

Nellie bekeek de voorraad koekjes, brood, broodjes en cakes, en werd bang dat het lekkers straks op zou zijn. 'Nou, als die *Englischers* door die advertentie zijn gekomen, dan zullen er nog wel meer komen, *jah?*' Ze hoopte het, want er viel een hoop in te halen op het gebied van inkomsten.

'Ik twijfel er niet aan waarom ze zijn gekomen.' Mama gooide de stukjes papier weg waarop ze de bedragen had opgeteld voor de minstens vijfentwintig klanten. 'Ik had al die dames nog nooit gezien, jij?'

'Ze zijn voor mij ook nieuw.' Nellie zag alweer een auto de laan op komen. 'Nog meer… een constante stroom.'

'Pa zal dansen van blijdschap.' Mama drukte haar handen tegen haar gezicht. 'Ik ben er zo gelukkig mee.'

Hoewel ze blij was dat de zaken beter gingen, verwelkomde Nellie een korte pauze tussen de klanten om op adem te komen. Ze verwachtte maar kort de tijd te hebben om met mama over de dingen te praten die ze op haar hart had. Misschien was er tijd als ze de middagvaat deden… als Nan ergens anders heen ging. Anders moest ze wachten tot vanmiddag. Dan was het aanbod van de dag vast en zeker op en zouden ze het bord met *Gesloten* aan de deur moeten hangen.

Wat een prettig probleem, dacht Nellie. Ze vroeg zich nogmaals af wie de advertentie had geplaatst.

Hoofdstuk 18

Betsy keek door het raam van de winkel en zag tot haar blijdschap schoondochter Martha arriveren voor alweer een bezoekje met haar drie jongste kinderen. De onverwachte aanblik van haar geliefde kleindochter die door de sneeuw naar de winkel rende, overviel haar. Emma leek zo op een jongere uitvoering van Suzy. Betsy voelde een steek in haar hart, en net nu ze zich wat beter was gaan voelen.

'O, Nellie… daar komt Emma op bezoek!' riep ze over haar schouder en snelde naar de winkeldeur.

Nellie Mae bleef plichtsgetrouw achter de toonbank om de klanten te helpen, terwijl Betsy de kou in rende en haar armen wijd opende. Emma vloog op haar af, sloeg haar armpjes om Betsy's hals en kneep.

'*Mammi* Betsy, ik heb u gemist!' zei Emma en bedekte Betsy's gezicht met een regen van kusjes.

'Emma, liefje, laat je broers ook eens een knuffel krijgen, alsjeblieft,' zei Martha, met Matty van twee op haar arm, die met stralende ogen zat te lachen.

Jimmy van drieënhalf kloste op zwarte laarzen die hem te groot waren op haar af en gilde: '*Mammi, Mammi!*'

Betsy liet Emma los en kreeg een knuffel van Jimmy, toen kuste ze hem op zijn bolle rode wangen. Ze was zich ervan bewust dat Emma al die tijd naast haar bleef staan. 'Ga gauw naar binnen, lekker warm worden.' Ze wuifde Martha naar het huis. 'Ik kom zo. Nellie Mae en ik hebben onze handen vol vandaag.'

'Gaan de zaken beter?' Martha klopte Matty op zijn hoofd, hij giechelde en stak zijn armpjes uit naar Betsy, die hem graag overnam en een dikke klapzoen gaf.

Ze knikte. 'Het is nog nooit zo druk geweest. Nan is een lekkere pan chili aan het maken voor het middagmaal… dus kunnen jullie bij ons blijven eten?' Ze hield haar adem in en wachtte tot Martha toestemmend knikte. Toen zwaaide ze en bukte om Emma nog een kusje op haar wang te geven voordat ze haastig weer naar de winkel ging, waar Nellie Mae een rood hoofd gekregen had.

Betsy snelde om de toonbank heen om de volgende twee dames in de rij te helpen, van wie degene met de grootste mond beide bestellingen betaalde. Ze zag hoe Emma buiten rende om haar moeder in te halen en probeerde niet al te breed te lachen toen Emma omkeek naar de winkel voordat ze bij het pad was dat naar de achterdeur leidde.

Wat een schat!

Het was moeilijk om haar hoofd bij het werk te houden. Gelukkig bleven ze eten, ze zouden genieten van Nellie Mae's smeuïge maïsbrood en Emma zou aan tafel vlak naast Betsy zitten.

Zuchtend telde ze het wisselgeld uit voor de twee vrouwen, blij dat zij en alle anderen waren gekomen op zo'n koude dag.

Toen het wat rustiger werd in de winkel, pakte ze Nellie's hand. 'Gaat het goed met je?'

'Waarom, mama?'

'Nou, je zag er daarstraks een beetje vermoeid uit.'

Nellie knikte. 'Ik weet niet wanneer ik ooit zo veel tegelijk aan mijn hoofd heb gehad.' Ze keek naar het raam en haalde diep adem. 'Mama, ik wilde met u praten…'

Betsy's hart bonsde. *Waarover?*

'U bent zo blij sinds, nou ja… sinds pa en u naar de nieuwe kerk gaan.' Nellie speelde zenuwachtig met de toetsen van de kassa. 'Nee, ik denk dat het meer is dan dat – het is vreugde. Heus, mama.' Haar onderlip trilde.

'O, lieverd.' Ze sloeg haar arm om Nellie's slanke middel. 'Kom toch.'

'Nee, u bent echt gelukkig, mama. Uw ogen stralen de hele tijd.'

'Dat komt niet door mij, kind.' Ze woog haar woorden zorgvuldig. 'De verandering is van binnen gekomen, dankzij God.' Ze klopte op haar hart en hoopte dat Nellie honger had naar de dingen die Reuben en haar licht en leven hadden gebracht.

Nellie Mae kreeg tranen in haar ogen. 'U bad voor mij… toen ik zo ziek was. Weet u nog?'

Natuurlijk wist ze het nog.

Met smekende ogen vroeg Nellie: 'Wilt u voor me blijven bidden, mama?'

Het brak haar hart, deze woorden van haar dochter, die bleef aarzelen over de Nieuwe Orde. Schijnbaar was Nellie weer nieuwsgieriger. Was het door toedoen van Nan? Ze had gezien dat haar dochter deze afgelopen week veel meer aandacht aan Nellie had besteed. 'Ja, natuurlijk.'

Er kwam een auto langzaam de laan op rijden. Er stapten nog vier *Englische* klanten uit, die naar de winkel kwamen.

'Denk erom, je bent altijd welkom om met ons naar de kerk te gaan,' zei Betsy, gefrustreerd dat er voortijdig een einde moest komen aan dit belangrijke gesprek. Wanneer zouden Nellie Mae en zij ooit weer zo vrijuit met elkaar praten?

★

Met Eli in haar ene arm genesteld bestuurde Rosanna het gesloten familierijtuig. Meer dan twaalf kraaien vlogen recht in haar blikveld over de weg. De vogels leken uitzonderlijk groot en zwart tegen de spierwitte sneeuw, en hun gekras klonk dreigend. Rosanna hield met haar vrije hand de teugels vast, blij dat ze Rosie bij de buren had gelaten, omdat ze zelfs voor dit korte ritje niet het risico wilde nemen van twee baby's in het rijtuig.

Ze had erg veel last gekregen van de afzondering. Hopelijk was het ritje van tien minuten naar Linda Fisher genoeg om wat frisse lucht te krijgen op deze prachtige, maar koude maandagmorgen. In alle vroegte had ze de was opgehangen, terwijl de tweeling nog lekker lag te slapen. Ze glimlachte toen ze eraan dacht hoe ze heen en weer gewandeld was om bij hen te kijken, omdat ze hen niet langer dan een paar minuten alleen wilde laten, al lagen ze lekker in de wiegjes die Elias 's morgens meteen naar beneden had gebracht en in de warme keuken had gezet. En hij had geholpen door Eli zijn vroege ochtendfles te geven voordat hij naar een boerderijverkoop in de buurt vertrok.

Ze begon een kerklied te neuriën, in de hoop dat Eli bleef slapen tot ze bij Linda waren. Kerkliederen en de kerk zelf waren tegenwoordig minder interessant; Elias' nieuwsgierigheid naar de pas gevormde groep van de Nieuwe Orde gaf haar de meeste opwinding. De kudde van prediker Manny hield elke zondag diensten – de 'vrije' zondagen waren voor de zondagsschool – en de Gemeenschap van Eenvoud raakte er niet over uitgepraat.

Wat zou het vreemd zijn om elke zondag naar de kerk te gaan. Rosanna dacht dat ze er wel aan konden wennen. Vooral als de preek en de Schriftlezing te verstaan waren.

Ze wilde het paard niet opdrijven en dacht in alle rust na over de vele mogelijkheden van hun toekomst. Natuurlijk was er al een andere wind gaan waaien, nu Elias op de rand stond om de overstap te maken… of er in elk geval ernstig over nadacht. En al leek het wonder-*gut* om te doen, ze was bang dat haar vader en de rest van haar familie het niet goed op zouden nemen. Als ze de overstap maakten voordat de *Bann* weer werd ingevoerd, konden ze in elk geval blijven genieten van het gezelschap van hun familie en vrienden in de oude kerk.

Ze keek naar het gezichtje van haar zoon en fluisterde: 'Je vader wil dat je alle goede dingen leert kennen die in Gods heilige Woord staan. En je zusje ook.' Ze kuste zijn perzik-achtige wangetje. Rosanna zou het aan Elias overlaten om te beslissen of dingen als tractors, elektriciteit en telefoon iets voor hen waren.

Welke nieuwe weg haar geliefde ook koos, de toekomst strekte zich stralend uit voor Rosanna toen ze stilhield voor het huis van de Fishers.

Linda begroette haar bij de achterdeur. 'Kom binnen, kom binnen!'

Rosanna liep de warme keuken binnen met Eli, die heer-lijk had geslapen tijdens de rit.

'Wat een welkome verrassing!' Linda zette gauw wat koek-jes op tafel.

'Ik kan niet lang blijven… moet zo weer terug naar Ro-sie.' Rosanna legde uit waarom ze niet allebei de baby's bij zich had.

'Ik kan me voorstellen dat het lastig is om met allebei te reizen, in elk geval tot ze kunnen zitten.' Linda bewonderde Eli, die haar met één open oog aankeek terwijl hij langzaam wakker werd. 'Wat een knap jongetje is het toch.'

Rosanna legde hem tegen haar schouder. 'Straks krijgt hij honger.'

'Je moet even gaan zitten en iets lekkers nemen nu je de kans krijgt.' Linda zette een ketel water op het vuur en ging tegenover Rosanna aan tafel zitten.

Ze praatten over de kou en alle sneeuw, over de boerde-rijveilingen, en over de vele mensen die kerkelijk gezien al verstrooid waren geraakt.

'Jonathan is zo blij met al die bekeerlingen.' Linda's grote bruine ogen straalden. 'Dat heb je vast wel gehoord.'

Het was interessant om Linda zo te horen praten – over genade en elektriciteit vermengd tot één handig pakket. '*Jah,* we hebben het gehoord, en onder ons gezegd, Elias zei van-morgen aan het ontbijt dat hij een keer naar Manny's kerk wil. Natuurlijk had hij het ook over tractors, dus misschien neigt hij naar de *Beachy's*. Hij kan de hulp van een tractor wel gebruiken op het land.'

'Een tractor?' Linda glimlachte. 'Nou, wacht maar tot je Jonathans nieuwe auto ziet. Het is een juweel.'

Het was zo vreemd om dit te horen van Linda, hoewel het nieuws al door het roddelcircuit was verspreid. 'Waar is hij nu?'

Linda stond op en keek uit het raam. 'Rijexamen aan het doen. Hij heeft les genomen, niet te geloven, hè?'

'Nee.' Rosanna lachte zachtjes en legde Eli anders op haar schoot. 'Misschien vindt dit jochie het wel fijn om zijn papa te helpen op een tractor als hij een beetje groter is, hè lieverd?'

Linda keek glimlachend naar Eli. 'Een paar boeren verderop langs de weg zijn van plan om in de lente hun zoons mee te nemen. Eentje heeft zelfs extra betaald voor airconditioning in de cabine. Wat zeg je me daarvan?'

'*Ach*, echt waar?'

Ineens was er commotie op de weg. Linda's man gleed in zijn auto op de schuurdeur af en miste hem op een haar na toen hij op het laatste moment op de rem trapte.

Linda snelde door de achterdeur naar buiten en liet Rosanna zitten met Eli in haar armen.

'Hoever is het gekomen met de wereld?' fluisterde ze. 'Auto's en al die nieuwerwetse dingen.'

Maar ze was reuze nieuwsgierig.

★

'Pa wil een auto kopen, *Mammi* Betsy,' fluisterde Emma vertrouwelijk voordat ze aan tafel gingen.

Nan keek naar hen vanaf het fornuis, waar ze in de chili stond te roeren, en Nellie Mae's wenkbrauwen schoten omhoog. Betsy was blij dat Reuben nog niet binnen was voor het warme middagmaal.

'Nou, Emma,' zei Martha vlug met een blik op Betsy, 'pa praat er alleen maar over, er staat nog niets vast.'

O, maar dat duurt niet lang, dacht Betsy bedroefd. Om een ander onderwerp aan te snijden vroeg ze Emma: 'Ben je na de Kerst nog aan een nieuw naaiwerkje begonnen?'

Maar het kind liet zich niet afleiden. 'Dan kunnen we heel hard, hè *Mammi*?' Haar grote blauwe ogen straalden.

Jimmy begon door de keuken te springen als een heel snel paard en Martha richtte in verwarring haar aandacht op Matty op haar schoot.

Nellie Mae deed een voorstel. 'Hier, Emma, zet deze mand eens voor me op tafel.'

Emma knikte en droeg voorzichtig de grote rieten mand met maïsbrood naar de tafel. 'Zo,' zei ze toen ze hem zachtjes had neergezet. 'Wat mag ik nog meer doen?'

Kennelijk blij dat ze erin geslaagd was Emma's aandacht te trekken, keek Nellie lachend naar Betsy. 'Je mag servetten uitdelen.' Ze liet Emma zien hoe je ze dubbel moest vouwen en plaatste de eerste onder de vork aan de linkerkant van het bord. 'Dat mag je bij alle vorken doen.'

Emma deed wat Nellie had gevraagd en het gepraat over auto's was kennelijk vergeten.

Later, toen Reuben zich opgefrist had en aan het hoofd van de tafel zat, boog hij zijn hoofd en bad langer dan anders. Betsy vroeg zich af of de inhoud van het hoorbare gebed voor Martha was bestemd, want Reuben had vast en zeker al gehoord van James' plan om een auto te kopen. Misschien eindigde hij daarom het gebed met: 'En, Heere, laten wij – allemaal – opmerkzaam mogen blijven op de smalle weg die naar het eeuwige leven leidt. Amen.'

★

Het licht filterde door het zijraam van het gesloten familierijtuig toen Rosanna naar huis reed. Blij dat ze de tijd had genomen in haar drukke leven om Linda te bezoeken, verschoof ze Eli in haar armen. Hij was heel lief en rustig geweest tijdens de rit en tijdens het bezoek.

Ze stopte bij de buren om Rosie op te halen en besloot dat het veilig was om haar paard de weg naar huis te laten zoeken. Ze legde de teugels losjes over haar schootdeken en hield beide kindjes dicht tegen zich aan.

Binnen legde ze Eli en Rosie in de box. Ze was blij dat Elias naar huis kwam om te eten, en wilde helpen door het paard voor haar uit te spannen en naar de schuur te brengen.

Eén ding minder te doen, dacht ze terwijl ze haastig de dikke maïssoep met kip op ging warmen die ze zaterdag had gemaakt. Nu hoefde ze alleen nog een paar broodjes op tafel te zetten met een paar soorten jam, en Elias was tevreden.

Pijlsnel trok ze haar jas uit en waste haar handen bij de gootsteen, waar ze een briefje zag liggen met in grote letters haar naam erop.

Beste nicht Rosanna,
Ik kwam vanmorgen langs om Eli te voeden en je was weg! Hoe haal je het in je hoofd om Eli en Rosie allebei tegelijk mee te nemen in het rijtuig? Of had je soms hulp? Ik hoop maar dat je zo wijs bent geweest!
Nou, ik zie je later vandaag, als ik tijd heb. Het is wel heel vervelend voor mij dat je niet thuis was.
Tot later,
je nicht Kate Beiler

★

Het was Martha die met een beetje hulp van Emma de vuile borden opstapelde en het bestek verzamelde. Nellie was blij haar schoonzus weer te zien, en blij dat ze was blijven eten nu Nellie weer beter was en ervan kon meegenieten. Intussen had mama haast om terug te gaan naar de winkel. Ze snelde weg om vlug haar handen en gezicht te gaan wassen in de wasruimte.

Hoe langer ze erover nadacht, hoe meer Nellie gefascineerd werd door de recente verandering in haar moeder. In de weken en maanden na Suzy's dood had ze zich verschrikkelijk zorgen gemaakt over haar moeders toestand, maar Nellie zag wel hoe blij ze nu was. Tijdelijk waren ze allemaal de weg kwijt geweest, maar mama's leven was ten goede veranderd. Ze noemde de levensreis een 'genadegeschenk', hoewel ze leefde met een groot verdriet, en Nellie betwijfelde of ze deze verandering op eigen kracht had teweeggebracht. Nee, mama's blijdschap kwam voort uit een ontastbare bron boven alles uit wat Nellie ooit had gekend.

'Nellie Mae,' zei pa voordat hij naar zijn werkplaats terugging, 'aan het eind van de middag zijn de nieuwe tafels en stoelen klaar. Zal ik ze brengen als je de winkel hebt gesloten?'

'Dat zou heel fijn zijn.'

'En precies op tijd.' Hij zei het met een twinkeling in zijn ogen.

'Zeg dat wel!'

Nellie stapte naar buiten terwijl Martha de kinderen inpakte en met hulp van pa in het rijtuig zette. Emma bleef kusjes blazen naar haar *Mammi* en zwaaide naar Nellie Mae.

Toen ze weggereden waren dacht Nellie weer aan de winkel en ze was benieuwd of ze wel genoeg gebakken had voor de klanten die vandaag nog konden komen. Straks zouden ze het weten. Ze verheugde zich erop om met eigen ogen te zien hoe uitnodigend de tafels en stoelen van haar vader het hoekje van de winkel maakten. Ze hoopte dat de vrouwen die Nellie's Zoete Heerlijkheden bezochten – zowel nieuwe klanten als vaste – langer zouden blijven om een praatje te maken… en intussen hun portemonnee open te maken om meer geld uit te geven.

Blij wachtte ze tot mama terugkwam van het gedag zeggen. Misschien konden ze hun gesprek van daarstraks weer oppakken, als er tijd voor was.

Ze dacht na over mama's woorden en haar uitnodiging om mee te gaan naar de kerk. Ze wist waar haar ouders naar verlangden. Afgezien van Ephram en Maryann was zij schijnbaar de laatste die tot haar verstand moest komen. Maar alle verwarring met mensen die zich afscheidden van de oude kerk en zelfs nog ruimdenkender werden en auto's aanschaften – zoals James en Martha overwogen – overtuigde Nellie er nog sterker van dat de Oude Wegen het beste waren... in elk geval voor Caleb en haar.

Niettemin bleef ze nieuwsgierig naar de verandering in vooral mama's leven. *Net zoals Suzy zelf veranderde,* dacht ze ineens.

Maar één ding zou ze nooit begrijpen, en dat was de wens om een auto te bezitten. Wat haalde James zich in zijn hoofd? Nellie schudde haar hoofd. Ze had genoeg in automobielen gereden om te weten dat ze het rijden liever overliet aan de mennonieten die haar vader nu en dan inhuurde. Bovendien vond Nellie het niet nodig om hard te gaan of ver te reizen. Het leven was toch niet bedoeld om zo geleefd te worden?

Hoofdstuk 19

Nellie draaide een compleet rondje in de winkel en keek bewonderend naar de nis bij het raam tegenover de toonbank, die dankzij pa's prachtig gemaakte tafeltjes en stoeltjes tot een vrolijke plek op een zonnige dag was gemaakt. De twaalf zitplaatsen waren perfect voor klanten om, onder het genot van iets lekkers, een praatje te maken met vriendinnen.

Voorlopig was Nellie Mae de enige die er zat en ze was dankbaar dat haar vader de tijd en de moeite had genomen om dit voor haar te doen. Op een rustige dag konden Nellie en mama zelf ook even gaan zitten om bij te komen, en te genieten van een kop chocola en een koekje. Maar op een dag als vandaag waren ze allebei de hele dag op de been.

Tijdens de korte rustpauzes in de winkel dagdroomde Nellie over Caleb. Ze zag hem in gedachten lopend de laan op komen of in zijn mooie, zwarte open rijtuig, speciaal om haar te zien. Onder andere omstandigheden... in een andere tijd, had hij dat kunnen doen. Wat zou het heerlijk zijn als de breuk nooit had plaatsgevonden, als de Gemeenschap van Eenvoud in de Oude Wegen was gebleven zoals ze meer dan driehonderd jaar had gedaan. Ze kon zich nauwelijks voorstellen hoe het zou zijn als Caleb haar het hof kon maken zoals hij wilde, hoewel het ook dan in het geheim zou zijn, zoals de gewoonte was.

Maar hun geheimzinnigheid was van een wanhopige soort omdat hun verkering totaal verboden was. Waren ze daarom des te meer vastbesloten om samen te zijn? Ze hoopte van niet, want dat leek hun liefde te verzwakken.

Nellie zette het idee van zich af. Ze hielden innig van elkaar. Ze moest toegeven dat ze zelfs hartstochtelijk van hem hield. Ze zou bijna alles doen om bij hem te zijn. Ze kende haar eigen hart, dat sloeg op Calebs naam. Natuurlijk deed zijn hart hetzelfde voor haar.

Op dat moment rinkelde luid het belletje aan de deur. Ze schrok op. Tot haar verrassing zag ze Nan binnenstormen, helemaal in een van mama's zware wollen omslagdoeken gewikkeld en met haar eigen zwarte buitenmuts op haar hoofd.

'Hallo, Nellie… Ik hoop dat ik niet stoor.' Nan keek rond. 'Ben je alleen?'

'*Jah.*'

'Mag ik?' Ze ging zitten. 'Ik… wilde de stoeltjes zien. Pa zei dat ze op hun plaats stonden.' Nan streek eerbiedig met haar handen over de ruggen van de mooi gepolijste eiken stoelen.

Ze zaten een poosje rustig bij elkaar van de stilte te genieten. Toen zei Nan: 'Halverwege de zomer ga ik een belangrijke stap zetten. Ik wilde dat je het rechtstreeks van mij hoorde.'

'Wat dan?' Ze had geen idee wat haar zus wilde zeggen.

'Ik ga dooponderricht nemen. Om lid te worden van de nieuwe kerk.'

'Van prediker Manny?'

Nan knikte en glimlachte. '*Jah,* God helpt me het verlangen naar moderne gemakken los te laten. Ik heb er nu een tijdje over nagedacht en ik geloof dat Hij me ertoe roept.'

Nellie verbaasde zich over de ernstige toon in Nans stem; ze had haar nog nooit zo serieus over zulke dingen horen praten.

'Wil jij er ook niet over nadenken, zusje?'

Zo lang had ze gesmacht naar zulk contact… de bijzondere intimiteit met een zus – zoals Suzy en zij altijd waren geweest samen. 'Zijn er nog meer mensen die het weten?'

Nan knipperde tegen haar tranen en schudde traag haar hoofd. 'Ik wilde het eerst aan Rhoda vertellen, maar eerlijk

134

gezegd ben ik bang dat we haar kwijtraken aan de wereld. Ik kan alleen maar bidden dat onze oudste zus niet ten prooi valt aan het moderne leven.'

'Ze moet haar eigen weg vinden…'

Nan keek gepijnigd. 'Nee, dat geloof ik niet. Helemaal niet.'

'Wat bedoel je?'

'Dat Rhoda inderdaad haar eigen weg zoekt en wil doen wat ze zelf wil. Als ze aan haar plannen wordt overgelaten, kan ze makkelijk in zonde vallen. Ik ben er lang niet gerust op.' Nan streek met haar hand over het tafelblad en zuchtte. 'Ik ga me niet bij de kerk aansluiten omdat het zo hoort, Nellie Mae.'

Had Nan nog meer te vertellen? Had ze misschien al een nieuwe *beau* gevonden? Lid worden van de kerk duidde meestal op een bruiloft.

'Ik heb gevonden wat pa en mama in de Heere Jezus hebben.'

Nan reikte over de tafel heen naar haar hand. 'Ach, ik ben geen erg zorgzame zus geweest, Nellie Mae. Dat zal ik allemaal veranderen, geloof me. Je hoeft niet meer alleen te treuren.'

'O, maar…' Nu was zij degene die haar tranen niet in kon houden.

'Ik hou van je, Nellie.'

Nellie knikte en hield de hand van haar geliefde zus vast. 'En ik van jou.' Ze keek naar hun in elkaar gevouwen handen. 'Er is iets wat ik beloofd heb je te vertellen. Iets wat je beste vriendin me gisteren heeft gevraagd tegen je te zeggen.'

'Rebekah?'

'Zij heeft een even moeilijk besluit genomen. Nou…' Ze zweeg even. 'Misschien nog wel moeilijker.'

Nan fronste, haar stralende gezicht betrok. 'Is alles goed met Rebekah?'

'Ja. Ze vroeg of ze volgende week zondag met jou, pa, mama en Rhoda mee mag rijden naar de kerk.'

Nan klapte in haar handen, leunde achterover en slaakte zacht een juichkreet. '*Ach*, wat een heerlijk nieuws! Heb je gezegd dat het goed was?'

'Nou, er viel eigenlijk niet veel te zeggen. Ze had er kennelijk grondig over nagedacht, ze zei dat ze lopend naar de weg zou gaan zodat pa haar kon oppikken, als hij het niet erg vond.'

Nan sloeg haar hand voor haar mond. 'O… ze zal vreselijk in het nauw zitten met haar vader, *jah*?'

'Ik begon erover, maar Rebekah was onvermurwbaar.' Ze zweeg even. Wat was het heerlijk om hier met Nan te zitten schemeren. 'Je mag trots zijn, dankbaar zelfs, dat je zo'n wilskrachtige vriendin hebt, vind ik.'

'En ben jij niet even wilskrachtig, Nellie?' Nan overrompelde haar met de opmerking. 'Je ziet Caleb nog steeds, ondanks zijn vaders…'

'Nan… rare, we hebben het over Rebekah, over haar belangstelling voor de kerk en niets anders.'

Nan giechelde en daarop stond Nellie op, heen en weer geslingerd tussen datgene waarvan ze wilde genieten en wat ze moest doen om haar geliefde te beschermen.

Nan bleef zitten en Nellie vroeg zich af of ze toch openhartig had moeten praten met deze zus, die kennelijk verlangde naar meer contact. Maar het moment was voorbijgegaan, dus ze trok haar jas aan en zei Nan gedag terwijl ze de deur achter zich dichttrok.

★

De verlichting die hoog boven het autoterrein was opgehangen verblindde Rhoda haast toen ze uit mevrouw Kraybills grijs met witte Buick Electra stapte, met zijn banden met witte zijkanten. Ze had de term 'extra's' gelezen en vroeg zich af of de comfortabele auto van mevrouw Kraybill daarmee was uitgevoerd.

Ze had gefantaseerd over wat ze wilde in een auto, en misschien kreeg ze dat vanavond wel onder ogen. Mevrouw Kraybill, die er elegant uitzag met haar montuurloze bril en wollen hoed en tweedjas, had onderweg gevraagd wat voor prijs ze in gedachten had. Rhoda had haar precies verteld wat ze kon betalen. 'Niet meer, en liever geef ik minder uit.'

Ze keek bewonderend naar de keurige rijen auto's. Het terrein was helder verlicht en gelukkig waren er weinig klanten. Iemand had het terrein geploegd, zodat de mensen makkelijk konden lopen zonder uit te glijden in de sneeuw.

Algauw kwam er een man in een lange grijze overjas en met een bijpassende hoed op naar hen toe. Hij stak beleefd zijn hand uit. 'Goedenavond, dames. Ik ben Guy Hagel,' begroette hij hen. 'Kan ik u misschien helpen de auto van uw dromen te vinden? Ik wil uw reis van vanavond graag de moeite waard maken.'

Rhoda mocht hem meteen. Meneer Hagel was welgemanierd en hoffelijk, hij wandelde het hele terrein met hen over en wees op de eigenschappen van elke auto. Ten slotte bood hij aan een eindje te gaan rijden, ondanks de besneeuwde straten.

'Kijk, dit is iets heel bijzonders. Een Chrysler New Yorker uit 1961 in een schitterende bordeauxrode kleur. Net vorige week binnengekregen.' Hij wuifde met zijn hand naar een wijnkleurige tweedeursauto met achtervinnen; een beetje te opzichtig naar Rhoda's smaak.

Rhoda zei: 'Bedankt voor uw hulp, maar we willen gewoon even rondkijken.' Hierop wierp meneer Hagel haar een weifelende blik toe, en een beetje opgelaten besefte ze dat ze er niet uitzag als iemand die op zoek was naar een auto.

'Als u het goedvindt kijken mijn vriendin en ik nog even rond,' voegde mevrouw Kraybill eraan toe, zodat het pijnlijke moment werd opgeheven. 'We zullen het u laten weten als we hulp nodig hebben.'

Ze dwaalden verder langs rijen Buicks in allerlei soorten – cabriolets, Riviera's, LeSabres... en zelfs verscheidene Electra's zoals die van mevrouw Kraybill. Zwart en wit leek nogal populair, evenals zachtgrijs, lichtblauw, geelbruin, en een soort turquoisegroen. Maar het was niet zozeer de kleur die Rhoda aantrekkelijk vond als wel het hele pakket.

Ze namen rustig de tijd en meneer Hagel vond het goed dat ze in het koude interieur van drie verschillende auto's gingen zitten, allemaal even mooi. Zo mooi zelfs, dat de auto's in Rhoda's herinnering door elkaar begonnen te lopen. Hoe moest ze het ooit terugbrengen tot één?

'We moesten maar eens naar huis,' zei ze zacht terwijl mevrouw Kraybill plaatsnam achter het stuur van een bijzonder opvallende coupé, en de luxe bekleding en het dashboard met chroomaccenten bewonderde.

Meneer Hagel had zich verontschuldigd om een andere klant te gaan helpen, en Rhoda hoorde hem ongeveer dezelfde dingen zeggen als die hij daarstraks tegen hen had gezegd.

'Nou, wat vind je ervan?' vroeg mevrouw Kraybill, met haar handen in zwarte handschoenen op het stuur. 'Heb je je oog laten vallen op eentje in het bijzonder?'

'Ze zijn allemáál zo mooi, hè?'

Mevrouw Kraybill glimlachte. 'Inderdaad... vooral *die* schitterende machines.' Ze lachte hartelijk en wees naar de cabriolets naast hen.

'*Jah*.'

'Het wordt te koud om buiten te zijn, kind. Zullen we ermee ophouden?'

Rhoda stemde in, heen en weer geslingerd tussen de wens om meteen een auto te hebben en de wens om er echt in te kunnen rijden. 'Kunnen we morgen nog eens gaan, als het licht is?'

Mevrouw Kraybill vond het ook een goed idee, en ze bood aan Rhoda te leren rijden. 'Maar je moet eerst een voorlopig rijbewijs hebben.'

'O?'

'Binnenkort kunnen we er eentje voor je gaan halen, als je wilt. Eerst zul je moeten studeren voor de schriftelijke test. Als ik weer in de stad ben, zal ik een exemplaar van het *Pennsylvania Driver's Manual* voor je meenemen.'

Rhoda's hoofd tolde van de beslissing die ze moest nemen en van alles wat ze moest leren, maar ze was vastbesloten om alles te doen wat nodig was om te krijgen wat ze wilde. Om voor altijd klaar te zijn met paarden en rijtuigen!

★

Meer dan een uur later boog Rhoda haar hoofd terwijl pa een langdradig gebed uitsprak, gevolgd door een even slaap-verwekkende Schriftlezing. Vanavond was het een gedeelte uit het eerste hoofdstuk van 1 Petrus. Pa las een tekst over gereinigde zielen in de gehoorzaamheid aan de waarheid… en iets over een rein hart. Hij legde duidelijk de nadruk op dat speciale vers.

Hij zou woest zijn als hij wist waar ik vanavond heen ben geweest.

Ze wilde zorgen dat haar vader en moeder niets afwisten van haar aanschaf tot het te laat was om er iets aan te doen. Niet zoals sommige van haar oudere broers die zelfs van tevoren advies hadden gevraagd aan pa. Nan had verteld dat hun eigen broer James ook een auto wilde kopen. Het zou vast niet lang duren voordat de oudste jongens Thomas en Jeremiah er ook elk een hadden. Of misschien samen. Dat kon makkelijk, want ze woonden in een grote boerderij die door een gang in het midden in tweeën was gedeeld. Aan de ene kant woonde Thomas met zijn vrouw en kinderen, aan de andere Jeremiah met zijn gezin.

Nadat het Bijbellezen en gebed waren afgerond bleef Rhoda in de kamer hangen om met mama te praten. Toen daar de gelegenheid voor was zei ze: 'Ik zou graag naar James' oude slaapkamer verhuizen.'

Het was meteen duidelijk dat mama er niet voor voelde, ze schudde haar hoofd. 'Nee.' Ze fronste. 'Het is niet nodig, Rhoda. Jij en Nan zitten prima in jullie huidige kamer.'

En dat was dat. Niemand die bij zijn verstand was zou erover piekeren om mama tegen te spreken. Rhoda wist dat ze het ermee moest doen, precies zoals ze vreesde dat het zou gaan als ze haar plan om een auto te kopen niet vlug uitvoerde – en een aardige echtgenoot te strikken.

★

Nellie verlangde er hevig naar om een brief aan Caleb te schrijven, maar daar kon geen sprake van zijn. Ze zat op haar bed met een paar kussens in haar rug en tikte met haar pen op het briefpapier, gefrustreerd dat Caleb haar wel een brief kon sturen maar zij nooit antwoord kon geven. Hun situatie was compleet verwrongen, en ze moest haar verontwaardiging ten opzichte van David Yoder opzijzetten. Hij was tenslotte haar toekomstige schoonvader!

Ze vroeg zich af of Caleb nu ook aan haar dacht en leunde nadenkend met haar hoofd tegen het hoofdeinde. Kon hun liefde de verwachte scheiding doorstaan?

Als God het wil, dacht Nellie ineens tot haar eigen verrassing. Dat had Suzy na haar bekering vaak in haar dagboek geschreven.

Was de tussenkomst van God nodig om te kunnen trouwen? Zo wilde ze niet denken. Het was verleidelijk om te denken aan goddelijke wonderen en ingrepen, maar het ging in tegen de leer van de Oude Wegen waarin Caleb en zij geloofden.

Zuchtend schreef Nellie de datum op. *Maandag 21 janu-*

ari. Als ze haar gedachten niet aan Caleb kon schrijven, dan maar een lekkere lange brief aan nicht Treva. Ze waren in het afgelopen jaar goede correspondentievriendinnen geworden en deelden af en toe een persoonlijke brief, naast het algemene nieuws in de rondzendbrieven. Vanavond zocht Nellie een persoonlijker manier om zich te uiten.

Beste nicht Treva,

Een hartelijke groet uit Honey Brook op een ijskoude dag. Is het bij jullie ook zo koud?

Nou, mijn familie is gistermiddag naar jullie omgeving gereisd en – niet te geloven – ik ben het uitje misgelopen! Ik had de mooie nieuwe baby van Ephram en Maryann in mijn armen, ze heet Sadie, en het was alsof de tijd gewoon stilstond. Heb je dat ooit meegemaakt? Ik wilde die baby gewoon niet meer teruggeven.

Ik vond het zo dom van mezelf dat ik niet op tijd thuis was om met mijn familie mee te gaan naar Bird-in-Hand, vooral omdat ik jou misschien had kunnen bezoeken, en Dawdi en Mammi Fisher. Wat een Dummkopp ben ik!

Ik zeg het zelf, jah? Maar goed, ik hoop dat je op bezoek komt als het een beetje warmer wordt. Misschien met de volgende zussendag, als je kunt. Als je wilt kunnen jij en je zussen blijven slapen in de logeerkamer naast de mijne. Beneden hebben we nog twee logeerkamers, naast de voorkamer... en we hebben natuurlijk het Dawdi Haus. Dat blijft leeg, maar ik weet dat pa Dawdi en Mammi Fisher graag zou willen overhalen om erin te trekken.

Er is trouwens veel veranderd in ons district. Bijna de helft van de leden van de Oude Orde is overgegaan naar de Nieuwe Orde of de Beachy's. Hoeveel mensen zitten er bij jullie nog in de oude kerk? Zie je Dawdi en Mammi Fisher weleens tijdens de dienst?

Nou, schrijf me als je kunt. Ik hoor altijd graag van je.

Ik hoop dat het nieuwe jaar goed voor je begonnen is.

Je nicht en vriendin,
Nellie Mae Fisher

Hoewel het een persoonlijke brief was, dacht ze er niet aan om zelfs maar te duiden op de fascinatie van haar broer James voor auto's. Dat hoefde niet in het roddelcircuit. Zulk pijnlijk nieuws vloog als een lopend vuurtje door de gemeenschap. Net als het nooit eindigende raden naar wie met wie gaat.

Ondanks de pogingen tot geheimhouding van de stelletjes, fluisterden ouders en grootouders onder elkaar. Het was een bekend feit dat de meeste bruidsmoeders vóórdat het huwelijksvoornemen in de herfst in de kerk werd afgekondigd, meer dan een flauw vermoeden hadden van de identiteit van de bruidegom.

Nellie vouwde de brief op en dacht weer aan Caleb. Hoe moest ze hem van tijd tot tijd bericht sturen? Misschien was dat niet Gods bedoeling voor hen. Misschien moest ze haar tijd afwachten – *hun* tijd, want ook Calebs handen waren gebonden. Het punt was dat ze geen idee had wat er gaande was tussen hem en zijn vader, geen idee of er iets goeds werd bereikt door hun pijnlijke scheiding. Ze tastte volkomen in het duister. Toch klampte ze zich vast aan de hoop dat als ze maar lang genoeg trouw bleef aan de Oude Orde, David Yoder uiteindelijk van gedachten zou veranderen en toestemming zou geven voor hun huwelijk.

Ik moet erop vertrouwen dat alles goed komt…

★

Toen het nog stil was in huis en iedereen diep lag te slapen, pakte Rhoda de zaklantaarn die ze onder haar bed bewaarde voor noodgevallen. Ze gleed onder de quilts vandaan en glipte de gang in, waarbij ze het licht op de vloer liet schijnen. Ze ging naar Nellie's kamer en scheen naar binnen, maar wel zo, dat haar zusje er niet wakker van zou worden.

Toen ze vastgesteld had dat Nellie Mae lag te slapen, knipte ze de lantaarn uit en knielde op de vloer, met haar hoofd laag om niet gezien te worden als Nellie wakker mocht worden. Ze trok de lade open van het nachtkastje en stak haar hand erin.

Leeg.

Ze stak haar hand helemaal tot achter in de la, misschien was het weggegleden. Maar ze vond niets, hoewel ze een keer gezien had dat Nellie het dagboek erin stopte toen Rhoda binnen was gekomen terwijl ze erin zat te lezen.

Waar heeft ze het verstopt?

Ze pakte de zaklantaarn op en kroop de kamer uit, ze wilde geen onnodig risico nemen door verder te zoeken. Het was volkomen duidelijk dat Nellie het dagboek had verplaatst, omdat ze Rhoda of iemand anders ervan verdacht het te willen pakken.

Er moeten wel grote geheimen in staan.

Rhoda ging weer naar bed en voelde zich verslagen. Eerst door mama's botte weigering, en nu door Nellie's zwijgende afwijzing.

Hoofdstuk 20

Het was soms moeilijk voor haar om zich te herinneren hoe intiem ze met Suzy was geweest, al was het nog geen jaar geleden dat haar zusje stierf. Nellie's dromen over haar droegen alleen maar bij aan de verwarring, omdat dromen en herinneringen door elkaar begonnen te lopen als de stukken van een quilt. Alleen bleef er geen geheel over, maar sliertige flarden.

Knus genesteld onder de verscheidene lagen *Double Nine-Patch-quilts*, wenste ze dat ze het aandurfde om aan God te vragen haar te behoeden voor dromen. Ze had rust nodig. Een flinke lange nacht slapen zou erg prettig zijn.

Terwijl ze daar lag en wist dat het bijna tijd was om te beginnen met bakken voor de dinsdag, vroeg ze zich af of ze Nan in vertrouwen moest nemen over haar geheim. Ze voelde zich schuldig omdat ze haar gisteren buitengesloten had, terwijl ze zo fijn samen in de winkel hadden gezeten. En toen had zij het bedorven!

Ze moest Nan opzoeken en haar hart voor haar openstellen, en erop vertrouwen dat haar zus de verboden relatie van Caleb en haar strikt geheim zou houden.

Nellie duwde de quilt van zich af en ging geeuwend rechtop zitten. Ze hoopte maar dat ze het juiste deed voor haar *beau*.

★

Vandaag is de dag! dacht Rhoda toen ze die ochtend het huis verliet. Dik ingepakt in zo veel laagjes dat ze zich haast niet kon bewegen, ging ze op weg naar haar werk bij de Kraybills.

144

Als ze op betere voet stond met haar vader had ze misschien gevraagd of ze het rijtuig mocht gebruiken, maar dan had hij de hele dag geen vervoer. Bovendien leek het ongepast om het te vragen, in aanmerking genomen wat ze vandaag ging doen.

Mevrouw Kraybill was van plan om na het middaguur met haar naar de bank te gaan die de Amish het liefst gebruikten, waar ze het noodzakelijke papierwerk voor de lening moest invullen. Het idee gaf haar de kriebels. Als alles goed ging, zouden ze teruggaan naar het autobedrijf en de aanschaf doen. Rhoda kon haast niet wachten.

Ze besefte dat het voorbarig was om een auto te kopen, maar ze wist wat ze wilde en was het wachten moe. Nu was het moment om de sprong te nemen de wereld in. Als al die sneeuw verdwenen was, nam ze autorijles.

Intussen zou Rhoda haar geheim achter het huis van de Kraybills bewaren, waar pa hem niet kon zien.

★

Betsy wist één ding zeker: januari had de macht om de eerste sporen van de lente aan te duiden. De meeste mensen zouden haar verbaasd aankijken als ze het durfde te zeggen, maar ze wist uit eigen ervaring dat het waar was.

Zo druk was ze in de winkel met Nellie Mae dat er nauwelijks tijd was om een paar woorden met haar dochter te wisselen. Maar op Nellie's verzoek bad ze in stilte voor haar lieve kind. Als het een beetje rustiger werd en er een pauze kwam in de constante stroom klanten, zou ze haar vertellen wat ze ontdekt had in de koude kelder.

Intussen keek ze op van Nellie's vrijpostige vraag aan een klant, een vrouw van middelbare leeftijd in een felrode wollen jas met een witte gebreide sjaal en bijpassende handschoenen.

'Mevrouw, mag ik vragen… hebt u toevallig een advertentie in de krant over de bakkerij gezien?'

De vrouw schudde glimlachend haar hoofd. 'Nee, ik heb erover gehoord van mijn buurvrouw hier.' Ze keek om naar de jongere brunette die bij haar in de buurt stond. 'Maar *zij* had gisteren de advertentie in de krant zien staan.'

Dus hij staat er nog steeds in? Wie geeft er toch zo veel geld aan advertenties uit?

Betsy stond versteld, maar ze zei niets en keek haar Nellie alleen maar aan. Ze was wel wijzer dan te vragen waar ze mee bezig was. Dat werkte nooit bij deze dochter. Het werkte trouwens ook niet bij Rhoda. En die, tja, die voerde iets in haar schild. Betsy had het vanmorgen aan het ontbijt gezien in de vastbesloten blik in haar ogen. Jah, *Rhoda heeft haar geheimen, daar is geen twijfel aan.*

Nan had gelukkig het werk weer op zich genomen van schoonmaken in huis en het bereiden van bijna alle maaltijden, nu Betsy Nellie Mae weer in de winkel hielp. Nan gaf verre de voorkeur aan de rust van het huis. Of was het een manier om over het verlies van haar *beau* te treuren?

Betsy opende de vitrine en haalde er twee taarten uit. Ze werkte graag samen met Nellie Mae. *Zo aardig van Reuben dat hij het goedvond,* dacht ze, dankbaar dat ook hij over het allerergste verdriet heen was. Soms werd Betsy wakker met een gezicht nat van tranen, zonder dat ze zich kon herinneren dat ze gehuild had. Stille tranen van rouw en ook van diepe vreugde. Hun jongste was bij God.

Om die reden zou september, de maand van de grote verlossing hier in huis, voor Betsy altijd de meest wonder-*gute* van alle zijn.

En met mijn lieve Reuben is het begonnen.

Ze keek uit het raam naar de laaghangende wolken. Winterdagen waren te kort, en zelfs zo vroeg op de dag vocht de zon om door de grijze nevel heen te schijnen. *Als het licht dat wil schijnen in het hart van een opstandige ziel.*

Die strijd voelde ze ook bij Rhoda en ze kon alleen maar

bidden, want haar rechtstreeks aanspreken had in het verleden nooit gewerkt. Nu wenste ze dat ze van het begin af aan naar Reuben had geluisterd; het was een ernstige vergissing geweest om hun oudste dochter toe te staan ver van huis te werken.

'Mama… kijk, de taarten zijn bijna op.' Nellie onderbrak haar dromerij. 'Gisteren waren het de koekjes, vandaag de taarten.'

Betsy glimlachte en wenkte dat Nellie bij haar moest komen zitten, want er was even tijd om op adem te komen.

Nellie zei hoe dankbaar ze was met haar vaders bijdrage van deze stevige, mooie eikenhouten tafeltjes en stoeltjes. Ook Betsy vond het fijn om even te kunnen zitten en uit te rusten. En van hieruit konden ze het zien als er klanten de laan op reden.

'Ik heb voor je gebeden.' Ze keek Nellie Mae recht aan, die langzaam inademde en knikte.

'Ik wil het juiste doen, mama. Echt.'

'En dat zul je doen… God zal je leiden.' Betsy vouwde haar handen.

Nellie zweeg. Toen zei ze: 'Ik vraag me weleens af wat er gebeurd was als Suzy was blijven leven. Zou ze dan Amish gebleven zijn, denkt u?'

'Misschien niet zo behoudend als pa en ik… maar eens van Eenvoud, altijd van Eenvoud.' Betsy glimlachte. De mensen zeiden dat het heel moeilijk was om de Oude Wegen uit de ziel te krijgen als je erin was opgevoed.

Ze zaten een poosje zwijgend bij elkaar. Toen zei Betsy: 'Gisteren ging ik toevallig naar de koude kelder om twee potten perzikjam te pakken voor het avondeten. Raad eens wat ik vond in de aardappelbak? Uitspruitende aardappels. Zowel de rode als de witte aardappels komen al tot leven.'

Nellie luisterde met dromerige ogen.

'Ze zijn ontloken, en dat allemaal in het koude donker.' Ze zuchtte. 'Natuurlijk rekenen we niet op *die* aardappels om ons door de winter heen te helpen, maar om te snijden, met een oog in elk deel, om te planten als de grond is ontdooid.'

'Dat gebeurt allemaal in het donker,' zei Nellie toonloos. 'Als al het andere dood lijkt… of is.'

Betsy glimlachte. '*Jah*. Op een van de donkerste dagen komt het eerste spoor van leven. Zo gaat het met alles… zelfs met aardappels.' Ze wilde Nellie's hand pakken, want ineens leek haar dochter nogal ingenomen met de vergelijking. Maar Betsy bleef stil zitten en liet haar opmerkingen rustig tot haar dochter doordringen.

★

Nan verraste Nellie door haar te komen helpen met het overbrengen van de overgebleven lekkernijen naar huis, zodat ze 's nachts niet zouden bevriezen. Ze drong er zelfs op aan dat mama vast naar huis ging en het werk aan haar overliet. Toen ze alleen was met haar zus nam Nellie haar kans waar om haar excuus aan te bieden. 'Ik deed verwaand gistermiddag, en dat spijt me.' Ze voegde eraan toe: 'Ik wil graag dat je vanavond na het avondgebed naar mijn kamer komt. Goed?'

Er flitste iets in Nans ogen en ze glimlachte warm. 'O, Nellie Mae… ik dacht dat je het nooit zou vragen.'

'Ik wil je iets vertellen wat me heel dierbaar is.'

Nu moet ik woord houden.

Nan keek verbaasd en blij. 'Ik kan haast niet wachten. O zusje, je hebt geen idee!' Nan gaf haar een kus.

'Nou, als jij je soms net zo eenzaam voelt als ik, dan weet ik het *wel*.' Nellie ging de laatste taart en wat gesorteerde koekjes inpakken. Ze kon een glimlach niet onderdrukken.

Is het wijs om haar mijn geheim te vertellen? vroeg ze zich af, maar ze ging door met haar werkje en weigerde te twijfelen aan haar besluit.

★

Onder het eten zei pa dat de kou gevaarlijk begon te worden. Hij keek naar buiten naar de stil vallende, zware sneeuw, die de aarde bedekte met alweer een nieuwe laag wit.

Tijdens het toetje van taart en koekjes richtte hij zich plotseling rechtstreeks tot Rhoda. Nellie kromp ineen.

'Rhoda, het is mij ter ore gekomen dat je een uitermate ongehoorzame daad hebt begaan.'

Rhoda's ogen werden ijzig grijs. Ze schoof haar bord met pompoentaart van zich af en trok diepe rimpels in haar voorhoofd.

Pa draaide er niet omheen wie zijn bron was. 'Je broer James heeft zijn mond voorbijgepraat over je auto.' Zijn ogen werden boze spleetjes. 'Hij zag je vanmiddag bij het autobedrijf.'

Gelijkgestemde zielen die twee – James en Rhoda, dacht Nellie. *Pa moet vandaag naar James zijn gegaan om met hem te praten, alleen om dit te ontdekken!*

'Dus ik vraag je, Rhoda, onder God, waar is je hart in dit alles?'

Rhoda sloeg haar ogen op en haar gezichtsuitdrukking veranderde snel van verlegenheid naar boosheid en plotselinge bitterheid. 'Ben ik niet meerderjarig, vader?'

Het trof Nellie dat Rhoda haar vader zo formeel aansprak.

'Woon je niet onder mijn dak, onder mijn gezag, dochter? En eet je mijn voedsel niet? Geniet je niet van de warmte van dit huis… de gezelligheid van deze familie?'

Nellie hield haar adem in. Rhoda begaf zich op gevaarlijk terrein en iedereen aan tafel, ook mama, wachtte haar respectvolle antwoord af.

'Mijn hart is hier niet.' Rhoda stond op van de tafel. 'Ik vertrek. Morgenochtend vroeg.'

Mama hapte naar adem. 'Rhoda… nee!'

'Laat haar gaan.' Pa legde zijn hand op mama's arm.

Rhoda ging van tafel en verliet de kamer. Ze stampte de trap op. Nellie had moeite om haar niet achterna te rennen en haar te smeken goed na te denken voordat ze uitvoerde wat ze hier zo brutaal had verklaard.

★

Later die avond was Nellie's oorspronkelijke plan om Nan over Caleb te vertellen op de achtergrond geraakt bij hun zorgen over Rhoda. Tijdens het Bijbellezen had mama's onderlip gebeefd en Nellie wenste dat ze iets kon doen om de problemen met haar oudste zus weg te nemen. 'Wat moet ze daarbuiten in de wereld?' Nellie zat op het bed met haar hoofd tegen het hoofdeinde geleund en Nan tegenover haar, met haar rug tegen het voeteneind.

'Eerlijk gezegd zie ik pa niet terugkrabbelen,' zei Nan. 'Ik ben bang dat ze doet wat ze zegt en morgen vertrekt.'

'En dan?'

Nan schudde droevig haar hoofd. 'Misschien zet ze hier nooit meer een voet over de drempel.'

'Waarom denk je dat?'

'Omdat ze zo eigenzinnig is.'

'Je moet met haar praten.' Nellie vond het vervelend om te zeggen op de eerste avond dat Nan was komen praten. *Op zo'n ongeschikt moment... net als de meeste dingen tegenwoordig.*

'Ik ga er zo heen, maar jij had iets wat je me wilde vertellen, *jah?*'

'Dat kan wel wachten,' zei ze, alleen aan Rhoda denkend.

Nan keek haar onderzoekend aan. 'Weet je het zeker?'

'Als Rhoda doorzet waar ze mee gedreigd heeft, raken we nog een zus kwijt.'

Nan beaamde het. 'Ik zal zien wat ik kan doen.' Daarop klom ze van het bed af, zei welterusten en liet het aan Nellie over om zich af te vragen wat Nan kon zeggen om Rhoda te kalmeren. En als ze Rhoda overhaalde om van gedachten te veranderen, veranderde pa dan ook?

★

Puur toevallig had Caleb die ochtend Susannah Lapp gezien bij een boerderijverkoop, al was het maar heel even. Ze was met haar moeder gekomen om haar vader, de diaken, een mand met eten te brengen voor het middagmaal.

Hij had aarzelend geglimlacht toen hun blikken elkaar ontmoetten. Eigenlijk voelde hij zich nogal leugenachtig, maar hij hoopte dat een glimlach genoeg was om de mogelijkheid te openen voor een langere ontmoeting op de volgende zangavond. Het had geen zin om het uit te stellen.

Nu was hij klaar om naar bed te gaan, en hij leunde op de vensterbank om naar de inktzwarte lucht te kijken. Uren geleden, toen de zon onderging, was de lucht vlammend rood geweest. Hij was op weg naar de schuur gegaan om bij het vee te kijken – zijn verantwoordelijkheid – toen hij het gezien had. Met alle plezier deed hij wat hij kon om zijn vader en grootvader te bewijzen dat hij het aankon om dit grote bedrijf over te nemen. Klaar en bereid, min één stukje toekomst: een bruid.

Maar goed, dat ging hij regelen. Als hij eenmaal fatsoenlijk van man tot man kon zeggen dat de dochter van de diaken totaal niet van romantisch belang was, had hij de vrijheid om de jonge vrouw het hof te maken van wie hij echt hield. Om eindelijk zijn land te verwerven, hoefde hij alleen de zin van zijn vader te doen.

Zondag gaat het gebeuren…

Hij doofde de gaslamp, kroop onder de dekens en liet zijn hoofd rusten op zijn gekruiste armen. Hij voelde een merkwaardige golf van opwinding bij de gedachte dat hij Susannah weer zou zien – opwinding die algauw overging in gêne, al had hij haar vandaag erg mooi gevonden toen hij haar was tegengekomen. Hij wist dat zijn hart aan Nellie Mae toebehoorde, en haar alleen.

Susannah is de enige weg tot Nellie Mae, bracht hij zichzelf onder het oog.

Hoofdstuk 21

Woensdagnacht was Rosanna King op en liep heen en weer door de kamer, maar niet met een baby in haar armen. Ze kon gewoon niet slapen door wat nicht Kate gisteravond voor het eten had uitgehaald. Ze was gekomen met haar drie jongste kinderen, zodat ze 'hun kleine broertje en zusje' konden zien zoals ze zei, en ze had Rosie in haar dekentje op de schoot van haar tweejarige gelegd.

Elias had aldoor boos gekeken en kennelijk verwacht dat Rosanna krachtig op zou treden. Ze hadden weer woorden gehad nadat ze de tweeling gevoed en ingestopt had. Die lagen nu lekker te slapen.

De groeiende spanning tussen haar en Elias knaagde aan haar. Wat verfoeide ze het dat Kate vaker op bezoek kwam dan was afgesproken voor de voeding van halverwege de ochtend, en ook dat had al te lang geduurd. Het werd tijd dat iemand er een einde aan maakte en snel ook, anders zou Rosanna zich de volgende keer tot zonde verlagen en Kate felle woorden toevoegen.

Razend van boosheid als ze weer dacht aan het opdringerige bezoek, ging Rosanna bij haar lieve kindjes kijken. *Kate ondermijnt mijn moederschap. Langzaam maar zeker.*

Ze voelde zich wanhopig en wenste dat ze Anna, de vrouw van de bisschop, in vertrouwen kon nemen, of een van de vrouwen van de predikers, omdat haar eigen lieve moeder langgeleden gestorven was. Misschien had Nellie's moeder wijsheid te bieden. Zuchtend besefte ze dat Elias en zij hulp nodig hadden in deze netelige toestand. Het meevoelen dat ze haar niet herhaaldelijk geprobeerd had te laten zien begon snel af te nemen.

Ach, wat had Rosanna verlangd naar een kind en nu had ze deze baby's zo lief. Haar gezin was aan Kates genade overgeleverd, en het was sneller misgelopen dan Elias en zij zich ooit hadden kunnen indenken. Kates bezoeken waren volkomen anders dan in het begin.

Heel angstaanjagend anders.

★

Chris Yoder trok zijn badjas aan, liep zachtjes de trap af en zakte neer op een stoel aan de keukentafel. Hij kon niet slapen. Zach had in het bed aan de andere kant van de kamer almaar doorgepraat over Suzy's armband. Zijn broer had zelfs geprobeerd Chris over te halen na schooltijd met hem terug te rijden naar het park, en niet te wachten tot het weekend. Hij wilde dat ingevroren stukje goud uit het ijs bij het meer hebben, en wel meteen. Chris had resoluut geweigerd; hij had doordeweeks geen tijd. Bovendien liep dat glanzende gouden voorwerp in het ijs niet weg, en het *was* hoogstwaarschijnlijk niet eens de armband.

Maar Zach liet zich door geen redelijke woorden bepraten, hij hield vol dat hij Suzy's armband moest hebben.

Chris haalde zijn handen door zijn haar zodat het rechtop stond. Hij was bang dat Zach gevaar liep zijn gevoel voor redelijkheid te verliezen. Het verdriet van zijn broer bracht hem in een neergaande spiraal naar iets vreemds.

Hulpeloos begon hij te bidden. 'Vader in de hemel, ik vraag U om goddelijke bescherming voor Zach, in Jezus' naam. Laat Uw licht in zijn hart en hoofd tot leven komen. Verzacht zijn pijn, en help mij de broer en vriend te zijn die hij nodig heeft om deze moeilijke weg te gaan. Leid mij en laat me weten wanneer ik hem zwijgend moet steunen en wanneer ik woorden van troost moet bieden. Ik dank U ervoor. Amen.'

Hij liet zijn hoofd in zijn handen rusten en dacht aan een

evangelist van Tel Hai die had gezegd dat wanneer je je uitstrekt naar anderen die lijden, je te weten komt wie je zelf eigenlijk bent. Je ontdekt jezelf... uit welk hout je gesneden bent.

Hij besloot dat hij meer geduld en begrip voor zijn broer moest hebben. Hier zat hij in zichzelf te klagen en te wensen dat Zach zijn verdriet losliet. Maar hij had nooit zelf ervaren wat Zach meemaakte. Hij had nog nooit op die manier van een meisje gehouden. Noch had hij dagenlang biddend en vastend God aangeroepen om een levenspartner, zoals Zach. Hoe vlug was het gebed verhoord... en hoe snel was het hem weer afgenomen!

Gods wegen zijn hoger dan de onze. Hij wist heel goed dat zijn ouders sinds zijn geboorte gebeden hadden voor de jonge vrouw die eens zijn echtgenote zou worden, net zoals ze voor elk van hun zoons hadden gedaan. Chris besefte dat hij nooit op die manier gebeden had.

Waar wacht ik nog op?

Hij voelde zich ineens schuldig en boog zijn hoofd weer, dit keer met diepe dankbaarheid voor Gods voortdurende zorg. Hij vroeg niet om een toekomstige bruid met een mooi uiterlijk, zoals Suzy Fisher, maar hij vroeg wel of ze een partner mocht zijn voor het evangelisatieproject waarvoor hij uiteindelijk zou worden geroepen. 'Bescherm haar tegen zonde en kwaad... en mag ze niet ontmoedigd worden in het zoeken van Uw wil voor haar leven, God... waar ze ook is. Dit vraag ik U in de naam van Jezus. Amen.'

★

'Ik had nooit gedacht dat mijn eigen broer mijn geheim zou verraden!' klaagde Rhoda die ochtend tegen mevrouw Kraybill. Ze vertelde hoe ze zich voordat het licht werd warm had ingepakt om door de kniehoge sneeuw naar het huis van diezelfde broer te ploeteren. 'Ik heb James en zijn vrouw Martha flink aan het schrikken gemaakt.'

'En waarom, als ik vragen mag?'

Rhoda vocht tegen de aandrang om te huilen. 'Ik ge-vraagd of ik bij hen in mocht trekken. Ze hebben twee lo-geerkamers naast de serre beneden.'

Mevrouw Kraybill fronste en tikte met haar keurig gema-nicuurde vingernagels op de tafel. 'Ik neem aan dat je erover nagedacht hebt, Rhoda?'

'De hele nacht heb ik erover gepiekerd.'

Te bedenken dat mama, Nan en Nellie Mae allemaal gehoord hebben wat pa zei... en wat ik zei, dacht ze treurig terwijl ze in haar hoofd de ruzie aan tafel opnieuw beleefde.

'Mama deed aan het ontbijt een nobele poging... ze vroeg me excuus te vragen aan mijn vader.' Ze roerde suiker in haar zwarte koffie. 'Maar ik ben niet van gedachten veran-derd. Eerlijk gezegd ben ik er meer dan klaar voor om ergens anders opnieuw te beginnen.'

'Nou, ik hoop wel dat je hier blijft werken, bij ons.' Me-vrouw Kraybill keek Rhoda onderzoekend aan. 'Je hebt nu een auto af te betalen, hoor.'

Ze wist het. Het was de belangrijkste reden dat ze niet had gevraagd om bij de Kraybills te mogen logeren, zelfs niet voor korte tijd. Ze had geld nodig, geen gratis kost en inwoning. 'Ik ben blut, hè?'

Niettemin was ze verrukt over haar prachtige auto – een zwart met witte vierdeurs Buick LeSabre met nog geen vijf-tigduizend kilometer op de teller. Hij was volledig uitge-rust met banden met witte zijkanten, een 335 Wildcat motor – wat dat ook mocht zijn – stuurbekrachtiging en rembe-krachtiging, en een radio. 'De hele handel,' had Guy Hagel gezegd.

Mevrouw Kraybill lachte vriendelijk. 'Je bent een vastbe-raden jonge vrouw, Rhoda. Ik geloof dat je het goed zult doen in je nieuwe leven.'

Het was toch tijd om haar vleugels uit te slaan, ook zonder

pa's scherpe woorden. Misschien was de aanschaf van de auto precies wat ze nodig had om haar te stimuleren.

'Zou u het heel erg vinden om me te helpen mijn spullen te verhuizen naar James en Martha?' vroeg ze. 'Daar zou ik erg blij mee zijn.'

'Met alle plezier.' Mevrouw Kraybill stond op om zichzelf nog eens koffie in te schenken. 'Ik moet je wel vragen... wil je nog steeds je auto hier laten staan?'

Rhoda knikte. Was mevrouw Kraybill bang dat ze problemen kreeg met pa? 'U hoeft zich geen zorgen te maken dat mijn vader hierheen komt om u de mantel uit te vegen. Dat gebeurt niet, dat beloof ik u.'

Mevrouw Kraybill keek opgelucht.

Ik ben oud genoeg om mijn eigen beslissingen te nemen, dacht Rhoda, terwijl ze opstond om de kop en schotels af te ruimen. *Hoe hard Nan gisteravond ook haar best heeft gedaan om me over te halen niet weg te gaan. En hoe verdrietig mama en Nellie Mae ook keken aan het ontbijt!*

★

Halverwege de middag was het helemaal opgehouden met sneeuwen, en Rhoda was blij dat mevrouw Kraybill erin had toegestemd om met haar mee naar huis te gaan. Haar twee kleine kinderen die nog niet naar school gingen had ze bij de buren achtergelaten. De oudste zou uit school met een vriendje meegaan. Ze haalden twee koffers vol met Rhoda's kleren en persoonlijke bezittingen op, en ook haar kettinkjes, waardoor de commode er maar kaal uitzag.

Ze was opgelucht dat Nellie Mae en mama in de winkel bleven en niet binnenkwamen voor een laatste poging om haar thuis te houden. Maar Nan kwam met tranen in haar ogen naar boven rennen. Ze bleef met gevouwen handen in de gang staan en keek hun kamer in.

'Als je nog meer spullen van me vindt, stop je ze maar in

een doos, Nan,' zei Rhoda. Ze vond het vreselijk dat ze zo scherp was. Nan verdiende het niet om zo te worden behandeld, maar als Rhoda zich niet groothield, zou ze in huilen uitbarsten.

Mevrouw Kraybill droeg de eerste koffer naar beneden en liet haar alleen met Nan, die verloren tegen de deurpost leunde.

'Hoor eens, ik pas hier gewoon niet meer, en ik ben het zat om mijn echte ik te verbergen. Ik ga nu naar de nieuwe kerk – met de tractoraanhangers, heb ik besloten.' Rhoda ademde krachtig uit. 'Nellie Mae is het ook niet met onze ouders eens, maar met haar hebben ze veel meer geduld...'

'Nellie zal wel op tijd bijdraaien.'

'Nou, ik niet. Mijn mooie auto opgeven voor een paard en rijtuig? Van mijn leven niet!'

'Rhoda, alsjeblieft.' Nan legde haar hand op haar arm.

'Nee. Ik ben het zat om zo te leven. Ik ben niet uit het juiste hout gesneden voor een leven van Eenvoud. Ik moet hier weg voordat ik stik!'

Nan snikte zachtjes. Maar dat weerhield Rhoda er niet van de overgebleven koffer op te pakken en langs haar liefste zus heen te marcheren naar de trap.

★

Nellie troostte mama terwijl ze voor het raam van de bakkerij stonden te kijken hoe Rhoda en hun *Englische* buurvrouw de laatste koffer inlaadden. 'Ze gaat echt weg. Ik had gehoopt dat ze van gedachten zou veranderen.' Nellie's keel deed pijn.

'Ik ook.' Mama tastte naar haar hand. 'Ik had haar naar James' oude kamer moeten laten verhuizen toen ze het vroeg.'

'Dit is uw schuld niet, mama.'

'Toch neem ik het veel te zwaar op, ben ik bang.'

'O, mama, nee. U houdt van Rhoda, wij allemaal. Ze maakt een fout, dat staat vast. Natuurlijk voelt u zich naar.' Ze leidde mama weg van het raam.

Nellie en mama huiverden toen mevrouw Kraybill de kofferbak van haar auto dichtgooide en de twee portieren dichtsloegen – en hen buitensloten.

★

Reuben stond voor het raam op de hooizolder te kijken hoe zijn oudste dochter de grootste vergissing van haar leven beging. Hij wenste dat hij zijn woorden van gisteravond terug kon nemen, maar voelde zich sterk staan in zijn standpunt. Rhoda moest uitzoeken waar ze in het gezin van God paste, maar ze moest ook minder stijfkoppig zijn.

Zou ze bij die Englischers *iets leren wat de moeite waard is?*

Betsy had gelijk in wat ze die ochtend vroeg had gezegd toen ze nog in bed lagen. 'Je doet Rhoda aan wat jouw ouders jou hebben aangedaan… en dat allemaal om een verschil van mening.'

Dus zijn vrouw was ook al boos op hem.

Betsy heeft gelijk. Hij zette zijn zwarte hoed af en hield hem voor zijn borst – zijn hart – toen mevrouw Kraybill de auto draaide en naar de weg reed.

God zij met je, klein meisje… Vlucht maar naar anner Satt Leit – *de andere soort mensen* – *als het dan moet.*

Hij bad dat het op de lange duur heilzaam mocht zijn. De apostel Paulus had tenslotte de verdorven man overgegeven aan de duivel voor de redding van zijn ziel.

Reuben liep weg van het raam en vermande zich. Hij verwachtte elk moment de voerverkoper en die hoefde hem niet in tranen te zien.

★

Vrijdagochtend om halfnegen lag de tweeling weer in hun box voor hun ochtenddutje. Rosanna was druk bezig met brood bakken en de warme middagmaaltijd, en dacht intussen aan Elias. Haar man was die ochtend aan het ontbijt extra vriendelijk geweest. Hij had zijn zoon vastgehouden en veel aandacht aan beide kindjes besteed, waardoor de dag prettig was begonnen.

Als ze zag hoe lief hij met de tweeling was, verlangde ze ernaar om weer in zijn armen te liggen. Maar ze had zijn lievelingsontbijt gemaakt van braadworst, drie gebakken eieren en bosbessenpannenkoeken. Hij dronk zijn koffie sterk, met slechts een wolkje melk, maar massa's suiker.

Ze hadden gezellig gepraat, alles was vergeven. Het enige wat Elias te zeggen had met betrekking tot nicht Kate was dat het hem opgevallen was dat ze haar vele bezoeken had beperkt, wat een hele opluchting was. Nu was het al vrijdagochtend en sinds dinsdag was ze maar één keer per dag langsgekomen. 'Wat is er aan de hand?' had Elias lachend gevraagd.

Ze had hem verteld over het recept voor gezegende-distelthee dat ze Kate had gegeven. Opnieuw had hij hartelijk gelachen en ze waren er allebei van uitgegaan dat de kruidenthee zijn werk deed.

'Ik hoop het maar,' mompelde ze in zichzelf terwijl ze het volkorendeeg uitrolde voor het korstdeksel van een flinke rundvleesstoofschotel. Ze moest hem gauw in de oven zetten, anders zat Elias straks duimen te draaien als het tijd werd om aan tafel te gaan voor de hoofdmaaltijd van de dag.

Voorzichtig tilde ze het deeg van het aanrecht en legde het over het vlees en de zelf ingemaakte groenten, voordat ze met een vork gaatjes in de bovenkant prikte.

Rosanna was blij dat het gisteren opgehouden was met sneeuwen en snakte naar een lange, frisse wandeling. Maar dat was nog niet mogelijk. Ze verheugde zich op de dag dat Eli en Rosie mee konden lopen en haar bij konden houden op een zachte winterdag. En in de zomer ook.

Ze stelde zich voor hoeveel pret de tweeling zou hebben bij het opgroeien. Kleine Eli zou Elias helpen voor de dieren te zorgen en samen als vader en zoon op het land werken. Wat een wonder-*gut* team zouden ze vormen. Zij zou met veel plezier Rosie leren brood en taarten te bakken, en haar lieve dochter alles doorgeven wat ze wist van quilten en naaien en frivolité en kruissteekjes maken.

Ze bukte om de oven open te maken, liet de stoofschotel naar binnen glijden en wenste dat haar lieve moeder haar nu kon zien. Keek ze uit de *hemel* op haar neer? Veilig en wel in Jezus' armen…

Ineens miste ze haar kindjes in haar armen en liep naar de andere kamer om bij hen te kijken. Ze koesterde het om hen te zien slapen of drinken uit hun fles. Gelukkig waren ze aan het laatste nogal gehecht geraakt, vooral Rosie, nu niet Kate haar niet meer voedde.

Rosanna hoorde iets buiten en de moed zonk haar in de schoenen. Daar had je nicht Kate… precies op tijd.

Ze zette een glimlach op en snelde naar de achterdeur om haar nicht te begroeten, die de kleine blonde Rachel met haar blauwe ogen weer bij zich had en klaarblijkelijk blij was dat ze Rosanna zag. Kate omhelsde haar. 'Ik voel me vandaag zo goed. En jij, Rosanna?'

Kate babbelde maar door over haar ochtend, het bakken dat ze al had gedaan, met hulp van Lizzie, die groot genoeg was om regelmatig te helpen, en die elke ochtend op de kleine kinderen paste als Kate Eli ging voeden. Rosanna had zich al eens afgevraagd hoe Kate thuis alles bijhield.

Kate ging zitten met Rachel van twee op haar schoot. Ze leek kalmer dan bij voorgaande bezoeken. Nieuwsgierig vroeg Rosanna: 'Heb je toevallig dat theerecept geprobeerd?'

Kate zei van wel en glimlachte. 'Ik drink het zelfs een paar keer per dag… erg aardig van je.'

Ze praatten over verschillende soorten kruidenthee en over wat je moest nemen als je iets mankeerde. Rosanna genoot zelfs van het bezoekje, vooral omdat Kate niet meteen naar de andere kamer was gerend om de baby's aandacht te geven en ze expres wakker te maken. Het was zo fijn om bij elkaar te zitten en te praten, zoals ze lang voordat de baby's geboren werden hadden gedaan.

Algauw zaten ze alle drie warme chocolademelk te drinken, kleine Rachel blies zachtjes in die van haar terwijl ze op Kates schoot dicht bij de tafel zat.

Het was bijna of Eli en Rosie Kate vandaag geen belang inboezemden, want ze zei geen woord over hen. Verbaasd vroeg Rosanna zich af of ze het feit dat de tweeling in de andere kamer lag te slapen gewoon zou negeren.

Het was Rachel die toen de chocola op was met haar kleine stemmetje vroeg: '*Bobblin* zien, mama?' Rosanna's fantasie vloog naar de tweede verjaardag van Eli en Rosie. Rosie zou vast veel op Rachel lijken, die zich nu van Kates schoot wurmde omdat ze naar de baby's wilde kijken.

Kate stond op met haar dochter en droeg haar naar de deur. Toen draaide ze zich om en vroeg: 'Is het goed, Rosanna?'

Voordat Rosanna eraan dacht om te zeggen dat ze de kindertjes *dit keer* niet wakker moest maken, had ze al toegestemd. 'Ja hoor… laat haar de tweeling maar zien.' Maar ze had zich geen zorgen hoeven maken, want Kate tilde Rachel alleen maar op om naar hen te kijken.

'Baby's slapen,' fluisterde Rachel met haar wijsvinger tegen haar mond. 'Sst,' zei ze zo schattig dat Rosanna bijna de voorgaande enerverende bezoekjes vergat.

Kate richtte zich op en liep met Rachel nog in haar armen terug naar de keuken. 'Wanneer ben je van plan om weer naar een quiltbijeenkomst te gaan?'

Rosanna wilde gaan zo gauw het weer meewerkte. Haar buurvrouw aan de oostkant had aangeboden op een van de tweeling te passen, zodat ze het rijtuig kon mennen als ze het huis uit wilde. 'Waar is de volgende?'

'Bij Esther Fisher.'

'Dat zou leuk zijn.'

Kate nam haar even op. Toen wendde ze haar blik af en voegde eraan toe: 'Maar het is beter als je niet bij de vrouwen van de Nieuwe Orde gaat quilten.'

'O?'

Kate zette haar dochter neer om haar een paar onvaste stapjes te laten doen. 'Bisschop Joseph is niet bepaald streng in dit opzicht, hij heeft nog niet gevraagd om gescheiden werk*frolics*. Maar zelfs dan...'

'*Jah*, als de negentig dagen om zijn... wat dan?' Rosanna zuchtte. 'Je kunt niet weten wat er dan gebeurt.'

'Nou, van twee dingen een, zou ik zeggen. Volgens mij is het erin of eruit.'

Met 'in' bedoelt ze de oude kerk, dacht Rosanna wrang.

Lang nadat nicht Kate en Rachel vertrokken waren, dacht ze na over de merkwaardige verandering in Kates gedrag, vooral met betrekking tot de baby's. Ze had zin om er bij Kate op aan te dringen toch vooral meer van de gezegende-distelthee te drinken voordat ze wegging, maar ze bedacht zich.

Hoofdstuk 22

Op zaterdag reed Chris Yoder met tegenzin zijn broer naar Marsh Creek State Park, zoals hij beloofd had. Ze hadden de kampbijl van hun vader bij zich en Zach was vastbesloten op te graven wat er onder de roeiboten ingevroren zat in het ijs en de bladeren.

De hele week had Zach nergens anders over gepraat dan over het loshakken van het glanzende dingetje. Het was een obsessie voor hem geworden.

Het speet Chris dat hij ooit had voorgesteld om naar het meer te gaan. Als Chris zijn zin kreeg, zouden ze gewoon wachten tot moeder Natuur over een paar maandjes tijdens de lentedooi haar werk deed.

Maar Zach had helemaal geen zin om te wachten.

'Denk je er wel eens over na waar de hemel is?' vroeg Zach ineens. Hij staarde uit het raampje. 'Boven onze planeet… of buiten het zonnestelsel aan de andere kant van de zon of zo?'

Hij had er zelfs nooit over nagedacht.

Chris gaf geen antwoord, maar Zach vervolgde: 'De hemel is nu dichterbij…'

Vanwege Suzy, dacht Chris.

'Ze is te vroeg gegaan… Ik voel me bedrogen, weet je dat?'

Chris dacht wel dat Zach het al die tijd zo gevoeld had. Hij zei maar niet wat hij ervan vond; dat er een dag zou komen dat zijn broer weer zou liefhebben. 'Ja, dat verbaast me niet.'

Chris parkeerde in de buurt van de roeiboten. Hij legde zijn arm op de rugleuning van de stoel van zijn broer. 'Hoor eens, ik kan niet weten wat jij voelt, Zach. En ik kan me de pijn niet indenken waarmee je leeft.' Hij keek naar het meer. 'Ik wou dat we die dag zwemvesten hadden gedragen.'

Zach knikte. 'Ja. Pure stommiteit.'

'Nou, ik draag de verantwoordelijkheid. Dat weet ik.'

'Nee, we zijn allemaal schuldig… we hadden moeten bedenken dat Suzy niet kon zwemmen. Ze had geen enkele kans.' Zach duwde zijn portier open en stapte uit.

Chris stapte uit aan zijn kant en versnelde zijn pas om hem in te halen.

Gewapend met de bijl beende Zach naar de boten en knielde op de grond. 'Ha, hij is er nog!'

Hij begon in te hakken op een kubus van ingevroren sneeuw en bladeren, in het midden waarvan goud glinsterde. 'Dit nemen we mee naar huis om te ontdooien.'

Zach koesterde het brok ijs en sneeuw als een trofee. Voorzichtig zette hij het in een oude koelemmer in de kofferbak, en ze reden naar huis terug.

Samen betraden ze zachtjes het huis, in de hoop dat ze hun moeder niet tegenkwamen. Zach bracht de koelemmer naar boven. Chris volgde hem en wond op de trap zijn sjaal los.

Hij vond Zach in de badkamer, waar hij water over het blok ijs liet stromen.

'Je kunt gewoon wachten, het smelt vanzelf wel.'

Zach lette niet op hem en was geconcentreerd bezig met zijn missie.

Chris bleef om hem heen hangen en hoopte maar dat Zach er niet kapot van zou zijn als hij een oorring of een muntje of iets nog minder waardevols vond.

Beneden zette iemand de radio aan. 'Doe de deur dicht,' fluisterde Zach kortaf. 'Op slot!' Hij was bleek geworden en keek wanhopig.

Chris fronste bezorgd zijn wenkbrauwen. Stel dat hij inderdaad gelijk had en het bleek niets te zijn?

Hij huiverde bij de herinnering… Suzy Fisher die in de roeiboot zat, de lintjes van haar witte gebedskapje fladderden in de wind toen Zach en zij naar het midden van het meer roeiden…

'Kijk!' zei Zach terwijl hij voorzichtig iets uit het overgebleven brokje ijs trok. 'Hier heb je hem.' Hij wendde zich af van het water en hield de gouden armband omhoog.

Chris boog zich er dichter overheen om te kijken. Hij kon het nauwelijks geloven… Het was de armband die Zach voor Suzy had gekocht, en de gegraveerde Schrifttekst was nog zichtbaar.

'Zie je nou? Ik zei het toch!' Zach liet hem triomfantelijk in de lucht bengelen.

'Hou maar bij je. Mam vraagt zich af wat er aan de hand is.'

Zach liet de armband in zijn broekzak glijden en vroeg Chris hun moeder bezig te houden tot hij het zand en de bladeren uit de wasbak had opgeruimd. Het beviel Chris niet om met zijn broer samen te zweren in dit wonderlijke project, maar hij stemde met tegenzin toe.

Beneden vond hij mam in de keuken. Ze nam een zeldzame koffiepauze met haar laatste nummer van *Good Housekeeping*. Ze bood aan een sandwich voor hem te maken, maar hij zei dat hij het met alle plezier zelf deed. Terwijl hij de ingrediënten uit de koelkast haalde, vroeg ze: 'Hoe gaat het met Zach, denk je?'

Chris aarzelde. Een deel van hem wilde al zijn zorgen over Zachs obsessie voor Suzy, haar foto en nu de armband uitspreken. Maar hij wilde hun moeder niet ongerust maken, die al genoeg had om zich druk over te maken met drie oudere zoons die studeerden.

'Iets beter, denk ik.'

'Ik heb aangeboden een plakboek voor hem te kopen voor al zijn herinneringen aan Suzy – de foto, de folder van de opwekkingsbijeenkomst die jullie uitdeelden toen jullie haar ontmoetten, de krantenknipsels. Maar je mag niet aan dat prikbord van hem komen.'

'Weet ik.' Chris stapelde rosbief, emmentaler en sla tussen twee boterhammen.

'Hoelang is het nu geleden?' vroeg mam.

Chris zuchtte, ineens was zijn eetlust verdwenen. 'Zeven maanden.' *Zeven lange maanden.* Hoelang zou het duren voordat Zach zichzelf weer was?

★

Op de achterbank van Jonathan Fishers Rambler Marlin begon Rhoda te twijfelen aan haar beslissing. Haar broer James zat achter het stuur en neef Jonathan zat op de passagiersstoel naast hem. Hij gaf onafgebroken instructies en goede raad alsof hij zijn hele leven al een rijbewijs had. Rhoda voelde de wielen nog eens over de ijzige weg glijden – en haar maag gleed mee – en wenste dat ze bij een meer ervaren bestuurder in de auto zat.

James was degene die haar aangespoord had om mee te gaan. Hij had gezegd dat het goed voor haar was om mee te rijden terwijl Jonathan hem rijles gaf. James had zijn voorlopig rijbewijs al aangevraagd voordat hij een auto had aangeschaft, dus hij was haar één stap voor; hij mocht oefenen met een automobilist met een rijbewijs. En Rhoda kon op de achterbank niets anders doen dan de portierkruk vastgrijpen en zich vastklemmen of haar leven ervan afhing.

'Goed zo. Nu geleidelijk aan de rem intrappen. Nooit hard remmen op een gladde weg, of...'

Te laat. Toen James de T-kruising in de verte zag, had hij de rem al ingetrapt en de auto tolde rond. Rhoda schreeuwde het uit en greep zich vast aan de rugleuning van de stoel voor haar. Ze was er zeker van dat ze gingen verongelukken. Maar de auto kwam weer recht en ramde met zijn neus in de berg geruimde sneeuw aan de kant van de weg, die als stootkussen diende. Rhoda was misselijk en vroeg zich af of het net zo voelde om rond te draaien in zo'n kermisattractie die ze in Lancaster County had gezien.

James probeerde de auto achteruit de sneeuw uit te rijden, maar de banden piepten en wervelden rond.

Jonathan zette zijn hoed op. 'Ik stap uit en ga duwen.' Hij stapte uit en stelde zich op aan één kant van de auto, met zijn handen op de motorkap. Hij duwde en James gaf gas, maar de banden bleven ronddraaien. Jonathan gaf het op en wenkte James. 'Kom aan de andere kant duwen. We moeten hem heen en weer wiegen. Rhoda, jij moet achter het stuur gaan zitten.'

Rhoda schrok. 'Wat? Nee. Niet…'

'Je hoeft niet te rijden. Je hoeft alleen het stuur vast te houden en het gaspedaal in te trappen als ik het zeg.'

Rhoda kon het niet geloven. Dit was totaal niet hoe ze zich haar eerste keer autorijden had voorgesteld. Trillerig klom ze van de achterbank achter het stuur. Ze keek in de achteruitkijkspiegel. De tuin van de Kraybills was achter haar aan de overkant van de kruising. Ze kon de sneeuwpop zien, en het fort dat de kinderen een paar dagen geleden hadden gebouwd. Tot haar opluchting was de familie niet thuis om getuige te zijn van dit tafereel, en er kwamen geen andere auto's of rijtuigen aan.

Ze draaide het raampje open om Jonathan beter te kunnen horen terwijl James zijn plaats innam aan de andere kant van het voertuig. Beide mannen begonnen ritmisch te duwen.

'Als ik het zeg, een beetje gas geven, Rhoda,' riep Jonathan. 'Niet te hard.'

'*Jah…*' antwoordde Rhoda. Maar ze had nooit eerder een gaspedaal ingetrapt. Hoe moest ze weten hoe hard het moest?

'Oké, gas!'

Rhoda gaf gas, maar de auto kwam stotterend tot stilstand.

Ze had per ongeluk het rempedaal ingetrapt.

'Sorry!'

Ze zag dat Jonathan zijn hoofd schudde en James met zijn ogen rolde. *Zeg, ik heb die auto niet in een sneeuwbank gezet!* Dit keer was ze er klaar voor. Ze keek weer in de achteruitkijkspiegel en toen naar beneden, tilde de zoom van haar jurk een beetje op en hield haar rechtervoet vlak boven het gaspedaal. Opnieuw duwden de mannen.

'Oké... nu!'

Rhoda trapte hard het gaspedaal in. De auto schoot weg van de mannen en vloog achteruit de weg over. Ze hoorde James grommen. In een waas zag ze James met zijn gezicht voorover in de sneeuw vallen. Haar hoofd schoot omhoog om in de achteruitkijkspiegel te kijken... precies op het moment dat de auto de tuin van de Kraybills in ploegde. In een seconde ving ze een glimp op van de sneeuwpop met zijn zwierige hoed, zijn wortelneus en zijn koolglimlach, voordat ze hem verpletterde.

De auto kwam sidderend tot stilstand toen Rhoda het rempedaal vond. Vernederd kneep ze haar ogen dicht. Haar eerste keer achter het stuur, en de eerste ramp was al gebeurd. Ze schudde haar hoofd. Ze wachtte beslist tot de lente voordat ze leerde rijden.

★

Reuben voelde een zekere vermoeidheid op deze zondagmorgen, die vergezeld ging van heel wat pijntjes die het gevolg waren van de strijd met een uitzonderlijk pittig paard dat gisteren niet voor het eerst ingespannen wilde worden. Met pijnlijke knieën hees hij zichzelf uit bed. Later, toen hij aangeroepen werd door Nans beste vriendin Rebekah Yoder, deed zijn rug zo'n pijn dat hij haast zijn evenwicht verloor toen hij uit het rijtuig stapte.

Nan had daarstraks pas gezegd dat Rebekah hen langs de

weg zou opwachten. En inderdaad, daar stond Davids dochter aan de kant van de weg te wachten, met sneeuwlaarzen aan, haar zwarte wintermuts op en helemaal ingepakt in dikke lagen kleding.

Wat een enthousiasme, verwonderde hij zich.

Vlug stapte Rebekah in het rijtuig onder vreugdevolle begroetingen van Nan, die bijzonder blij was om haar vriendin te zien, nu Rhoda bij James en Martha woonde. Dat wilden de geruchten althans.

Allemaal smachten ze naar de wereld.

Hij nam de teugels op en bedacht wat een beroering het zou wekken in het gezin van David Yoder dat Rebekah met hen meeging naar de kerk. Hij dacht aan de verdeeldheid in zijn eigen gezin, nu Rhoda boos vertrokken was, een verdeeldheid die sterk had bijgedragen aan Betsy's verdriet. *Mijn lieve vrouw…*

De twee meisjes zaten op de tweede bank blij met elkaar te praten. Hij boog zich naar Betsy toe en fluisterde: 'David Yoder kon weleens langskomen.'

'Ik zat hetzelfde te denken.'

'We hebben niets te vrezen, lief.' Hij reikte naar haar gehandschoende hand. 'God is aan het werk.'

Ze glimlachte lief, met een glans in haar mooie, blauwe ogen.

Toen ze gearriveerd waren bij de boerderij van het gastgezin en de jongens van de familie het paard hadden uitgespannen en naar de stal gebracht, nam Reuben plaats in de huisbijeenkomst, blij dat hij een paar rijen verderop Elias King zag zitten in zijn geklede jas. Hij had gedacht dat Elias naar de tractoraanhangers neigde, maar tot nu toe kennelijk niet.

Nieuwsgierig wierp hij een discrete blik in de richting van de keuken, waar de voedende moeders bij elkaar zaten, en daar zat Rosanna met Nan en Rebekah, die elk een kleintje vasthielden. *De tweeling van Rosanna en Elias,* dacht hij. Het vaderschap was een zware verantwoordelijkheid, wist Reuben, een verantwoordelijkheid die een man bewuster maakte van zijn behoefte aan goddelijke leiding. Reuben bad dat God vandaag nog Elias zou roepen om vergeving te vragen en zijn hart open te stellen voor de Heere en Heiland.

★

Betsy zat voor in de grote ruimte, waar de wandscheidingen waren weggehaald om voldoende ruimte te creëren om het groeiende aantal leden te huisvesten.

Een groot deel van de jeugd had al aangegeven dat ze van plan waren om komende herfst lid van de kerk te worden, na het dooponderricht van komende zomer, zoals Nan ook zou doen. En nu zag het ernaar uit dat ook Rebekah Yoder nota bene belangstelling had.

Betsy was blij te zien dat Rosanna en Elias King er allebei waren. Vooral Rosanna scheen aandachtig te luisteren naar alles wat prediker Manny zei, ze had haar ogen strak op hem gericht. En later, toen Elias naar voren ging om zijn leven over te geven aan God, stroomden de tranen Rosanna over de wangen. Ook Betsy kreeg tranen in haar ogen. Wat zou het heerlijk zijn om haar eigen Nellie Mae op een dag gehoor te zien geven aan de roeping.

Binnenkort… zeer binnenkort, zullen ze allemaal een besluit moeten nemen.

Betsy boog haar hoofd en bad in stilte. Samen met Nellie Mae stond Rhoda boven aan haar gebedslijstje, het arme, verwarde meisje. Ze zou de wereld vast en zeker gauw moe zijn.

Weer dacht ze aan Nellie Mae's innige vraag om gebed. *Moge Nellie op Uw manier en op Uw tijd U ontdekken als haar Heere en Heiland. In Jezus' naam. Amen.*

★

Rond het middaguur begon een nieuwe sneeuwstorm te waaien, die de randen van het kale maïsveld aan het zicht onttrok en Nellie vanaf haar plekje voor het keukenraam het zicht benam op de schuur. Zuchtend hoopte ze dat pa, mama en Nan veilig thuis konden komen van de Nieuwe Orde kerkdienst. Ze maakte een lichte maaltijd voor zichzelf van koud vlees, ingelegde bieten en hardgekookte eieren, omdat het de dag des Heeren was. Ze had nooit getwijfeld aan de onuitgesproken regel om op zondag niet te koken of te bakken, maar hem simpelweg aanvaard. Als enthousiast bakster geloofde ze dat de eerste dag van de week een soort vastendag voor haar was, omdat ze die huiselijke taak opgaf die haar het meest lief was.

Alleen aan tafel gezeten keek ze naar Suzy's lege plek, die ook leeg bleef als het hele gezin bij elkaar kwam om te eten, uit respect voor het leven van haar zus... en haar dood.

'Soms is het moeilijk te geloven dat je er niet meer bent,' fluisterde ze. 'Maar de waarheid begint langzaam tot me door te dringen.'

Nellie dacht aan Caleb en de zondagavondzang. Als ze erheen ging, moest ze alleen en moest ze zelf terugrijden. Caleb zou haar vanavond niet mee uit vragen – en voorlopig op geen enkele avond, besefte ze opnieuw.

Zenuwachtig dacht ze aan de hele lange winter, en misschien ook de lente, zonder Caleb in de buurt. Wat miste ze hem!

Het heeft geen zin om zelfs maar de moeite te nemen om naar een jongerenbijeenkomst te gaan, stelde Nellie vast. Ze zou gewoon thuisblijven en mama gezelschap houden.

★

Rhoda was blij dat ze uit de *Beachy* kerk met James en Martha en de kinderen mee naar huis kon rijden en niet door die razende sneeuwstorm hoefde te lopen. Met Jimmy op haar knie op de voorstoel, naast Martha die Matty vasthield, staarde ze uit het raampje. De wind was zo hevig dat hij de kleur uit de lucht leek te geselen. De stenen muren langs de kant van de weg waren haast niet te onderscheiden.

Ze dacht weer aan haar Buick, die besneeuwd werd in de tuin van de Kraybills. *Zo aardig van hen dat hij daar mag blijven staan.*

Was ze minder impulsief geweest, dan had ze niet de sprong genomen om de auto aan te schaffen voordat ze een rijbewijs had. Het was net of je de huid verkocht voor de beer geschoten was. Toch had ze nu wat ze hebben wilde. Van de zomer kon ze een hele autolading mensen naar het bedehuis van de *Beachy's* rijden.

Rhoda vond een apart kerkgebouw een prettig idee, in tegenstelling tot de oude benadering: het veranderen van de begane grond van een huis in een enorme ruimte en er tweehonderd volwassenen en massa's baby's en kinderen in proppen.

In haar redenering was het heel logisch om in je huis te wonen en naar de kerk te gaan in een apart kerkgebouw. Niet dat ze meer genoot van de preek of de gebeden; dat was allemaal niet zo vreselijk belangrijk voor haar. Haar gedachten waren geweest bij de diverse knappe jongemannen die aan de rechterkant zaten. Ze wist wie getrouwd waren en wie niet, op basis van het feit of ze al dan niet een baard hadden. Mannen die de leeftijd hadden om verkering te zoeken waren gladgeschoren en zaten bij anderen van hun leeftijd, en niet vlak naast hun vader. Dat was trouwens in de oude en de nieuwe kerk niet anders, nu ze erover nadacht.

Rhoda verlangde naar de lente. Ook wilde ze graag nog een paar kilo afvallen. Dan zou ze de jongens eens laten zien wat ze gemist hadden!

★

Nellie stond voor het voorkamerraam half huilend uit te kijken naar pa's rijtuig. Het sneeuwde die middag zo hard dat ze de weg nauwelijks kon zien. Vreemd genoeg voelde ze de aandrang om te bidden voor de veiligheid van haar familie. In stilte bad ze God het paard naar huis te leiden als pa in deze extreme weersomstandigheden moeite had het te besturen.

Ze bedacht dat pa soms zijn gesproken gebed besloot met een toevoeging van dankbaarheid, en ze zei hardop: 'Ik dank U ervoor, God. Amen.'

Ze ging op de brede vensterbank zitten en tastte in haar zak naar de lintjes van Suzy's *Kapp*. Ze hield ze omhoog naar het ijzige raam en streelde ze. 'O, Suzy... je moest vast lachen als je wist dat ik deze had bewaard.'

Ze klemde de lintjes tegen haar hart en huilde. Het was een tijdje geleden dat ze zich zo machteloos had gevoeld om de tranenstroom te stoppen. Nellie miste Suzy en vond totaal geen troost in haar gebed. Ze stond op en liep naar het aangrenzende *Dawdi Haus*, waar ze met het hart in de keel van het ene op het oosten uitkijkende raam naar het andere ging. Ze wilde niet denken dat haar familie iets ergs was overkomen. Na een poosje keerde Nellie terug naar de keuken van het grote huis om thee te zetten, in de hoop afleiding te vinden.

Ze opende het kastje waar mama haar kruidenthee bewaarde en koos een pakje met kamilleblaadjes. Ze keek nog eens uit het raam toen de wind het huis deed schudden. Toen stopte ze een paar extra houtblokken in de kachel en zette lekkere warme thee om tot bedaren te komen.

★

Toen mama de achterdeur binnenwandelde, had Nellie al drie koppen thee op en ze wachtte tot de kruiden begonnen te werken. In haar opluchting werd Nellie overvallen door verrassing toen Calebs zus met Nan binnenkwam, met sneeuwvlokken op haar schouders en een zwarte hoed.

Allemensen! Gezien het weer had ze niet verwacht dat Rebekah haar plan om naar Manny's kerk te gaan zou doorzetten. Maar ze was blij dat ze haar al zo gauw weer zag. Rebekah en Nan gingen aan tafel zitten om ook een kop thee te drinken, nadat ze hun jassen, sjaals en laarzen hadden uitgetrokken en voor de kachel te drogen hadden gelegd.

Pa stond er met zijn rug naartoe. 'Het heeft God behaagd ons te sparen in die sneeuwstorm,' zei hij. 'Alleen door Zijn voorzienigheid zijn we thuisgekomen.'

Mama knikte en liet water over haar koude handen lopen. 'Dank Hem.'

Nan en Rebekah waren zachtjes aan het praten, en zonder dat het haar bedoeling was hoorde Nellie stukjes en beetjes van hun gesprek. Rebekah onthulde aan Nan dat ze die ochtend vroeg het huis uit was geglipt zonder een woord te zeggen over haar plannen.

'Bedoel je dat je ouders niet weten waar je bent?' vroeg Nan zacht, met haar blauwe ogen wijd opengesperd.

'Ik heb het niet verteld.'

'Nee, dat méén je niet!'

'Nou, anders had ik vandaag nooit het huis uit gekund.'

Nan knikte. 'Ja, dat denk ik ook.'

'Dat hoef je niet te *denken*; ik zou vandaag gewoon thuiszitten.'

Nan keek Nellie aan. 'Als het ophoudt met sneeuwen, wil je dan met ons mee naar de zangavond?'

Ze hoefde niet te vragen welke. Ongetwijfeld bedoelde Nan de nieuwe kerkgroep. Haar zus was niet van plan om op te houden Nellie mee te vragen naar de diverse jongerenfestijnen die de instemming hadden van prediker Manny. 'Deze keer niet.'

'Ach, Nellie Mae… dat zeg je altijd. Wil je het geen kans geven?' smeekte Nan.

'*Jah*, ga met ons mee naar de zangavond,' viel Rebekah haar bij. 'Alsjeblieft?'

Nellie was niet van plan te zwichten voor hun smeekbeden. 'Ik zal jullie brengen, wat zeg je daarvan?'

'Graag, als het beter weer wordt,' zei Nan.

Even was ze de sneeuwstorm helemaal vergeten, zo merkwaardig vond ze het dat Rebekah tegen de wens van haar vader in hier was. *Ze heeft wel een risico genomen.*

Nellie schonk nog eens thee in. Ze stond versteld van Rebekah's dappere opstand tegen haar vader.

Zou Caleb ook zo sterk zijn… voor onze liefde?

Hoofdstuk 23

Caleb opende zijn ogen in het schemerlicht. Hij was in slaap gevallen op de hooizolder, waar hij heen was gegaan om na te denken over zijn plan om die avond naar de zang te gaan, als het tenminste kon vanwege het weer. Hij was wakker geworden van de geniepige kou, en hij werkte zich door het hooigat en liet zich op de stalvloer eronder vallen.

Buiten waren wind en sneeuw afgenomen, maar de schemering gaf aan dat het bijna etenstijd was – en vlak daarna de zangavond. Caleb wilde zijn vader duidelijk maken waar hij heen ging, omdat hij niet wilde dat pa vanavond verdenking koesterde over Nellie Mae.

Ondanks de vreemde, bijna tastbare kalmte die nu heerste, was het nog steeds zo verschrikkelijk koud dat verscheidene jongelui niet zouden komen opdagen. Onwillekeurig vroeg hij zich af of Nellie het erop zou wagen. Zo niet, dan was dit beslist het meest geschikte moment om Susannah op te zoeken en te vragen naderhand met hem uit rijden te gaan… als ze tenminste kwam. *Ik moet maar doorzetten wat ik moet doen – hoe eerder hoe beter.*

Toen zijn moeder iedereen riep voor het avondeten, ging Caleb vlug zijn handen wassen voordat hij plaatsnam aan de schragentafel. Morgenochtend aan het ontbijt kon hij met zijn vader spreken over zijn bedoeling om straks in november met de dochter van Reuben Fisher te trouwen. Hij hoopte maar dat pa er niet op zou staan dat hij Susannah Lapp meer dan één keer mee uit vroeg.

Pa liep naar de tafel en trok zijn stoel naar achteren. Hij bleef staan met zijn hand om de rug van de stoel geklemd. 'Is Rebekah er nog steeds niet?'

Mam schudde haar hoofd. 'Ik heb sinds het ontbijt geen spoor van haar gezien.'

Pa keek naar de rest aan weerskanten van de tafel. 'En jullie? Hebben jullie haar het huis uit zien gaan?'

Caleb en zijn broers en zussen schudden het hoofd.

'Is ze misschien weggelopen?' Pa's spottende reactie verbaasde Caleb.

Mams gezicht vertrok en ze vouwde nadrukkelijk haar handen om te wachten op het stille gebed. Het feit dat ze haar emoties liet zien, wat niets voor haar was, toonde hoe boos ze was op Rebekah, die verstandiger moest zijn dan niet te zeggen waar ze heen ging, en zeker op de dag des Heeren.

'Ik zou me maar geen zorgen maken,' zei Calebs oudere zus Leah. 'Ze zal wel bij een nicht zitten.'

'Vast wel,' zei Emmie, een andere zus. 'Hopelijk is ze niet buiten in de kou.'

Caleb wist niet wat hij moest denken van pa's gespannen gezichtsuitdrukking en gefronste voorhoofd. Het was duidelijk dat zijn vader iets onduldbaars verwachtte, en Caleb hoopte omwille van Rebekah dat ze een aanvaardbare verklaring kon geven.

★

Nellie bracht met veel genoegen haar zus en Rebekah Yoder naar de zangavond, drie kilometer verderop. Ze genoot van Nans opwinding, want ze wist hoeveel het voor haar en Rebekah betekende om samen te zijn. Maar er was niet afgesproken hoe de avond zou eindigen. Zou Rebekah zich gewoon mee uit rijden laten nemen door een jongen van de nieuwe kerk, en zich daarna thuis laten brengen? Als ze betrapt werd met een jongen van prediker Manny's groep, kreeg ze nog meer last met haar vader.

Dat alles was niet besproken binnen Nellie's gehoorafstand, maar Nellie wist dat beide meisjes verstandig genoeg waren om een plan te hebben. Maar vanwege de prikkelbare aard van Calebs vader hoopte ze dat Rebekah wist waar ze zich in begaf. *Blij dat ik het niet ben,* dacht ze.

Rebekah's stem verbrak de stilte toen ze langzaam door ijs en sneeuw reden. 'Ik moet jullie allebei bedanken dat jullie me zo vriendelijk welkom heten.'

'Best, hoor,' zei Nan. 'Hè, Nellie Mae?'

Ze keek naar de twee die links van haar op de voorbank van pa's gesloten rijtuig zaten. 'Fijn dat je vandaag met Nan mee kon naar de kerk.'

'Jij moest ook eens meegaan,' zei Rebekah. 'Echt, ik denk dat het je bevalt.'

'O, Nellie is er al een keer geweest.' Nan lachte kort.

Nellie moest glimlachen om haar voortdurende pogingen om haar te bekeren.

Rebekah weet toch wel wat er met Caleb en mij gebeurt als ik nog een keer ga?

'Mijn vader weet niet wat hij hoort als hij erachter komt dat ik naar "dat schaamteloze stelletje" ben geweest,' zei Rebekah.

'Zegt hij schaamteloos?' Nan was ontzet.

'O *jah* – en nog veel ergere dingen.'

Nan sloeg speels haar handen voor haar oren. 'Ik wil niets meer horen.'

Rebekah zuchtte. 'Ik weet niet hoe ik me er morgen doorheen moet slaan als je bedenkt wat me te wachten staat...'

'Er zwaait wat voor je,' zei Nan bedroefd.

'Ik moet er niet aan denken...'

'Nou ja, als je ooit een plek nodig hebt...'

'Als het zover komt,' onderbrak Nellie hen, die dacht aan de ophef die het zou geven als Rebekah bij hen kwam logeren. *Weer een smet op de familie Fisher.*

Nan zuchtte. 'Ik wou maar dat er niet zo veel spanning was in de Gemeenschap van Eenvoud. Het is vreselijk.'

'Niets aan te doen, volgens mij,' zei Rebekah. 'Ik geloof

dat ik heb gevonden wat ik nodig had, en wat ik zocht.'

'Jij ook?' vroeg Nellie. Uit haar ooghoeken zag ze Rebekah knikken.

'Ik heb me nog nooit zo vredig gevoeld,' bekende Rebekah. 'Ik wil volgende week zondag weer.'

'Mij best,' zei Nan. 'En pa en mama zullen ook geen enkel bezwaar hebben.'

'Nou, we zullen zien of mijn ouders me zelfs maar het huis uit laten gaan!' Rebekah ging rechter op zitten. 'Als ik hen tenminste vertel waar ik geweest ben.'

Of ik die arme Caleb hoor!

Het gouden licht door de ramen van prediker Manny's boerderij straalde hun verwelkomend toe en Nellie stuurde het paard de oprit in, waar verscheidene auto's langs de kant geparkeerd stonden.

'Het ziet ernaar uit dat er ook een paar *Beachy's* zijn,' zei Nan. 'Een flinke opkomst.'

'Je vader wil er zeker niet van horen dat jij een auto gaat kopen, hè Nan?' vroeg Rebekah.

'*Nix kumm raus* – geen sprake van.'

'Dat dacht ik al.' Rebekah bedankte Nellie voor het brengen en vroeg nog een keer of ze niet wilde blijven. 'Gezellig, hoor. Het is weer eens wat anders.'

'*Denki*, maar dit keer niet.'

'Nou, een *andere* keer dan misschien?' zei Nan.

'Gaan jullie nu maar.' Nellie lachte en hield de teugels stevig in handen terwijl ze uit het rijtuig klommen en naar haar zwaaiden, waarna ze naar de verlichte, twee verdiepingen hoge schuur liepen.

Veel plezier… voordat de bijl valt, dacht ze, en ze hoopte dat Rebekah's waagstuk David Yoders ongenoegen waard zou zijn.

★

Caleb stuurde het paard de laan op die naar de schuur leidde en keek naar de lege plek naast hem, waar Nellie Mae de vorige keer had gezeten. Innerlijk kreunde hij.

Even hoopte hij dat Susannah Lapp inderdaad was thuisgebleven met het slechte weer. Maar dan moest hij weer twee weken wachten voordat hij kon uitvoeren wat zijn vader had bevolen.

Hij sprong uit zijn open rijtuigje, blij dat hij laarzen aanhad, want de sneeuw kwam tot halverwege zijn kuiten. Hij bond zijn paard aan de paal en keek omhoog naar de lucht en de heldere maan.

Om ons bij te lichten, dacht hij, en hij wenste dat hij het overdekte rijtuig van neef Aaron had geleend, om niet zomaar gezien te kunnen worden met Susannah. *Om niet betrapt te worden door mijn lieve Nellie.*

Op het juiste moment zou hij Nellie alles uitleggen. Hij hoopte maar dat ze er begrip voor had.

Caleb betrad de schuur en zag meteen dat er tot nu toe nog maar een paar jongens waren. Vreemd dat er veel meer meisjes waren. Ongetwijfeld zouden enkele jongens twee of meer zussen mee naar huis nemen in plaats van een stelletje te vormen.

Het weer was maar één factor in de lage opkomst. Hij vermoedde dat de zangavond bij prediker Manny enkele tieners van de Oude Orde had weggelokt, al zou Susannah daar niet bij horen.

Er ging een vluchtige gedachte door zijn hoofd, en hij vroeg zich af of zijn vermiste zus soms bij de jeugd van de Nieuwe Orde zat, op zoek naar nieuwe verkeringkansen. Pa zou haar opsluiten, en snel ook, als ze zo brutaal was. Bovendien kon hij het zich van Rebekah niet voorstellen.

Hij slenterde naar de andere jongemannen toe en werd plotseling overvallen door schroom toen hij Susannah Lapp in een groepje meisjes zag staan. Ze lachte en was duidelijk het middelpunt van de aandacht. Ze droeg haar blonde haar losser van voren dan hij ooit eerder had gezien, hoewel het wel naar achteren getrokken was in een knot. Toch was het gewaagd voor een diakendochter.

Niettemin vond hij het erg aantrekkelijk, maar hij weigerde naar haar te staren. Als iemand het zag konden ze denken dat hij flirtte.

Toen hij rondkeek of Nellie Mae er was, voelde hij zich al een verrader. Toch moest hij zijn vaders zin doen. En zoals de Heere Jezus Judas opdroeg: wat je doen moet, doe het snel.

Ergens hoopte hij dat Nellie maar gauw met een paar nichtjes van haar zou verschijnen in de deur van de schuur. Dan was hij gered. Maar hoe langer de jongens lachend en grappen makend bij elkaar stonden, en de tijd doodden tot ze moesten gaan zitten en het eigenlijke zanggedeelte van de avond begon, hoe minder waarschijnlijk het werd dat Nellie het weer had getrotseerd. En zelfs als ze kwam konden ze niet meer dan een glimlach uitwisselen, vanwege hun noodzakelijke scheiding. *Waar na vanavond een gelukkig einde aan komt,* dacht hij.

Er scheen een streep maanlicht door het bovenste raam van de schuur, hoog tussen de spanten. Caleb slaagde erin om de lange tafel te bereiken en aan de jongenskant te gaan zitten. Hij wilde niet recht tegenover Susannah zitten. Het was beter als ze hem onder het zingen niet vaker dan een keer of twee in haar richting zag kijken. Dat maakte het op de lange duur makkelijker.

Tijdens het tweede lied druppelden er nog een paar meisjes binnen, die hun plaats innamen tussen de andere jonge vrouwen. Maar nog steeds geen spoor van Nellie Mae.

Denkend aan de eerste keer dat hij haar naar huis had gebracht, kon hij nauwelijks doorzingen. Ze was zo lief geweest die avond… ze had hem zo vertrouwd, en ze had hem maar laten praten terwijl ze luisterde zoals een goede echtgenote – nou ja, vriendinnetje – betaamt. Ze had in alle opzichten zijn hart gestolen.

Toen, ineens… Susannah zat hem rechtstreeks aan te kijken. Hij wendde bijna beschaamd zijn blik af, voordat hij zich herinnerde dat hij terug hoorde te kijken.

Ze is nog voortvarender dan ik dacht…

Ze zongen nog een uurtje door en toen begon het paartjes vormen. Per ongeluk botste Caleb tegen Susannah op, maar voor Susannah, die hem met grote ogen lachend aankeek, scheen het helemaal geen verrassing te zijn. Nee, hij voelde dat ze het op de seconde af gepland had.

Niettemin liep hij met haar naar de zijkant van de schuur, waar de paartjes zaten of stonden te praten tot het tijd werd om uit rijden te gaan.

'Hoe gaat het met je, Susannah?'

'Wat leuk om je hier vanavond te zien, Caleb Yoder.'

Hij wist dat ze bedoelde dat het leuk was om hem hier *alleen* te zien, maar hij dwong zich niet terug te deinzen voor haar geflirt. Ze was per slot van rekening erg knap en het was geen straf om te luisteren naar haar gepraat. Haar gezicht gloeide door zijn aandacht.

'Is je… tja, is Nellie Mae er niet?'

'Je bedoelt of ze vanavond komt?' Ze knikte aanvankelijk verlegen, maar toen veranderde haar gezicht. 'Misschien is het te koud voor haar, *jah?*' Ze sloeg haar mooie blauwe ogen op. Het meisje flirtte tegen de klippen op en Caleb kreeg zin om op de vlucht te slaan.

Ze kwam dicht bij hem staan en boog zich nog dichter naar hem toe terwijl ze over allerlei lichtzinnige dingen praatte. Al die tijd kon hij alleen maar aan Nellie Mae denken en hoe *zij* haar woorden en ideeën vormgaf. De dingen waar zij graag met hem over praatte waren zo veel interessanter, en hij had altijd het gevoel of hij met een vriend praatte, met een gelijke.

Hij luisterde beleefd naar Susannah en dwong zich nu en dan tot een glimlach.

Susannah babbelde nu over de Fishers. Ze zei iets over

Nellie's bakkerswinkel. 'Al die stadse mensen die daar komen hebben natuurlijk een wig tussen jullie tweeën gedreven, *jah?*'

Nou ja, het had in elk geval niet geholpen, dat was duidelijk. Zijn ouders waren razend dat Nellie *Englischers* bediende. Eigenlijk was hij er zelf ook niet zo op gebrand.

'Je vader is natuurlijk kwaad om Nellie's winkeltje. Maar heus, Caleb, ik neem het Nellie totaal niet kwalijk. Ze wil helpen haar familie te onderhouden, *jah?*'

Calebs gezicht werd warm.

Susannah legde haar hand op zijn arm en liep langzaam achteruit naar de hooibalen, alsof ze wilde dat hij haar volgde. Hij deed het. Ze stond nu zo dichtbij dat hij haar parfum kon ruiken.

'Natuurlijk neem ik het je vader ook niet kwalijk dat hij boos is. We moeten tenslotte de traditie van onze voorouders voortzetten, en niet de wereld volgen.'

Hij haalde zijn schouders op, had geen zin meer in het gesprek. Hij had genoeg gehoord. Toen kreeg hij een schok. Waarom wilde Susannah eigenlijk zo graag over Nellie's bakkerswinkel praten?

'Zeg, Susannah, Nellie heeft niets verkeerds gedaan.' Hij keek haar oplettend aan. 'Niemand weet wie die advertentie in de krant heeft laten zetten.'

Ze keek onschuldig. Ze glimlachte breed, een lach die zich uitstrekte over haar hele hartvormige gezicht. Maar haar ogen vertelden iets anders.

'Susannah?'

Ze vouwde haar fijne handen over elkaar en haar ogen straalden terwijl haar wenkbrauwen omhooggingen. '*Jah*, Caleb?'

'Weet *jij* soms wie die advertentie heeft geplaatst?'

In het onderdeel van een seconde voordat haar gezicht betrok, zag Caleb het weer. Bedrog.

'Maar... Caleb. Waarom zou ik?'

Caleb keek haar recht in haar helderblauwe ogen aan en ze gaf hem een veelbetekenende knipoog.

Caleb pakte haar bij de arm. 'Jij hebt het gedaan, hè Susannah? Jij hebt de advertentie voor Nellie's Zoete Heerlijkheden laten plaatsen.'

Ze deed haar mond open om te protesteren, maar zweeg. Ze keek neer op zijn hand die haar arm vasthield en glimlachte. 'Wat een sterke handen heb je, Caleb. En ik hou zo van sterke mannen.'

Meteen liet hij haar los. 'Dus je geeft het toe?'

Haar wimpers fladderden weer. 'Vraag jezelf waarom Nellie Mae de winkel niet gewoon gesloten heeft toen al die *Englischers* in de rij kwamen staan. In haar hart is ze geneigd naar de wereld, Caleb, dat weet je best.' Zacht raakte ze zijn arm aan. 'Je kunt het net zo goed onder ogen zien: Nellie Mae Fisher zal je vader nooit, maar dan ook nooit kunnen behagen.'

Caleb stond er versteld van hoe ver dit meisje wilde gaan om Nellie en haar familie last te bezorgen. 'Nellie en ik — daar heb jij niets mee te maken!' Daarop wendde hij zich af, vast van plan om Susannah in haar eentje te laten staan.

Op dat moment zag hij Nellie Mae bij de deur staan, die hem met haar bruine ogen doordringend aankeek.

Hij schrok; zijn geliefde was laat gekomen. Wat had ze gezien? Hoelang stond ze daar al? Hij kreunde en wilde met haar gaan praten, om haar gerust te stellen.

O, Nellie, het is niet wat je denkt...

In een flits draaide ze hem de rug toe en liep regelrecht de schuurdeur uit, de avond in.

Hij liep naar de andere kant van de schuur en wilde haar achternagaan, maar hij aarzelde toen hij in gedachten zijn vaders strijdkreet weer hoorde. De hooibalen leken hem te bespotten, de jonge stelletjes ernaast vormden een wazige vlek in zijn blikveld.

Nee!

Met alles wat in hem was wilde hij het goedmaken met Nellie… zonder zich er druk om te maken wat het roddel-circuit in zijn vaders oren toeterde. In de hele wereld was er voor hem maar één meisje, en dat moest Nellie geloven. *Nu*, zodat ze niet vertrouwde op wat haar ogen hadden gezien, maar wist wat de waarheid was.

Hij stelde zich voor wat Nellie gezien kon hebben – Susannah en hij samen vertrouwelijk in dat hoekje. Het on-beschaamde meisje had hem meer dan eens aangeraakt en in een soort dans was ze hem elke keer als hij opzij wilde stappen gevolgd.

Caleb kromp in elkaar.

Hoewel het betekende dat hij zijn vader weer ongehoor-zaam moest zijn, wist hij dat hij Nellie's hart niet kon breken. Hij moest haar achterna.

Zonder zich te bekommeren om wat Susannah of wie dan ook dacht, rende hij over de brede planken vloer. Hij storm-de de schuur uit de bitterkoude avond in, naar links en naar rechts kijkend. Maar hij had te lang gewacht. Daar ging het rijtuig van de Fishers, het snelde weg over de besneeuwde wegen.

Hij walgde van zichzelf. *Wat ben jij een stommerd, Caleb Yoder.*

Hoofdstuk 24

De witte nevel van maanlicht op de vers gevallen sneeuw kwam Nellie niet gelegen. Ze snakte ernaar om zich schuil te houden in het donker terwijl ze zich met paard en rijtuig naar huis haastte.

Caleb flirt met Susannah? Wat is dat nou?

Nadat ze Nan en Rebekah naar de andere kant van Lilly Road had gebracht, was ze niet van plan geweest om naar de zangavond te gaan. Maar omdat ze niet de hele avond thuis wilde zitten nu Rhoda naar James en Martha was gegaan, had ze besloten te kiezen voor de zang van de Oude Orde. Ze was erg laat geweest en had met haar ogen gezocht naar Caleb. O, de pijn in haar hart toen ze hem eindelijk zag, met Susannah samen vertrouwelijk in een hoekje.

Ze kon wel huilen, en het uitschreeuwen. Ze wist niet welk gevoel voorrang had, want ze kon simpelweg niet begrijpen wat ze had gezien. Caleb en Susannah hadden wel een verliefd stelletje geleken!

Ze probeerde zich te herinneren wat ze precies had waargenomen: de flirtende blikken die ze wisselden, niet alleen van Susannah, maar ook van Caleb. Ze had niet goed geweten hoe ze het vreselijke tafereel moest interpreteren, maar Caleb had erg schuldig gekeken toen zijn ogen de hare hadden ontmoet.

Nooit eerder had ze reden gehad om hem te wantrouwen. Toch was hij daar geweest met Susannah... waarom? Had hij dit een geschikte avond gevonden om het aan te leggen met de diakendochter, aangezien het erop leek dat Nellie toch niet kwam? Ging hij al die tijd al met Susannah?

Nee, vast niet. Hoe kon ze zoiets denken van haar schat?

Toen besefte ze dat het door toedoen van Susannah moest zijn gebeurd; het meisje had altijd volkomen duidelijk gemaakt dat ze belangstelling had voor Caleb. Maar ze wilde ook niet denken dat Caleb ontvankelijk was voor Susannah's list en verleiding.

Net als Simson en Delila...

Nellie probeerde de vergelijking van zich af te schudden, maar ze begon zo hard te huilen dat ze de weg naar huis nauwelijks kon zien.

★

Caleb reed alleen in zijn open rijtuigje en wenste dat hij het onmiddellijk recht kon zetten met Nellie. Maar hij wist dat hij het verdiende om zich zo te voelen. Nellie was de schuur uit gevlucht, en geloofde vast en zeker dat ze hem betrapt had. Ze zou hem wel minachten nu... en terecht.

Hij reed doelloos rond, met zijn gedachten bij Nellie en hoe lief ze was, hoe het zou zijn om op een dag haar zachte lippen te kussen... als hij ooit de kans kreeg.

Eindelijk was Caleb thuis. Hij keek naar de tabaksschuur en zijn afgetobde gedachten dwaalden af. Hij had het weliswaar nooit tegen zijn vader gezegd, maar hij vond het verstandig om het gammele bouwwerk af te breken en een nieuw neer te zetten. Pa's aanpak in het verleden was geweest om het hele geval gewoon te ondersteunen, zodat het niet in elkaar kon storten.

Zijn vader en daarvoor zijn grootvader hadden altijd tabak geteeld. Maar de laatste tijd werd er negatief over gepraat. Het nieuws ging als een lopend vuurtje rond, als er een prediker was die verklaarde dat het een zonde was om tabak te telen. Verrassend genoeg was een groot aantal boeren het eens met de openhartige prediker Manny.

Hij hoorde iets achter zich en er stopte een open rijtuigje voor het huis, bij de brievenbus. Hij was zo ver de laan in dat hij moeilijk te zien was, en een snelle blik over zijn schouder leerde hem dat het zijn vermiste zus was die afscheid nam van een *beau*. Was ze de hele dag bij hem geweest?

Ze was duidelijk in de jongen geïnteresseerd, want ze stond bij het rijtuig naar hem op te kijken terwijl ze praatten. Toen sprong hij naar beneden en liep een eindje met haar mee naar huis.

Toen Rebekah naar binnen was, liet Caleb het tuig van het paard glijden en tilde het eraf. Hij nam de tijd om het rijtuig uit te spannen, terwijl hij nadacht over zijn zus die de hele dag weg was geweest, wat niets voor haar was.

Waar had Rebekah gezeten? Hij had er natuurlijk niets mee te maken, maar hij vroeg zich af hoe het haar gelukt was om in dit beestenweer veilig en warm te blijven. Nu hij zijn paard op stal zette, besefte hij hoe door en door koud hij zelf was. Rebekah kon niet de hele dag buiten zijn geweest.

Hij liep door het stalgedeelte en duwde de schuurdeur open. Hij hoorde de sneeuw onder zijn laarzen knerpen en was blij dat hij een extra paar wollen sokken had aangetrokken. Toen hij de achterdeur binnenkwam, hoorde hij stemmen; van pa en Rebekah. Dit was niet het juiste moment om uit de bijkeuken tevoorschijn te komen.

'Ik weet wel waar je geweest bent!'

Caleb stond versteld van de scherpte in zijn vaders stem.

Rebekah zweeg in alle talen.

'Je denkt nooit na voordat je handelt, is het wel, dochter?'

Caleb dook in elkaar.

'Als je geweest bent waar ik denk dat je was, dan ben je niet welkom in dit huis!'

Rebekah zweeg wijselijk. *Als een lam naar de slachtbank…*

'Ben je vandaag naar de kerk van de Nieuwe Orde geweest?' klonk de boze vraag.

'Ik ga niet liegen, pa.'

Caleb liet zijn schouders hangen.

Een klap – zijn vaders vuist die tegen de tafel sloeg, de

tafel die hij tientallen jaren eerder had gemaakt. Deze klap moest het hout hebben gespleten.

Caleb begreep dat er vanavond niet met pa te praten viel over zijn eigen beslissing. Nee, hij moest maken dat hij weg- kwam, en vlug ook, in de hoop om op een later tijdstip een redelijk gesprek te kunnen voeren.

'Ga weg!' schreeuwde pa. 'Ik wil je niet meer zien!'

Nee! Caleb wilde zijn zus verdedigen, maar weer voelde hij dat hij vastzat onder de macht van zijn vader… en zijn verlangen om een toekomst met Nellie Mae te beschermen.

Wat gaat Rebekah doen?

'*Jah*, ik ben ongehoorzaam geweest,' zei zijn zus gedwee. 'Maar ik heb ervoor gekozen om mijn Heere Jezus Christus te volgen.'

'Verdwijn dan uit mijn ogen!'

Caleb hoorde Rebekah huilend de trap op rennen om een tas te gaan inpakken, onderworpen aan de onredelijke straf van hun vader.

Ik laat haar niet alleen de nacht in vluchten, besloot hij, en glipte de deur uit om zijn arme, vermoeide paard alweer in te spannen.

★

Tegen de tijd dat ze thuiskwam waren Nellie's tranen bijna opgedroogd. Ze spande het paard uit en liet het gesloten rijtuig bij de schuur staan voor pa morgenochtend. Ze wei- gerde nog één keer aan Caleb te denken en bracht hun beste tuigpaard naar de stal.

Binnen ging ze vlug naar haar kamer, waar ze een hele tijd roerloos bleef zitten.

Ze hoorde gekraak in de dakspanten en zette eindelijk haar zware muts af. Toen deed ze eerbiedig haar *Kapp* los en maakte zich klaar om naar bed te gaan. Ze trok een schone nachtpon aan. Kon ze wat ze vanavond had gezien maar net zo makkelijk afleggen als haar kleren. Nu ze thuis was, vroeg ze zich af of Nan al terug was van de bijeenkomst van de Nieuwe Orde. Ze hunkerde ernaar om haar hartzeer met iemand te delen, en Nan was de meest voor de hand liggende keus.

Ze liep zachtjes door de gang naar de kamer van Rhoda en Nan. *Wat is er veel veranderd de laatste tijd,* dacht ze terwijl ze haar hoofd om de hoek van de deur stak.

Toen ze zag dat haar zus al heerlijk in bed lag, leek het haar een troost om gewoon naast haar te kruipen, en dat deed ze ook. Ze paste op om niet te zwaar op de matras aan Rhoda's kant te leunen, om haar zus niet wakker te maken. De warmte van Nans slapende lijf troostte haar en onder de zware lagen dekens en quilts kwam ze tot rust.

Ze lag zo stil mogelijk, maar voelde dat ze niet kon slapen. Het beeld van Calebs knappe gezicht rees voor haar op in het donker; het licht in zijn ogen toen hij met Susannah had gepraat… de stand van zijn lippen, zijn hele lichaam klaarblijkelijk afgestemd op haar. Zou ze dat beeld ooit nog kwijtraken, van haar geliefde die zo aandachtig praatte met Susannah? Zo dicht bij elkaar…

Ze miste hem met elke ademhaling. Maar hij had haar zo misleid. Ze kreunde inwendig en vocht om zich te beheersen in het bed waar haar oudere zussen vaak tot laat in de avond hadden liggen praten, voordat Rhoda de belachelijke aandrang kreeg om de wereld na te jagen.

Nellie herinnerde zich de vurige hoop op Rebekah's gezicht – en haar vastberaden mond – toen ze vanavond naar de zang vertrok. Wat moest ervan komen als bekend werd dat Rebekah de hele dag weg was geweest bij de Oude Orde? Jah, zelfs de dienst van de Nieuwe Orde had bezocht?

Gelukkig voor haar heeft ze een trouwe vriendin in Nan.

Nellie's hand gleed naar haar slapende zus, tot haar vingertoppen de zoom van Nans nachtpon raakten, die uitgespreid lag tegen het flanellen beddenlaken.

De hoop haar verdriet te kunnen delen met Nan verflauwde met elke ritmische ademhaling van haar zus, en Nellie miste Suzy meer dan ooit.

★

Caleb voelde Rebekah's droefheid zich vermengen met de zijne. Hij bespeurde het in het ineengedoken figuurtje van zijn zus, die naast hem zat in het rijtuig, hoewel ze geen andere uiterlijke tekenen van verdriet toonde. Zo te zien was ze nog steeds even vastbesloten terwijl ze op weg waren naar de Fishers. 'Weet je zeker dat je vannacht bij Nellie... eh, Nan wilt logeren?'

Ze knikte vlug. 'Heel zeker.' Haar tanden klapperden.

Hij verdroeg de ijskoude temperatuur zo goed mogelijk en keek met afschuw uit naar de terugreis, want hij was nu al tot op het bot verkleumd. Maar Caleb voelde dat hij elke straf verdiende die de elementen uitdeelden. Had hij vanavond Nellie's hart niet gebroken?

Het was een schrale troost dat hij het niet met opzet had gedaan. Te bedenken dat hij op dit moment op weg was naar het huis van haar vader, om met zijn zaklantaarn haar raam te beschijnen, zoals hij één keer eerder had gedaan, maar nu om haar aandacht te trekken voor zijn uit huis gegooide zus.

Hij greep de teugels vast en probeerde van zich af te zetten wat er op de zangavond was voorgevallen. De schroeiende pijn in Nellie's mooie ogen.

'Vind je het vervelend? Om me naar de vijand te brengen, bij wijze van spreken?' Rebekah keek hem aan.

'Nee.' Hij wilde niet laten merken hoe pijnlijk de hele situatie was.

'Eigenlijk is het raar. En Nan zal niet weten wat ze ziet.'

Hij dacht erover na. 'Ze zal vast niet zo erg verbaasd zijn.'

'Je zult wel gelijk hebben.' Rebekah had per slot van rekening de hele dag bij de Fishers doorgebracht. Nan kon natuurlijk wel raden wat pa's reactie daarop zou kunnen zijn.

'Is de hele familie Fisher naar de nieuwe kerk geweest?' vroeg hij, omdat hij niet rechtstreeks naar Nellie Mae wilde vragen.

'Allemaal, behalve Nellie.'

Daar had je het. Zijn lieveling was trouw aan de Oude Wegen… en aan hem.

Maar nu? Wat zou er tussen hen gebeuren? Zou ze zijn verklaring accepteren?

Hij kon zichzelf niet toestaan daar nu over na te denken. Hij moest eerst zorgen dat Rebekah veilig onderdak had voor de nacht, en de verantwoordelijkheid dragen die zijn vader zonder het te weten aan hem had overgedaan. Hij schudde zijn hoofd bij de herinnering aan zijn vader, die de zaken uit de hand had laten lopen. Caleb vond het de schuld van zijn vader dat Rebekah er vanavond uit gevlogen was.

Rebekah was nog in haar jonge jaren en nog geen lid van de kerk, dus waarom moest ze gestraft worden omdat ze naar de kerk van prediker Manny was geweest?

Het sloeg allemaal nergens op.

Eindelijk waren ze bij het begin van de oprijlaan van de familie Fisher, waar hij het paard en rijtuig liet staan, met zijn zus er nog in. Caleb sloop de laan in en liet zijn zaklantaarn hoog op Nellie's raam schijnen. Hij wachtte en vroeg zich af hoelang het zou duren voordat het haar aandacht trok.

Hij wachtte, maar er kwam geen reactie. Hij overwoog te kloppen, maar hij wilde Nellie's ouders niet wakker maken, die ongetwijfeld al uren lagen te slapen.

Toen Nellie maar niet verscheen, maakte hij rondjes met de witte straal op het glas. Toen zelfs dat haar niet naar het raam bracht, liet hij het licht heen en weer gaan tussen de twee op het westen uitkijkende ramen.

Misschien liet ze hem staan. Dat kon hij haar niet kwalijk nemen. Ze had zelfs niet vanachter het rolgordijn gegluurd om te kijken wie er beneden in de sneeuw stond, bibberend ondanks zijn lange ondergoed en dikste wollen jas.

'Caleb!' riep zijn zus vanuit zijn rijtuig langs de weg. 'Ik heb het verschrikkelijk koud.'

Ik probeer nog één ding voordat ik het hele huis wakker maak. Vlug knipte hij de zaklantaarn uit en bukte om een bergje sneeuw op te pakken. Hij maakte een bal en gooide hem zo licht mogelijk tegen het raam.

Hij wachtte, almaar bezorgder om zijn zus. Nog twee sneeuwballen gooide hij.

Had Nellie soms besloten hem een koekje van eigen deeg te geven en was ze met iemand naar huis gereden? Caleb verwierp de kwellende gedachte. Niet zijn Nellie. Maar waar was ze dan, als ze niet lekker in haar bed lag?

★ .

Nan draaide zich geschrokken om en zag tot haar verrassing dat Nellie klaarwakker naast haar lag. 'Ik wilde je niet laten schrikken. Maar ik kon gewoon niet alleen zijn.' Nellie zuchtte, ze wilde haar hart openstellen voor haar zus. Maar ze aarzelde. Kon ze Nan wel met haar verdriet belasten, nu die nog leed onder haar eigen breuk?

'Ik ben blij dat je er bent.' Nan kroop dichter bij haar. 'Wat is er, Nellie?'

'Caleb heeft me bedrogen,' zei Nellie zacht.

'O, lief zusje…'

Toen brak de dam open en stroomde de ellende van haar ontdekking uit haar. Ze vertelde Nan alles, te beginnen met de geheime ontmoetingen bij de oude molen, de wandelingen langs de molenbeek, Calebs brieven, hun verboden liefde. 'We zijn opzettelijk zijn vader ongehoorzaam geweest, net als Rebekah en jij.' Ze sprak met moeite. 'En nu… dit… met Susannah.'

Nan legde haar hand om Nellie's wang. 'Ik vind het zo erg voor je, Nellie. Echt waar.'

'Na al die plannen voor onze toekomst samen doet hij

opeens zoiets ongelofelijks.' Nellie kon haar tranen niet inhouden. 'Ik had het nooit geloofd als ik het niet met mijn eigen ogen had gezien. O, Nan, het leek wel of hij al die tijd op haar verliefd is geweest.' Ze huilde zo hard dat het bed schudde. 'Hoe kan het dat ik het niet geweten heb?'

Ze dacht aan de keren dat ze Susannah met Caleb had zien flirten tijdens jongerenbijeenkomsten; één ritje op een hooiwagen herinnerde ze zich in het bijzonder. En er waren nog een heleboel andere keren geweest. Maar nooit had ze gezien dat Caleb belangstelling had voor Susannah – tot nu.

'O… het doet zo'n pijn.' Ze klampte zich vast aan Nan, ervan overtuigd dat haar gebroken hart nooit meer heel werd.

'Nellie… Nellie.' Haar zus hield haar vast terwijl ze huilde en zei niets meer, maar suste haar door haar haren te strelen.

★

'Caleb?' Er klonk ongerustheid in Rebekah's stem. Het klonk of ze op het punt stond om te gaan huilen.

Hij snelde terug naar het rijtuig, dankbaar voor de sporen van zijn laarzen in de hard bevroren sneeuw. 'Ik kan niemand wakker krijgen. Het spijt me verschrikkelijk.' Hij leunde tegen het paard om warm te worden. 'Kom hier, Rebekah.' Hij moest zijn zus niet zo koud laten worden dat ze ziek werd. Dat kon ze er niet bij hebben.

'Dit is… gewoon vreselijk,' zei ze.

'Niet huilen. Je tranen bevriezen op je gezicht.'

Ze veegde ze weg met haar want.

'We zullen aan moeten kloppen,' zei hij.

'Als ik nou eens gewoon naar binnen ga?' Rebekah keek naar de boerderij. 'Ik weet precies waar Nans kamer is… ik kan naar boven gaan… proberen haar niet te laten schrikken.'

'Ben je welkom, denk je?'

Ze knikte, en bibberde nu hij haar tegen het paard drukte

om haar te warmen tussen zichzelf en het dier. 'Nan wil niet dat ik doodvries.'

'Pa ook niet.' Het ontschoot hem. Hun vader zou toch niet willen dat Rebekah leed? Waarom had hij haar zo in de steek gelaten? Was hij in deze bittere nacht niet bezorgd om zijn eigen vlees en bloed? Caleb kon zich niet voorstellen dat hij een zoon of dochter op zo'n manier zou behandelen.

'Kom, zusje, ik loop met je mee.'

Rebekah pakte zijn arm en hij voelde haar gewicht, hoe licht ze ook was.

Toen ze stilletjes Reuben Fishers omheinde achterveranda betraden, voelde Caleb zich in meer dan één opzicht een indringer. Maar het was nu van het grootste belang om even uit de snijdende kou te zijn.

'Ik zal mijn best doen om contact te houden,' fluisterde Caleb. 'Dat moet.'

Rebekah knikte alleen maar.

Toen zijn zus de keuken was binnengestapt en uit het zicht was, moest hij er weer aan denken waar Nellie was. Hij hoopte dat ze niet nog uit rijden was in deze kou.

Nellie Mae was een verstandig meisje. Ze was vast niet uit op wraak. Na hun korte ontmoeting in de schuur zou ze meteen naar huis zijn gegaan. Natuurlijk was ze gewoon hier in huis en zo diep in slaap – en hopelijk niet aan het huilen – dat ze het licht van zijn zaklantaarn op haar raam niet had opgemerkt.

Daar troostte Caleb zich mee en hij verliet het huis, even zacht als hij een paar minuten geleden was binnengekomen.

★

Een plotseling geluid in de gang deed Nellie de oren spitsen. Ze luisterde ingespannen, maar er was niets meer. 'Hoorde je dat?' vroeg ze Nan.

'Het is laat… kan het Rhoda zijn die teruggekomen is?'

'Nee, dat geloof ik niet,' antwoordde Nellie.

Voor de slaapkamerdeur klonk gekraak. Toen: 'Nan... ik ben het, Rebekah.' Nellie en Nan schoten overeind in bed.

'Wat krijgen we nu?' Nan sprong op de koude houten vloer. 'Kom binnen. Ach... is alles in orde?'

Calebs zus kwam snuffend binnen. 'Pa heeft me eruit geschopt.'

'O, arm kind!' Nan gaf haar een snelle knuffel.

'Caleb heeft me gebracht.'

Dus Caleb is niet met Susannah uit rijden gegaan?

'Ik dacht dat ik hier misschien vannacht...'

'Je kunt blijven zo lang je wilt,' zei Nan, nog met haar armen om Rebekah heen.

Nellie leunde met haar armen op haar knieën, verbijsterd door Rebekah's late verschijning en geroerd door Nans liefdevolle zorg voor haar vriendin.

Rebekah ging op de rand van het bed zitten. 'Morgen zal ik een andere plek zoeken, dan zitten jullie niet met me opgescheept.'

'Doe niet zo raar. Je bent hier welkom,' hield Nan vol.

Nellie had een idee en ze sprak het uit. Misschien zocht Rebekah troost voor de avond vol spanning, de troost van vriendinnen. 'Nan, laten we de lakens afhalen en zijdelings in bed gaan liggen... je weet wel, net als jij, Rhoda, Suzy en ik vroeger.'

'Toen we nog klein waren?' zei Nan.

'*Jah*, toen we nog heel klein waren.' Ze zuchtte bij de gedachte aan de veranderingen die de jaren hadden gebracht... al het verdriet.

Zonder verder iets te zeggen trokken ze het beddengoed vlug los om het bed horizontaal opnieuw op te maken. Nellie ging naar haar kamer om een derde kussen te halen. Toen kropen ze met z'n drieën in bed bij elkaar; Nan en Nellie aan hoofd- en voeteneind van het bed, en de verlaten Rebekah tussen hen in.

Hoofdstuk 25

'Ik loop achter met de was,' beklaagde Rosanna zich toen haar nicht maandagochtend door de achterdeur binnenkwam.

'Kom, ik zal je helpen,' zei nicht Kate, terwijl ze haar armen uitstak naar baby Eli.

Dankbaar snelde Rosanna naar beneden om de was af te maken. Ze was begonnen met twee ladingen babykleertjes en sorteerde nu Elias' broeken en gekleurde overhemden met lange mouwen. Ze stopte de kleren in de oude wringerwasmachine die aangedreven werd door een kleine benzinemotor.

Algauw ging ze weer naar boven en trof Kate in de voorkamer, waar ze Eli zachtjes pratend in haar armen wiegde. Rosie was ook wakker geworden en huilde in de box, en omdat het tijd was voor de volgende voeding ging Rosanna naar de keuken om haar te halen. Ondanks Kates behulpzame aanbod bespeurde Rosie echt verdriet bij haar nicht. Haar wangen hingen slap en haar ogen waren gezwollen. Had ze gehuild?

Kate kwam niet met Eli terug naar de keuken, zoals Rosanna gewild had. In plaats daarvan bleef ze in de voorkamer in de schommelstoel zitten en maakte haar jurk open om hem te voeden.

Rosanna slikte. Ze had een brok in haar keel. Kate negeerde opzettelijk haar verzoek om zich te houden aan het oorspronkelijke plan om te stoppen met het voeden als de baby's twee maanden waren, een datum die bijna een maand geleden was verstreken. Als ze niet oppaste ging ze huilen, of zou ze de kamer binnenstormen en haar nicht voor één keer eens vertellen wat ze er echt van vond.

Rosanna wilde niet dat Rosie haar boosheid voelde. Ze zuchtte diep en vroeg God om geduld, zoals prediker Manny hun gisteren in de kerkdienst geleerd had te bidden. Ze dacht aan de wonder-*gute* bijeenkomst, de vreugdevolle preek en Elias' bekering, en miste nu al de gemeenschap van hen die waren gekomen om het Woord van God te horen en verlangden het te doen. Ze hoopte dat Elias volgende week zondag weer wilde gaan… en die daarna. Dan konden ze de volgende lente lid worden van die kerk, na een bespreking met de raad en een dag vasten. Rosanna was zo dankbaar dat God haar man net als haar had geroepen.

Ze deed haar best om niet naar Kate met Eli te kijken en maakte een fles voor Rosie, almaar starend naar het lieve gezichtje. Rosie keek onschuldig naar haar op, met haar grote ogen vol vertrouwen. 'Je hebt honger, hè liefje?' Ze kuste Rosie's ivoorkleurige voorhoofdje. 'Het duurt niet lang meer, dat beloof ik.'

Ineens begonnen de emoties die ze sinds Kates komst had verborgen omhoog te komen uit haar hart naar haar keel en nu naar het puntje van haar tong. Als ze niet gauw Rosie's fles klaarmaakte, kon ze straks niets meer zien door haar tranen.

Waarom kwelt Kate me zo?

Ze ging in de deuropening staan tussen de keuken en het kleine zitgedeelte, en keek naar Kate die schommelend met Eli zat te kroelen. Maar Eli was nu van haar. Van háár. Hoe durfde Kate hier te komen en de dingen te verstoren, en woede in haar op te wekken?

Ze liep terug naar de keuken en sloeg haar handen voor haar ogen om het knusse beeld in de voorkamer buiten te sluiten. Maar ze merkte dat ze doorliep, recht op Kate af, terwijl Rosie tegen haar eigen boezem snuffelde.

Rosanna beende naar de voorkamer, stond midden op het grote gevlochten kleed stil en keek woedend naar Kate met

Eli aan haar borst. Ze hapte naar adem en prevelde: 'Ik… jij…'

Kate keek op en glimlachte. 'Gaat het?'

'Helemaal niet!'

De glimlach van haar nicht bestierf haar op de lippen en ze fronste. 'Wat is er? Voel je je niet goed?'

Ook dat.

'Hier, pak een stoel.' Kate gebaarde naar de hoek en de oude rieten stoel die Elias onlangs had opgeknapt. 'Kom bij me zitten… ik wil met je praten.'

Rosanna pakte de stoel. Ze stond er zelf verbaasd van dat ze zo meegaand was, terwijl ze eigenlijk haar zoon uit de armen van deze wrede vrouw wilde trekken. Maar ze ging zitten en legde Rosie over haar schouder, klopte haar op de rug en dwong zich om kalm te blijven en naar Kate te luisteren.

'John en ik hebben vanmorgen vroeg gepraat… voor het ontbijt.'

Rosie spartelde.

'We zijn bezorgd.' Kate zweeg even. 'Als jullie naar de nieuwe kerk blijven gaan, zal Eli waarschijnlijk ook lid willen worden van die kerk.' Kate keek neer op Eli en streelde zijn haar.

Rosanna stond perplex. 'Wat zeg je?'

Kate legde Eli tegen haar schouder en wreef over zijn rugje tot hij een boertje liet.

'John wil dat onze kinderen in de Oude Orde blijven, waar ze horen… en waar jij en Elias ook horen te blijven,' zei Kate met bevende stem.

Rosanna hield Rosie dicht tegen zich aan. De angst golfde door haar heen.

'En… vooral Eli.' Kate kuste hem op zijn kruin. 'We tobben erover wat er kan gebeuren als het lot, de goddelijke verordinering, op hem valt als hij volwassen is.'

Rosanna was helemaal van de wijs. Dus nu Elias en zij

naar Manny's kerk waren geweest was de goddelijke aanstelling ineens een punt van zorg? Was dat het?

'Als God Eli aanwijst voor Zijn dienst, wie zijn wij dan om daaraan te twijfelen?' vroeg Rosanna.

'Daarom willen John en ik onze zoon grootbrengen in de Oude Wegen... voor het geval God hem uitkiest om een man van God te zijn.'

'Dus je maakt je het meeste zorgen over Eli?'

Kate knikte langzaam en weloverwogen.

'Rosie hier is niet belangrijk?' Rosanna koesterde haar dochtertje dicht tegen zich aan.

'Nou ja, natuurlijk...' zei Kate weinig overtuigend.

'Nou, ze zou kunnen eindigen als echtgenote van een prediker... dat weten we niet.' Kates voortrekkerij maakte haar boos, maar Rosanna besloot het erbij te laten. 'Je schijnt dus te weten waar we gisteren heen zijn geweest.'

'Het is zeker geen geheim.'

'Elias en ik waren niet van plan het te verbergen.'

Kate zuchtte diep en legde Eli aan haar andere borst. 'Hoe hadden we kunnen weten dat dit ging gebeuren?'

'De kerkscheuring?'

'*Jah*, toen we de baby's beloofden...'

Rosanna snakte naar adem en moest hoesten. 'Nou, ik hoop dat je er geen spijt van hebt.'

Rosie begon te huilen en het was tijd om de fles uit het warme water te halen, anders werd hij te warm. Rosanna liep naar de keuken, ze kon niet denken. Het scheen Kate oprecht te spijten dat ze Eli en Rosie had weggegeven. Of kwam het gewoon door de depressie? Misschien had Kate meer kruidenthee nodig. *Gezegende distel... heb ik dat in huis?*

Overvallen door de stank van gekookte babyvoeding legde ze Rosie in de box en snelde naar het fornuis. Met een pannenlap plukte ze de fles uit de pan en zette hem in de gootsteen. De voeding was duidelijk niet meer te redden.

'Mijn schuld, omdat ik naar het geklets van dat mens heb zitten luisteren,' fluisterde ze. Ze goot de melk weg en ging een nieuwe fles klaarmaken voor de jammerende Rosie.

De kreten van haar dochter doorboorden de stilte die over het huis gevallen was. Rosanna suste en wiegde haar in haar armen. Ze liep van het ene keukenraam naar het andere, uitkijkend over de ijslaag op de omheining van de schapenwei, die in nette vierkanten over het besneeuwde grasland liep, en de zilveren slingers aan de dennen op de heuveltop bij het bos.

'Het is goed,' herhaalde ze. De woorden waren niet alleen voor Rosie bedoeld, maar ook voor haarzelf.

Toen de fles warm was, ging Rosanna met Rosie in Elias' favoriete schommelstoel zitten. Het kind begon als een razende te drinken en er viel een diepe stilte nu Rosie's gejammer gesust werd met warme voeding.

Maar Rosanna's boosheid raasde van binnen door en nam nog toe toen ze Kate in de voorkamer tegen Eli hoorde verklaren: 'Je moet opgroeien in de vreze van de Heere God... aan de goede kant.'

Rosanna huiverde en zette zich schrap terwijl ze in Rosie's tevreden oogjes keek. Ze moest haar emoties niet de baas laten worden.

Kate kalmeerde wel weer, net als altijd. Sinds de tweeling hier was komen wonen was ze dan weer hierdoor, dan weer daardoor van streek geweest. Misschien was het toch wel een goed idee dat Kate Eli bleef voeden, om zowel haarzelf als baby Eli te troosten.

Rosanna bad zwijgend om wijsheid; ze hoefde niet van Kate te horen dat ze niet hardop mocht bidden. Jammer dat het nieuws dat Elias en zij naar Manny's kerk waren geweest via het roddelcircuit de oren van de Beilers al had bereikt, maar ze had er geen spijt van. Ze kon zich nu niet meer voorstellen dat ze naar de oude kerk terugkeerden, na Elias' innige overgave.

Ze streelde Rosie's haar, dat zacht en pluizig was als maïs-pluimen, en dacht aan haar eerste miskraam... het bloeden, de krampende pijn, gevolgd door een constante doffe pijn onder in haar rug. Het waren niet de lichamelijke symptomen die haar het meest gekweld hadden, maar het weten dat ze verloor waar ze naar verlangd had, het kleintje dat groeide onder haar hart.

Toen haar fles leeg was ontspande Rosie zich, maar Rosanna wist dat ze moest boeren anders kreeg ze later buikpijn. Ze hees haar overeind en drukte zachtjes op haar buikje terwijl ze op haar rugje klopte. Haar boosheid was minder geworden. Ze wist niet hoe dat kon, tenzij de Geest van God – zoals prediker Manny gisteren in zijn preek de Heilige Geest had genoemd – haar wrok had weggenomen.

Eigenlijk was ze opgelucht dat ze ervan bevrijd was. Ze stond op en hield Rosie tegen haar schouder om beneden bij de was te gaan kijken. Ze had er een rieten mand gevoerd met zachte babydekentjes neergezet, omdat ze altijd wel een van de tweeling in haar armen had als ze de was deed.

Vandaag was het niet anders, dus ze legde Rosie in de mand. Ze was toch maar kort bezig om de kleren door de wringer te halen. Onder het werk praatte ze tegen Rosie, genietend van de gorgelende geluidjes die ze maakte en de grappige manier waarop ze stevige vuistjes maakte van haar handjes.

'Je bent zo'n blij kleintje, *jah?*' Haar hart was zo vol liefde voor Rosie en haar tweelingbroer. Vol verwondering kon ze toekijken hoe ze allebei hun hoofdje even op konden tillen als ze hen op hun buikje legde. Ze werden elke dag sterker.

De wringer liep vast en Rosanna moest hem openmaken en opnieuw beginnen met een broek. Gelukkig was Rosie geduldig.

Eindelijk was ze klaar en ze bracht Rosie naar haar gezicht om haar een kus te geven. 'Nu is mama klaar om je in je bedje te leggen.' Ze knuffelde haar en liep naar de trap.

In de keuken vond ze wat kruidenthee in de kast om aan Kate te geven, en ze zette de theeketel op het vuur. Rosanna nam zuchtend plaats in de schommelstoel en liet haar hoofd achteroverleunen. Ze deed haar ogen even dicht en dacht aan de tijd dat Elias en zij nog wachtten op een kind... de baby van Kate en John.

Rosie schrok op in haar armen en Rosanna keek neer op het volmaakte rozenmondje. In de verte balkte een muilezel, en in de zitkamer klonk het gestage tikken van de klok. Verder was het stil.

Toen besefte ze ineens hoe stil. Het kraken van de schommelstoel in de voorkamer was opgehouden. Rosanna beet op haar lip en weigerde verder na te denken over Kates scherpe woorden over de nieuwe kerk.

Zuchtend stond ze op en droeg Rosie naar de box. Toen ze haar ingestopt had, keek Rosanna in de voorkamer. De schommelstoel was leeg.

Ze is zeker naar boven gegaan om hem te verschonen, dacht Rosanna. Ze hoefde Kate niet achterna te gaan, die had zelf zes kinderen. Acht, als je de tweeling meetelde... Nee, Kates tweeling was echt van haar. In elke belangrijke zin waren Eli en Rosie haar kindjes, verbonden door bloed zowel als liefde.

Ze keerde terug naar de keuken en begon koekjesdeeg te maken. Ze had zin in chocoladehavermoutkoekjes. Onder het werken keek ze uit het raam. 'Wat is dat?'

Ze stormde naar de achterdeur om naar buiten te kijken. Kates paard en rijtuig stonden niet meer op de oprit. Haar adem stokte in haar keel.

Rosanna rende naar de trap. 'Kate?' riep ze naar boven. Haar stem schoot uit tot een hoge gil. 'Kate!'

Stilte. En het slaan van haar hart, luider en luider in haar oren.

Is Kate weggegaan zonder gedag te zeggen? 'Waarom... waarom?'

O, maar ze wist het wel. Ze wist het toen de scheurende pijn doordrong in haar ziel; dezelfde pijn die ze had gekend toen haar baby's waren gestorven op dat speciale plekje vlak bij haar hart. *O, nee.*

Rosanna vloog de trap op. De tranen stroomden over haar wangen en in paniek rende ze van de ene kamer naar de andere. Er was geen spoor van Eli. Zelfs de dekentjes en de quilts en alle dingen die ze liefdevol voor hem had gemaakt... weg.

Hoofdstuk 26

Rosanna rende van het huis naar de schuur, zonder de moeite te nemen om een jas aan te trekken. 'Elias!' riep ze onder het rennen. 'Elias!' Hij zou weten wat er moest gebeuren. Hij zou Eli redden, hij zou hen allemaal redden…

'Elias, kom vlug!' Hij riep niet terug. Ze gooide de schuurdeur open en stormde naar binnen, maar er was geen spoor van hem en ook niet van het familierijtuig. Ineens wist ze het weer: Elias was naar de buren om te helpen met hooi steken. *O, nee.*

Pas toen voelde ze de ijzige kou die haar oververhitte huid striemde. Wat moest ze doen? Waar hulp zoeken? Voor het eerst in haar leven wenste Rosanna dat ze telefoon hadden.

Ze verliet de schuur en zocht op het erf, de oprit en de weg daarachter – die even leeg waren als haar armen. Er woei een vlaag wind en ze meende een kreet te horen. Was Rosie wakker geworden? Ze werd opnieuw overvallen door paniek. Kate was toch niet teruggekomen om Rosie ook op te halen? De angst gaf haar vleugels en ze rende over het erf het huis in. Hijgend vond ze Rosie, slapend in de box. Veilig.

O, God, bewaar ook Eli. Rosanna bad dat hem geen kwaad zou overkomen, op de besneeuwde wegen, met die rare Kate op de bok.

Ze boog zich over de box en legde haar trillende hand op Rosie's zachte hoofdje. Ze moest haar aanraken. 'Het spijt me, kleintje,' fluisterde ze. 'Het spijt me dat ik niet beter op je broertje heb gepast. Ik wist het niet… ik had nooit gedacht…' Ze begon onbedwingbaar te huilen. 'Het spijt me zo.'

Wat bezielde Kate om met Eli te vertrekken? Het leek wel een ontvoering, zo onder haar neus vandaan.

Rosanna probeerde haar lichaam en geest bezig te houden en beende het hele huis door, van de voorkamer – waar ze keek naar de schommelstoel waar Kate met Eli had gezeten – helemaal terug naar de bijkeuken, waar Elias' werklaarzen en hun winterspullen netjes opgeborgen waren.

Toen ze het niet langer uithield, keerde Rosanna terug naar de box, zodat ze haar dochtertje in de gaten kon houden. Alsof er iets vreselijks kon gebeuren waardoor ook zij verdween.

Dit keer raakte ze zachtjes huilend Rosie's handje aan. Ze wilde haar lieve meisje niet wakker maken.

O, Kate... hoe kon je zoiets vreselijks doen?

Ze dacht aan Elias, die meer gehecht was aan Eli, en daar moest ze nog harder om huilen. Waarom had ze niet vermoed wat Kate van plan was? Ze had het toch haast met zo veel woorden gezegd met al dat ellendige gepraat over de Nieuwe Orde?

Met haar armen om haar middel geslagen keek ze uit de bevroren ramen. Hoe kon Kate Eli warmhouden buiten? Zouden de quilts en dekentjes voldoende bescherming tegen de kou bieden?

Om niet ziek te worden van ongerustheid, trok Rosanna haar schort recht en ging in de schommelstoel zitten. Ze begon haar hart uit te storten voor God, en riep de Almachtige aan om bescherming en zorg voor Eli en voor Kate... en een dubbele portie genade voor de arme Elias, die met zijn hele hart van Eli hield.

★

Betsy Fisher kon haar verlangen om Rhoda te bezoeken niet langer onderdrukken. Ze wilde zichzelf geruststellen dat alles in orde was met haar. Nu Rebekah Yoder er vandaag was en hielp in de bakkerswinkel, vond Betsy dat ze wel een paar uurtjes weg kon zonder dat ze Nellie met te weinig personeel liet zitten. Het was Rhoda's vrije ochtend en Betsy besloot de kans waar te nemen om haar bij James en Martha op te zoeken.

Betsy reed het familierijtuig over de weg, het oude geval hobbelde en schokte over de harde voren van aangestampte sneeuw. Toen ze langs het huis van Elias en Rosanna kwam, dacht ze aan Nellie's vriendin, die ineens moeder was geworden van een tweeling. Ze herinnerde zich haar eigen pasgeboren zoons – de tweeling Thomas en Jeremiah – en voelde een steek van nostalgisch verlangen naar een baby in haar armen.

Waarom ga ik niet even bij Rosanna langs? dacht ze. De plotselinge aandrang overviel haar. *Nee. Je bent op weg naar Rhoda. Je wilt toch niet de hele dag van huis zijn…*

Ze besloot een andere keer te gaan en klakte met haar tong om het paard tot grotere snelheid aan te zetten. Maar weer voelde ze dat ze moest stoppen. Was het de Geest van God die haar dreef? Had Rosanna raad nodig in de zorg voor twee kleintjes tegelijk? Of gewoon een beetje hulp?

Betsy trok aan de teugels en wendde het paard de oprit van de Kings in.

Ze bond het paard vast en wandelde de veranda op. Al voordat ze bij de deur was, hoorde ze haar huilen. *Wat nu?*

Ze klopte aan en riep: 'Rosanna? Hier is Betsy Fisher. Is alles in orde met je?'

De deur ging open en daar stond Rosanna. Haar gezicht was een schrikwekkende mengeling van rode vlekken en ziekelijke bleekheid, haar ogen stonden wild en betraand, en haar *Kapp* zat scheef.

'O, mevrouw Fisher! Ik dacht dat het Kate was die tot haar verstand was gekomen.'

Rosanna snikte en wendde zich af van de deur, die ze voor Betsy open liet staan zonder haar binnen te vragen. Betsy volgde haar niettemin, met een afgrijselijk voorgevoel.

Het was een rommel op het aanrecht. Het was bezaaid met mengkommen, open voorraadbussen, en meel.

'Bent u Elias tegengekomen op de weg?' vroeg Rosanna wanhopig.

Betsy schudde haar hoofd. 'Rosanna, wat is er? Wat is er gebeurd?'

Rosanna staarde troosteloos uit het keukenraam. 'Kate heeft Eli van me afgenomen. Ze heeft hem zo uit huis weggehaald.'

Betsy snakte naar adem, liep naar de tafel en leunde erop. 'Bedoel je dat ze hem heeft meegenomen? Dat ze gewoon met hem vertrokken is?'

Rosanna knikte. Er vielen nieuwe tranen over haar wangen.

Betsy stond versteld. *Wat gemeen!*

'Ik weet niet wat ik moet doen!' jammerde Rosanna. 'Elias is ergens heen met het rijtuig.'

'Heeft ze niets gezegd? Geen briefje achtergelaten?'

'Nee. Ze is met Eli naar buiten gewandeld toen ik in het souterrain was. Ik had het kunnen weten. Ik had beter op hem moeten passen. Misschien ben ik niet geschikt als moeder... misschien dat daarom...'

'Onzin, Rosanna. Je bent een prima liefdevolle moeder. Dit is Kates schuld, niet de jouwe. Hoelang is het geleden dat ze is vertrokken?'

'Meer dan een uur. Arme Eli! Ik hoop dat ze hem veilig thuis gekregen heeft. Ik neem tenminste aan dat ze naar huis is gegaan. Waar moest ze anders heen? U denkt toch niet dat ze rare dingen gaat doen?'

Alsof het ontvoeren van haar eigen vlees en bloed niet raar is!
'Rustig maar... Kate mag dan in de war zijn, maar ze zou Eli nooit kwaad doen,' zei Betsy. *God, laat het waar zijn!*

'Ik ben zo bang,' zei Rosanna.

Betsy herinnerde zich hoe God haar had aangespoord om

juist nu hier langs te gaan. 'Ik ga voor je bidden, Rosanna. Voor jou en Kate en Eli ook. Goed?'

'O ja! Alstublieft…'

Zomaar in de keuken pakte Betsy de hand van de jongere vrouw en smeekte God hardop te waken over elk lid van de familie, en een vredige oplossing te geven voor deze uiterst kwetsende daad. 'O, God, kalmeer het hart van deze moeder, bid ik U. Geef haar Uw vrede. Help ons onze levens en de levens van onze kinderen aan U toe te vertrouwen…' Betsy dacht aan Rhoda, over wie ze ongerust was en die ze zo graag wilde zien. Kon zij haar kinderen aan God toevertrouwen, zoals ze net voor Rosanna had gebeden?

★

Betsy reed met grote vaart naar huis en liet haar plan om Rhoda te bezoeken varen. Ze liet het paard en het rijtuig op het erf staan, sprong eruit en rende naar de schuur. Daar vond ze Reuben bezig met een van zijn jonge hengsten.

'Reuben! Er is iets vreselijks gebeurd…' Ze herhaalde alles wat Rosanna haar had verteld.

'Rosanna is volkomen kapot,' besloot ze.

Reuben schudde zijn hoofd. 'Kate is niet wijs. Weet John wat er aan de hand is?'

'Wie zal het zeggen? Maar om Eli en Rosie zoiets aan te doen! God maakt een sterke band die een tweeling verbindt. Ik heb het zo vaak gezien en gehoord. Denk maar aan onze eigen Thomas en Jeremiah. Het zijn volwassen mannen, en nog kunnen ze niet zonder elkaar.'

Reuben knikte en beet op zijn lip.

'En denk eens aan Rosanna… en Elias. Ze hebben zo verlangd naar een kind, en nu dit.' *Ze hebben zelfs de baby's naar zichzelf genoemd!* dacht Betsy.

Nellie stormde de schuur in. 'Mama, is alles goed? Ik zag dat u het paard liet staan en…'

'O, Nellie. Het is Rosanna. Kate heeft baby Eli mee naar huis genomen.'

Haar dochter keek geschrokken. '*Ach*, nee! Wanneer?'

'Net een paar uur geleden. Elias weet het misschien nog niet eens.'

'Arme Rosanna!' Nellie richtte smekende ogen op haar vader. 'Pa, kunt u er niets aan doen?'

Reuben trok aan zijn baard en schudde twijfelend zijn hoofd. 'Ik weet het niet. Ik kan wel naar John toe gaan, om te zien of ik met hem en Kate kan praten. Maar niet eerder dan morgen; er komt vanmiddag een man uit Ohio om naar paarden te kijken.'

'O, dank je wel, Reuben!' zei Betsy. 'Ik heb tegen Rosanna gezegd dat je zeker wilde helpen.'

'Je hoeft mij niet te bedanken, Betsy. Ik ben bang dat ik heel weinig kan doen. We kunnen maar beter bidden.'

Betsy knikte en sprak meteen in stilte een gebed uit. *Alstublieft, God. Laat Kate tot haar verstand komen!*

★

Rhoda lag uitgestrekt op de luxe bank van mevrouw Kraybill en las het hele artikel over afvallen van begin tot eind, blij dat ze een poosje alleen was. Mevrouw Kraybill was haar komen ophalen voor een halve dag werk en had beloofd daarna het *Handboek voor automobilisten in Pennsylvania* te gaan halen. Nu de jongste dochter boven rustig in haar kamertje speelde, waren Rhoda en Pebbles, de kat, alleen beneden.

Niet alleen om de mooie dingen hield Rhoda van het huis van de Kraybills. Ze was redelijk tevreden bij James en Martha, hielp met de schoonmaak en de zorg voor haar nichtje en neefjes. Maar na alle drukte en lawaai om haar heen in het huis van haar broer genoot ze van de relatieve rust bij de Kraybills.

Uitgestrekt op de lange, doorgestikte bank sloeg Rhoda

het tijdschrift dicht en stelde zich voor hoe slank ze over een paar weken zou zijn als ze zich hield aan haar plan. Zou ze het kunnen? Ze was werkelijk dol op eten. Na de dood van Suzy had ze zo veel troost gevonden in eten. Vooral zoetigheid, en dat was volgens het artikel de slechtst mogelijke kost voor iemand als zij, die haar eetpatroon serieus moest veranderen.

Ze dagdroomde verder over wat voor knappe kerel er langs kon komen om haar het hof te maken. Zou hij haar in alle opzichten mooi vinden? En haar prachtige auto?

In de *Beachy* kerk waren verscheidene knappe jongens. Als ze erheen bleef gaan en de verschillende jeugdactiviteiten bezocht, kon ze er misschien een paar leren kennen.

Ze stond op en liep naar de keuken om uit het raam te kijken naar haar LeSabre, die in de sneeuw geparkeerd stond. De aanblik van de zwart met witte schoonheid maakte haar net zo gelukkig als het proeven van Nellie's zoete strooptaarten. Ze droomde van de dag dat ze een ritje kon gaan maken. Na haar rampzalige 'rijles' met James en neef Jonathan besefte ze dat ze nog heel wat te leren had. Maar ze vond het heerlijk om een auto in de buurt te hebben, een symbool van de richting die haar leven ging nemen.

Binnenkort, heel binnenkort, zou ze rijden waarheen ze wilde, dankzij mevrouw Kraybill, James en Jonathan, die allemaal aangeboden hadden haar de instructie te geven die ze nodig had om achter het stuur te kunnen kruipen.

Als de lente komt, dacht ze, verlangend naar ijsvrije wegen.

Maar op dit moment had ze meer aan haar hoofd dan haar rijbewijs. Aanstaande zondagavond kwam Ken eten, een ongetrouwde neef van de Kraybills. Mevrouw Kraybill had Rhoda ook uitgenodigd, ze had zelfs aangedrongen. Maar Rhoda vond het een raar idee, hoewel mevrouw Kraybill had gezegd dat het geen 'blind date' was, wat dat ook mocht zijn.

Rhoda zou erover nadenken en hoopte voor die tijd nog

een paar pondjes kwijt te raken. *En stel dat ik voor één keer mijn Amish jurk en schort niet aandeed?*

★

Rosie kon gewoon niet ophouden met huilen, hoe Rosanna haar ook probeerde te troosten. Ze jammerde alsof haar hart brak, haar tongetje opgekruld in haar wijd geopende mondje. Hoe meer Rosanna met haar rondliep en over haar rugje wreef – ze had haar zelfs een extra warm flesje gegeven – hoe ontroostbaarder Rosie leek.

Het huilen maakte dat Rosanna sterk wilde zijn voor haar geliefde dochtertje, maar het was haast onmogelijk om haar eigen snikken in te houden.

Toen Elias eindelijk thuiskwam, viel ze met Rosie huilend in zijn armen. 'Kate heeft onze Eli meegenomen.'

Hij was diep geschokt. 'Wat bedoel je, Rosanna?'

Ze vertelde hoe de dag verlopen was, te beginnen met het gepraat over de Oude Wegen en dat het kennelijk bekend was geworden dat ze naar de kerkdienst van de Nieuwe Orde waren geweest. 'Kate – nou ja, en John – ze willen dat Eli in de oude kerk wordt opgevoed.'

Zijn gezicht was pijnlijk vertrokken. 'Nou ja, het zou ons niet moeten verbazen. Ze zijn waarschijnlijk boos op ons.'

'Zoiets zei Kate.'

Hij trok aan zijn baard. 'Rosanna… lief, waar was jij toen dit gebeurde?'

Haar hart stond stil. 'In het souterrain, met de was bezig… met Rosie.'

'En waar was Kate?'

'Met Eli in de voorkamer… ze zat hem te voeden.'

Langzaam schudde hij zijn hoofd. 'Je hebt dit eerder meegemaakt… je had er een eind aan moeten maken.'

Ze knikte en sloeg haar hand voor haar bevende mond.

Toen nam Elias Rosie van haar over. 'Nee… nee, het spijt

me. Het valt jou niet kwalijk te nemen.' Zacht leidde hij haar naar de tafel, waar hij een stoel voor haar bijtrok. 'Ik ga er zo heen... zo gauw Rosie hier rustig is.' Hun dochtertje kroelde dicht tegen aan Elias aan.

Ze voelt natuurlijk zijn kracht...

En na een paar minuutjes sliep Rosie.

'Hoe moet het met het eten, lief?'

'Eten is wel het laatste waar ik aan denk.'

'O, Elias... wat moeten we doen?'

'We vertrouwen op God. Wat kunnen we anders?' Zijn ogen werden zacht. 'Hoelang geleden is Kate weggegaan?'

Ze vertelde het hem en hij gaf haar een kus op de wang en legde Rosie in de box. Toen liep hij naar de achterdeur en zwaaide nog een keer over zijn schouder. O, wat was ze moe. Te uitgeput om op te staan en hem uit te laten.

In plaats van zelf iets te gaan eten keek ze naar de nu slapende Rosie en liep naar de achterdeur om hem op slot te doen – iets wat ze nog nooit gedaan had hier in huis, noch in enig ander huis. Het was onnodig in de Gemeenschap van Eenvoud. Niettemin was het vandaag van het grootste belang, voor haar eigen gemoedsrust.

Ze liep haastig naar beneden om naar de kleren te kijken die in het souterrain hingen, waar het veel warmer was dan buiten waar ze zeker zouden bevriezen. De kleren waren nog drijfnat, dus waarschijnlijk zou de geïmproviseerde waslijn morgen stampvol hangen.

Het is maar goed dat Elias een extra overhemd en broek heeft.

Ze streek langs Eli's kleine pyjamaatjes en sokjes en huilde weer. Als God niet Kate had geroepen om Eli en Rosie aan haar te geven, hoe kon ze dan van gedachten veranderd zijn?

Hoofdstuk 27

Maandagmiddag was Chris Yoder verrukt toen hij zag dat hij zevenennegentig procent goed had van zijn algebratoets. De leraar klopte hem op de schouder toen hij de toetsen had uitgedeeld en op weg was naar zijn bureau. 'Goed werk, meneer Yoder.'

Eerlijk gezegd had hij het leerboek nauwelijks opengeslagen, maar dankzij zijn genen had hij een natuurlijke aanleg voor alle dingen die met wiskunde te maken hadden. Zijn vader had dit vermogen van begin af aan opgemerkt, en het was een van de redenen dat hij zijn hand er niet voor omdraaide om de boekhouding van het hoveniersbedrijf te doen.

Ja, getallen begreep Chris wel, maar Zach was een ander verhaal. Zijn grootste zorg op dit moment was dat zijn jongere broer klaarblijkelijk niet in staat was zich over zijn obsessie voor Suzy Fisher heen te zetten. En nu had hij iets nieuws om zich mee bezig te houden: de gouden armband die ze gevonden hadden bij het meer. Urenlang had hij op bed gelegen en met uitgestrekte arm naar de armband gestaard, die hij liet bengelen in het zonlicht. *Vreemd*, dacht Chris, en hij was zo bezorgd dat hij ter plekke zwijgend aan God vroeg om Zach te helpen.

Hij had geprobeerd Zach ervan te overtuigen dat hij de armband niet moest houden. Waarom gaf hij hem niet aan iemand cadeau? Er stond per slot van rekening een schitterende Bijbeltekst in gegraveerd, een die Suzy zelf gekozen had. Zach had haar verteld dat hij iets bijzonders wilde kopen en haar gevraagd naar een lievelingstekst die haar leven had veranderd.

Haar leven was inderdaad veranderd, dacht Chris, terwijl hij dacht aan het opgewonden gepraat van zijn broer vorig jaar juni over het cadeau, en aan Suzy's blijdschap toen Zach hem op die vreselijke zaterdag om haar pols had gedaan.

Nu was de armband terug, en Chris vreesde dat Zach zijn leven lang zou blijven staren naar deze droevige herinnering aan zijn eerste grote liefde.

★

Caleb vond zijn vader in de schuur en wilde een gesprek beginnen, om de zaken niet onbeslist te laten. Hij wist dat hij een groot risico nam, nu Rebekah gisteravond het huis uit was gezet.

Pa was stro op de vloer aan het verspreiden en Caleb kreeg meteen een hooivork in zijn handen geduwd om te helpen. Hij ging aan het werk en besefte dat dit toch niet het juiste ogenblik was. De vertoornde blik van zijn vader was niet bepaald een uitnodiging om het hoognodige gesprek aan te gaan, dus hij werkte een poosje door terwijl pa de paardentuigen in de olie zette.

Rond een uur of vier, toen ze de koeienuiers aan het bespuiten waren voor het melken, zei hij: 'Ik zou u graag willen spreken, pa.'

Zijn vader keek op. 'Wat heb je op je hart, jongen?'

Caleb slikte en richtte zich weloverwogen op tot zijn volle lengte. 'Ik heb gedaan wat u wilde.'

'Wat dan?'

'Susannah Lapp. Ik heb haar gisteravond aangesproken op de zangavond.' Hij weerstond de herinnering aan Nellie, die hen gezien had. 'Echt pa, ik heb geen belangstelling voor haar.'

Nu was het zijn vader die zich oprichtte, met een hand op het achterste van een Fries rund. 'Je kletst onzin, Caleb. Elke jongeman zou haar… bijzonder aantrekkelijk vinden.'

'Ze is mooi, daar moet ik u gelijk in geven.' Hij wilde er niet verder op ingaan. 'Dit is misschien niet wat u wilt horen, maar ik hoop de komende herfst met iemand anders te trouwen.'

Er werd een veelbetekenende blik tussen hen gewisseld. Er zou een felicitatie moeten volgen, omdat een huwelijk de voorwaarde was voor Caleb om het land te krijgen.

Pa blies krachtig zijn adem uit. 'Ik dacht dat je *die* meid onderhand wel uit je hoofd had gezet.'

Caleb zweeg even, verbluft door zijn vaders geringschatting. 'Nellie Mae is degene die ik als bruid wil.'

'Ach, gebruik toch je hersens.'

Caleb hield zijn mond om niet brutaal te zijn.

'Hoe kun je denken dat zij de ware voor je is?'

'Ik houd van haar.'

Zijn vader lachte honend en maakte een wegwerpend gebaar. 'Liefde, zei je? Dus je wilt onze plannen opgeven – onze toekomst hier?'

Caleb hurkte om de uier van de volgende koe schoon te maken. Hij had niets van dien aard gezegd. Hij had er geen belang bij om de kans op te geven om goed de kost te verdienen voor zijn bruid en eens hun kinderen. Hij kende niet alle finesses van deze penibele situatie, maar hij wist wel dat Nellie Mae een wonder-*gute* echtgenote zou zijn en hij gaf innig veel om haar.

'Ik houd van Nellie Mae,' herhaalde hij. Dit was het pijnlijkste gesprek dat hij ooit had gevoerd. Zijn vader had niet eens het recht om te weten met wie hij verkering had, laat staan wie zijn aanstaande was, tot het bruiloftsseizoen dichter genaderd was. Het was nu nog tien maanden weg.

'Ik verbied je met een Fisher te trouwen!'

Razernij golfde omhoog in Calebs borst en hij stond op. 'Ik kan beter gaan.' Hij rende naar de staldeur.

'Caleb... jongen!'

Het ging in tegen alles wat Caleb kende als respectvol en

juist, maar hij negeerde zijn vader en liep met grote passen naar huis en liet het melken volledig aan hem over.

★

Toen Nellie, Nan en Rebekah de bakkerswinkel sloten voor die dag, praatten ze over het droeve verhaal dat mama aan Nellie had verteld, die zich niet kon voorstellen hoe haar vriendin Rosanna zich moest voelen.

'Je zou denken dat Kate wijzer was,' zei Rebekah terwijl ze de vitrine schoon wreef.

'Dat ze één van de tweeling heeft meegenomen, bedoel je?' vroeg Nan.

Rebekah knikte. 'En dat ze de baby's in de eerste plaats heeft weggegeven.'

'*Jah*… vreemd, hè?'

Nellie sprak. 'Nou, ik heb begrepen dat God John en Kate op het hart had gelegd om hun tweeling aan de Kings te geven. Ik begrijp het niet allemaal, maar het schijnt dat sommige mensen meer van God horen dan anderen.'

'Nou, ik kan me niet voorstellen dat God Kate heeft opgedragen om haar zoon nu terug te halen,' zei Nan. 'Het is wreed.'

Nellie beaamde het zwijgend. Ze moest zich inderdaad afvragen of God verantwoordelijk was voor de oorspronkelijke beslissing. En zo ja, waarom was Kate dan nu van gedachten veranderd? Nellie zelf was altijd bang geweest dat er zoiets kon gebeuren, al had ze het tegenover Rosanna nooit uitgesproken om de blijdschap van haar vriendin niet te bederven.

Terwijl Nellie hierover nadacht, weigerde ze te piekeren over het feit dat Calebs eigen zus nu bij hen in huis was en nota bene in háár winkel aan het werk was. Volgens Rebekah had haar broer haar vannacht hierheen gebracht. Dus het was Caleb die zijn verworpen zus geholpen had ondanks dat

David Yoder haar had weggestuurd. Wat moedig van haar *beau*, in aanmerking genomen dat hij met zijn vader al op minder goede voet stond.

Net als met mij.

Maar nee, ze kon niet lang stil blijven staan bij Caleb, anders werd ze net zo wanhopig als na hun korte ontmoeting gisteren op de zangavond. Ze wilde niet meer denken aan dat tafereel van haar *beau* en Susannah die zo knus bij elkaar stonden.

Nellie richtte haar gedachten op Rosanna, bij wie ze zo gauw mogelijk op bezoek wilde gaan om haar te troosten.

★

Half slapend zat Rosanna met Rosie in haar armen in de schommelstoel in de keuken. Ze verwachtte Elias ieder ogenblik. Haar man was al veel te lang weg naar haar zin, maar ze had meer dan genoeg tijd gehad om te oefenen met bidden: hardop praten tegen God.

Ze keek naar haar slapende dochter, die na haar fles weer een hele tijd had gehuild en weigerde zich over te geven aan de slaap. Voelde Rosie dat haar tweelingbroertje er niet was?

Rosanna stond op en legde Rosie in de box, stopte zorgzaam haar dekentje in en keek liefdevol naar Eli's dekentje. Ze streek eroverheen met haar hand en wilde erop vertrouwen dat God haar zoon terug zou brengen. Vandaag? Morgen?

Het was een zware strijd – wat ze wist dat ze wilde, en wat God had laten gebeuren. Was dit Zijn soevereine wil? Ze had haar hele leven geleerd niet aan Zijn handelen te twijfelen. Maar met haar hele hart wilde ze Eli terug. Toch, als Elias er niet in slaagde Kate van gedachten te laten veranderen, mocht Rosanna niet bitter worden. Ten koste van alles moest ze Kate de liefde van God laten zien. Het moest.

Toen Elias eindelijk terugkwam was hij rood aangelopen.

Rosanna wist niet of het kwam door wat hij bij de Beilers had beleefd, of door de koude wind.

Rosanna zei weinig terwijl ze zijn eten opwarmde. Vlug zette ze het eten op tafel en ging bij hem zitten. Hij sprak een extra lang gebed uit om te danken voor het eten en voor 'alle goede en gezegende gaven'.

Voordat hij begon te eten zei hij bedachtzaam: 'Ik heb langdurig met John gesproken. Hij staat er helemaal achter dat Kate Eli heeft meegenomen. Ze vinden het allebei noodzakelijk dat hun zoon onder de *Ordnung* wordt grootgebracht.'

Ze hoorde hem aandachtig aan.

'Ik had een goede gelegenheid om te praten over onze laatste belevenissen in de nieuwe kerk, over het zoeken van een relatie met Gods Zoon. Maar John wilde er niets van weten.'

'Rosie... wat gaat er met haar gebeuren?' Ze hield haar adem in.

'Die laten ze ons zonder ruzie houden. Dat zeiden ze.'

Rosanna ademde krachtig uit. 'Ze vinden het niet erg als Rosie grootgebracht wordt in de modernere kerk?'

'Ik denk dat ze hopen dat ze met een jongen van de Oude Orde trouwt, als het zover is. Eerlijk gezegd denk ik dat ze ervan uitgaan dat de nieuwe kerk uiteindelijk zijn kracht zal verliezen, en dat degenen die vertrokken zijn tot hun verstand zullen komen en terugkeren. Maar dat zie ik niet gebeuren.'

Zij ook niet. Het was een sterke vloedgolf. De vrijheid om God te aanbidden, om de Schrift te bestuderen; die was veel te machtig om te stoppen.

Elias trok aan zijn bretels en keek haar aan. 'Maar zoals het er met Kate voorstaat, geloof ik dat we nergens op moeten rekenen.'

'Bedoel je dat ze nog meer *ferhoodled* kan worden en Rosie ook op komt halen?'

'John zei almaar: "De zaken zijn veranderd."'

Er rees iets in haar op wat ze niet kon binnenhouden. 'Het is verkeerd, Elias! Helemaal verkeerd! Eli en Rosie moeten *samen* opgroeien.' Trillend vertelde ze dat Rosie bijna de hele middag had gehuild, alsof haar hartje de scheiding voelde. 'Ik laat het niet zomaar gebeuren!'

'Ik snap hoe je je voelt, maar het helpt niet om je op te winden.' Zijn blik bleef op haar gezicht gericht. Langzaam en weloverwogen legde hij zijn handen voor zijn ogen. Ook hij huilde.

'Ach, Elias… lief. Je wilt je zoon terug, net als ik.'

Hij knikte, met zijn gezicht in zijn grote handen. '*Jah*, meer dan ik zeggen kan.'

Hoofdstuk 28

Terwijl Nellie, Nan en Rebekah na het avondeten de vaat deden, vroeg Nan aan Rebekah: 'En, vond je het leuk om te helpen in Nellie's Zoete Heerlijkheden?'

Rebekah knikte en droogde een bord af dat ze aan Nellie gaf om op te bergen. 'De *Englischers* zijn zo vriendelijk en spraakzaam, *jah*? Het verbaasde me hoeveel mensen om recepten vragen.'

'En ik heb er geen bezwaar tegen,' zei Nellie. 'We krijgen de laatste tijd allerlei mensen in de winkel. Ook vaste klanten.' Ze hoopte maar dat het geen opscheppen was.

'O! Daarover gesproken,' zei Rebekah. 'Dat vergeet ik bijna! Je raadt nooit wie er verantwoordelijk voor is dat al die stadse mensen de weg naar je winkel hebben gevonden.'

Nellie wisselde een blik met Nan.

'Wie dan?' vroeg Nan.

'Susannah Lapp.'

Nans mond viel open. 'Dat méén je niet.'

Rebekah knikte. 'Het is zo. Caleb vertelde het gisteravond. Ze heeft min of meer toegegeven dat ze haar geld had uitgegeven aan krantenadvertenties. Het schijnt dat ze onrust heeft willen wekken onder de meest starre leden van de Oude Orde.'

Nellie stond perplex. 'Maar waarom?'

'Nou, eindelijk. Eén mysterie opgelost!' zei Nan lachend. 'Wat een intrigante.'

Nellie was Susannah niet dankbaar voor de opleving van de zaken. Het was duidelijk dat het meisje een wig wilde drijven tussen haar en Caleb. En na gisteravond was het haar ook gelukt.

'Nou, haar plan is niet precies verlopen zoals ze gehoopt had, hè?' vervolgde Nan wat vriendelijker. 'De advertenties hebben ons meer goedgedaan dan het geklets ons kwaad heeft gedaan.'

Daar was Nellie niet zo zeker van. Eerlijk gezegd vond ze het een achterbakse streek van Susannah, ondanks de voordelige toestroom van klanten.

Wacht eens even… zou dat het soms zijn geweest waar Caleb gisteravond met Susannah over stond te praten?

★

Zonder zelfs maar een blik uit het raam wist Caleb dat er kabaal was in de schuur. Het klonk alsof de tuigpaarden waren losgebroken en hij stormde naar buiten om te gaan kijken. *The Budget* liet hij op de keukentafel liggen.

Caleb keek in de schuur en toen zijn vermoeden werd bevestigd, ging hij meteen in het diepe dennenbos op zoek naar de paarden, in de hoop gebruik te kunnen maken van de vers gevallen sneeuw door de hoefafdrukken te volgen.

Het was duidelijk dat de vurige paarden ergens van geschrokken waren, en hij hoopte dat ze gauw gezien werden door een andere boer. Soms stormden paarden weg in de kou en dan werden de eigenwijze beesten de volgende dag dood gevonden in de sneeuw. Daarom zette hij door en vervolgde zijn zoektocht door de kniehoge sneeuw, en wilde dat hij ten minste de tijd had genomen om een extra paar sokken aan te trekken.

Waardoor zijn ze weg gegaloppeerd in dit weer? Uiteindelijk keerde hij terug naar huis, waar zijn vader op de voorveranda op hem stond te wachten.

'Ik kon ze niet te pakken krijgen,' riep hij. 'Wat wilt u dat ik doe?'

'Daar had je aan moeten denken voordat je de staldeur open liet staan, jongen.'

Dus hij had inderdaad de grendel er niet voor geschoven…

Maar het waren niet de losgebroken paarden die zijn vader aan de orde wilde stellen toen hij de trap afkwam en om de zijkant van het huis naar de achterdeur liep. 'Kom mee, Caleb.'

Hij volgde zijn vader naar de keuken, waar mama hout in de buik van het oude fornuis stopte. Hij kreeg opdracht om te gaan zitten en dat deed hij, hoewel niet op zijn gewone plaats aan tafel. Met opzet ging hij aan het ondereind van de tafel zitten, waar Rebekah altijd zat.

'Wat hebt u op uw hart, pa?' Hij nam onbeschaamd de leiding.

'Je zus Rebekah.' Pa zweeg even en keek naar mama. 'Je moeder en ik willen weten waar je haar vannacht heen hebt gebracht.'

En dat vraagt hij nu pas?

Caleb haalde diep adem. 'Rebekah wilde naar de Fishers. Dus daar is ze nu.' Hij wilde niet zeggen dat ze stilletjes het huis binnen was gegaan. Nan en Nellie zouden haar met open armen hebben ontvangen.

Mama ging rechts van pa zitten. Haar haar zat een beetje onverzorgd, zoals wel vaker op dit late uur van de dag. Haar ogen waren grijs en dof, en de rimpels in haar gezicht waren dieper dan hij zich herinnerde. 'Was ze…' Mama zweeg even en tastte in haar mouw naar een zakdoek. 'Was Rebekah erg van streek?'

Hij knikte langzaam.

'Ze huilde zeker?' Mama's onderlip trilde onbedwingbaar.

'Nee… dat niet.'

Ze staarde naar het tafelkleed en de tranen stroomden haar over de wangen.

Het was duidelijk hoe ongerust mama was – en hoe boos pa.

'Ze zal het best hebben bij Nan… en Nellie Mae,' voegde hij eraan toe, denkend aan de brief die hij Nellie moest schrijven. Hij had gehoopt dat het gesprek met pa hun dilemma zou verlichten, en dat hij haar een woord van hoop had kunnen bieden naast zijn armzalige poging tot een uitleg.

'Dat is wel de laatste plek waar je haar heen had moeten brengen, jongen.'

'Waar had ik haar anders heen moeten brengen? Het was ontzettend laat,' wierp hij tegen. 'En zo koud…'

Pa schudde krachtig zijn hoofd. 'Het huis van Reuben Fisher was niet de juiste plek, dat weet je best. Dat is twee wandaden in minder dan één dag.'

Caleb kromp in elkaar onder zijn vaders berisping. Hij was blij toen pa naar boven ging om naar bed te gaan, en zijn moeder plichtsgetrouw volgde. Caleb schonk zich een glas melk in en sloeg het vlug achterover. Toen hij het glas op het aanrecht zette, hoorde hij tot zijn verbazing het gedempte hoefgekletter van de weggelopen paarden op de aangestampte sneeuw van de laan, op weg naar het erf.

'Ze zijn terug!' Caleb stormde naar buiten om hun buurman aan de zuidkant te bedanken, die ze naar huis had gedreven, en om te kijken of de paarden geen snij- of schaafwonden hadden. Toen hij tevredengesteld was, mopperde hij op zichzelf om zijn tweede overtreding, zoals pa het had genoemd, en schoof zorgvuldig de grendel voor de staldeur.

★

Zodra Nellie dinsdagochtend klaar was met het vullen van de vitrine, liet ze Nellie's Zoete Heerlijkheden over aan de leiding van Nan en Rebekah, en reed naar Rosanna toe.

Binnengekomen in het huis van de Kings laadde ze haar gebakken lekkernijen uit op de keukentafel en sloeg haar armen om Rosanna heen. Haar vriendin leek wel gekrompen sinds de laatste keer dat Nellie haar had gezien. Met betraande ogen en doodsbenauwd zag Rosanna er jong en verloren uit, en Nellie voelde zich ineens de oudste van de twee, hoewel Rosanna bijna vier jaar ouder was dan zij.

'Ik vind het zo erg, Rosanna. Zo erg,' zei Nellie zacht. 'Mama is helemaal van haar stuk door Kates gedrag. En pa ook.'

'We mogen het haar niet kwalijk nemen.' Rosanna hielp Nellie met haar dikke jas en twee sjaals. 'Kate is zichzelf niet.'

'Hoe redden Elias en jij het?'

Ze haalde haar schouders op. 'Het lijkt nog steeds niet echt. Ik denk almaar dat hij opeens weer in de box zal liggen.'

'Dus Kate is nog niet van gedachten veranderd?'

Rosanna schudde haar hoofd. 'Elias is er gistermiddag heen gegaan, maar…' Ze beet op haar lip en kon niet verder.

Nellie kreeg tranen in haar ogen en ze gaf haar vriendin een kneepje in de hand.

Rosanna ging een flesje warmen voor Rosie, en Nellie bood aan haar te voeden. Met het kleintje in haar armen voor de kachel in de hoek genoot Nellie van het zoet drinkende kindje. Glimlachend keek ze op van Rosie's gezichtje en zag de hartverscheurende blik in Rosanna's ogen.

Ze kon zich indenken hoe snel je gehecht kon raken aan een baby als Rosie. *Wat een verlies!* Ze was in de verleiding om Rosanna erop te wijzen dat het niet zo was dat ze Eli nooit meer zou zien – ze was hem niet kwijtgeraakt aan de dood, zoals zij Suzy waren kwijtgeraakt. Maar ze bedacht zich.

'Ik weet niet hoe we verder moeten zonder ons jongetje. God zal ons Eli toch wel teruggeven…'

Nellie wist niets te zeggen.

Rosie dronk nu minder gretig, haar oogjes begonnen dicht te vallen.

Rosanna nam Rosie van haar over en legde haar in de box. Toen ze terugkwam, omhelsde Nellie haar nog eens.

'Ik hoop dat je zoon heel gauw weer bij je thuiskomt,' fluisterde ze.

'Dank je, Nellie Mae.' Rosanna glimlachte door haar tranen heen. 'Ik hoop dat God ons gebed verhoort.'

Hoofdstuk 29

Dinsdagavond na het eten ging Reuben naar John en Kate Beiler. Hij wilde dat hij er meteen kans toe had gezien toen Betsy hem het ontstellende nieuws had verteld. De paarden-koper was gisteren tot in de avond gebleven en had meege-geten nadat hij een paar mooie Morgans had aangeschaft. Hoe dankbaar Reuben ook was voor de klandizie, hij had met zijn gedachten ergens anders gezeten. Hij vond dat ie-mand een gesprek van man tot man met John moest voeren, hoewel John erom bekendstond dat hij een harde kop had.

Reuben vroeg zich onwillekeurig af of John enkel door Kate beïnvloed was. Of was er meer aan de hand?

Hij stuurde het paard over de ijzige wegen en dacht aan zijn eigen zoon James, die in zulke verraderlijke omstandig-heden leerde een auto te besturen. Wat kon een mens binnen korte tijd vreselijk verwend worden met zo veel comfort op vier wielen. Zeker op een beroerde avond als deze.

Reuben hield de teugels met beide handen vast en pas-seerde de ene boerderij na de andere. Het was een heldere, maar ijskoude avond. Na de recente zware sneeuwval in het gebied was al het vee van de boerderij aan Beaver Dam Road veilig op stal gezet. Toen hij langs het huis van diaken Lapp kwam, leek het wel of de omheiningen van zijn land begraven waren in witte sneeuwhopen.

In gedachten zag hij de diaken heen en weer slingeren onder het lopen, als een grootvaders klok. De vriendelijke en hardwerkende man had door de jaren heen verscheidene bedrijfsongevallen overleefd. Ondanks de vele veranderin-gen in de afgelopen maanden beschouwde Reuben de voor-malige broeders nog als zijn eigen, maar hij nam aan dat zijn broer Joseph uiteindelijk het toezicht op de groep van de Nieuwe Orde zou laten varen.

Het oude is voorbijgegaan... alles is nieuw geworden. Dankbaar voor de Bijbelse belofte klakte hij met zijn tong om het paard aan te zetten. Hij wenste dat de Amish broederschap uiteindelijk het licht zou zien van de goddelijke genade.

Op Gods eigen manier... en op Zijn tijd.

Nu hij alleen was in het donker besefte Reuben dat hij niet genoeg had gegeten en het speet hem dat hij de smakelijke kokosroomtaart had afgeslagen. Het was beslist verleidelijk geweest, maar hij had zich verontschuldigd na het heerlijke maal van gevulde kalkoen, bijna een feestmaal dankzij Betsy. Maar de wonder-*gute* taart was Nellie's werk.

Bij het huis van John Beiler sloeg hij de oprijlaan in en dacht aan het komende gesprek. Het was niet aan hem om John en Kate te vertellen wat ze moesten doen, maar Betsy had hem overgehaald om te gaan en daar was hij nu. Te laat om nog om te keren.

Zou de bisschop niets te zeggen hebben over Kates kwalijke daad? Hij had gehoord dat zijn oudste broer aanvankelijk had toegestaan dat John en Kate hun baby's aan de Kings hadden gegeven.

Reuben dacht na over de man van God, die zo wijs was geweest om de *Bann* drie maanden op te schorten. Die tijd was bijna om. Bijna iedereen had op de kalender een rood kruis bij de datum gezet, elf februari. Althans iedereen in de nieuwe kerk.

Maar vanavond was het niet zozeer de kerkscheuring die Reuben dwarszat, als wel twee kleine baby's die gescheiden werden... en weggehaald bij het gezin dat hen grootbracht.

Ongelooflijk.

Hij had genoeg gerouwd voor de rest van zijn leven, en de dood van Suzy was de ergste slag geweest van alle. Maar Elias en Rosanna... alle ongeboren baby's die ze verloren hadden, en nu dit? Was niemand bereid het voor hen op te nemen? Dit ging veel dieper dan twee vrouwen die twistten over kindertjes, daar was hij zeker van. Zoals Betsy het had verteld, kon Rosanna Eli terugkrijgen als ze de Nieuwe Orde afwees.

Maar dat had ze niet gedaan, en nu had hij zich opgeworpen om Elias King, de splinternieuwe bekeerling, te verdedigen.

Eén voor één komen de mensen tot Christus…

Haastig bond Reuben het paard vast en keek naar de oude stenen boerderij waar de Beilers woonden. Met een gebed in zijn hart liep hij naar de achterdeur.

★

Caleb liet in zijn kamer zijn lange benen onder zijn bureau glijden, afgemat nadat hij in zijn eentje meer dan drie ton hooi had gelost voor een buurman wiens voorraad sterk verminderd was door de droogte van afgelopen zomer. Morgen wachtte hem meer van hetzelfde. Hij leunde achterover in de robuuste stoel en ontspande zich eindelijk.

Hij keek naar de omlaag getrokken groene rolgordijnen die de witte straling van de maan buitensloten. De rolgordijnen waren als de schaduwen op zijn ziel. Nooit eerder had hij zich daar zo ingekapseld gevoeld, in het huis dat hij zou erven als hij boog voor de eisen van zijn vader. Caleb dacht dat hij dat had gedaan – hij had zijn relatie met Nellie erbij in gevaar gebracht – maar het eindresultaat was niet naar zijn vaders zin.

Had pa gedacht dat Susannah me echt kon bekoren… en van gedachten doen veranderen over Nellie Mae? Wat voor een vent zou ik dan zijn? En wat voor een echtgenoot?

Hij voelde zich in de val zitten, gevangen door zijn vaders onmogelijke verwachtingen, maar niet bereid om zijn liefde voor Nellie los te laten. Zijn frustratie knaagde aan hem. *Ik moet een manier vinden om het te laten lukken!*

Maar eerst het belangrijkste. Caleb pakte zijn pen en begon aan zijn geliefde te schrijven.

Lieve Nellie Mae,

Ik hoop dat het goed met je gaat, al ben ik bang van niet nadat ik zondagavond de verdrietige blik in je ogen heb gezien. Met mij eerlijk gezegd ook niet. De gedachte dat ik je kwijt zou kunnen raken door deze belachelijke daad... ik kan gewoon niet werkloos toezien en jou het slechtste van me laten denken.

Eerlijk gezegd ben ik tegen beter weten ingegaan. Mijn vader stond erop dat ik met Susannah Lapp uitging, in de hoop dat ik haar zou zien als een toekomstige bruid. Ik snap dat je er alleen maar mijn woord voor hebt, maar wat ik je vertel is waar.

Alleen door één keertje te praten met Susannah kon ik zeggen dat ik mijn vaders wens had gehoorzaamd, en dat wilde ik gauw achter de rug hebben. Toen kwam jij de schuur binnen en je zag ons samen, toen zij en ik al een meningsverschil hadden, zacht uitgedrukt. Die meid is gevaarlijker dan ik ooit had vermoed.

Ik wil niets meer dan jou weer te zien, Nellie. Wil je me zaterdagavond ontmoeten op onze speciale plaats?

Ik neem mijn open rijtuigje mee, zodat we een stukje kunnen rijden. Laat me alsjeblieft mijn verhaal doen. Wil je me niet een tweede kans geven?

Tot dan.

Met al mijn liefde,
Caleb Yoder

Tevreden dat hij voldoende uitleg had gegeven aan zijn lieveling liet hij de brief in zijn bureaulade glijden om hem later op de post te doen.

★

Mama was heel boos toen ze hoorde wie de advertentie had geplaatst. 'Susannah, zeg je? Tjonge, die intrigante!'

'Dat vond Nan ook.' Nellie sneed gulle punten kokosroomtaart voor mama, Rebekah en Nan die om de tafel zaten. Pa was bij iemand op bezoek gegaan.

'Het zou fijn zijn als Rhoda weer thuiskwam,' zei Nan, om over iets anders te beginnen. Nellie en mama mompelden instemmend.

'Ik was gisteren op weg naar je zus toen ik me gedrongen voelde om te stoppen en in plaats daarvan een bezoek te brengen aan Rosanna,' zei mama. Ze begon niet over het verdriet dat Rosanna moest verduren, maar Nellie wist dat ze er allemaal aan dachten.

Ze zaten zwijgend bij elkaar en genoten een poosje van hun taart voordat Rebekah zei: 'Het is erg aardig van u dat ik hier voorlopig mag logeren.'

'Zou je vader niet vragen of je weer thuiskomt?' vroeg Nellie voorzichtig. Was David Yoder zo hard dat hij zijn dochter zou verbieden ooit nog thuis te komen?

'Ik betwijfel het.' Rebekah nam met een ernstig gezicht nog een hap taart.

'Nou, meisjes,' zei mama, 'laten we niet vergeten dat bij God niets onmogelijk is. Hij is stellig aan het werk in je vaders hart, *jah*?' Mama's ogen glansden ineens van tranen. 'Je mag zo lang bij ons blijven als je wilt, Rebekah kind.'

Rebekah pakte mama's hand. 'Wilt u aan mijn familie denken in uw gebed? Daar zou ik erg dankbaar voor zijn,' zei ze tot Nellie's verrassing. Ook Nan zette grote blauwe ogen op.

'Wat zou je zeggen van nu meteen?' Mama opende haar andere hand voor Nan en Nellie stak langzaam ook de hare uit. Ze bogen hun hoofd. 'Hemelse Vader, wilt U ons gebroken hart zien, en herstellen en genezen wie vertroosting nodig hebben? Geef Rebekah alstublieft Uw genade. Waak over haar ouders en haar broers en zussen en hun gezinnen… en geef haar vanavond vrede.'

Mama wachtte even om niet te gaan huilen en liet Nellie's hand los om haar neus te snuiten. Nan en Rebekah hielden hun ogen dicht en wachtten op het amen, dat volgde nadat mama ook nog gebeden had voor Rosanna en Elias en voor Rhoda. Toen ze Rhoda's naam noemde, begaf haar stem het.

Nellie vroeg zich af wat Rebekah van dit vurige gebed vond, maar Calebs zus was niet uit het veld geslagen en vroeg mama zelfs wat zij de beste manier vond om te bidden.

'Iedereen kan praten tegen God,' legde mama uit, met een blik op Nellie. 'Net zoals je praat met een goede vriend of een familielid.' Mama hoopte haar natuurlijk nog over te halen.

Met een zucht vroeg Nellie zich af of ze Suzy's dagboek niet weer tevoorschijn moest halen. Ze was zo geraakt geweest door het laatste derde deel. Ineens dacht ze er weer aan dat Rhoda erom had gevraagd. Ze had geweigerd, bang voor wat Rhoda zou denken als ze las over Suzy's wilde maanden in de wereld. Maar nu Rhoda weg was, vroeg Nellie zich af of het haar oudste zus geen goed zou hebben gedaan om kennis te nemen van Suzy's weg naar verandering. Als Rhoda het dagboek tot het mooie einde toe had uitgelezen, was ze nu misschien nog bij hen.

Ze keek naar mama, die in het afgelopen jaar zo veel pijnlijke verliezen had geleden. Haar moeder sprak nu over 'vertrouwen op de Heiland, zelfs als mensen om ons heen ons teleurstellen'.

'Maar soms is dat erg moeilijk,' snufte Rebekah.

'Jazeker. Maar het is minder belangrijk hoe we erin slagen de moeilijke dingen te doorstaan, dan dat we bereid zijn ons intussen vast te houden aan Gods beloften.'

Het verbaasde Nellie hoe haar moeder de dingen beschreef. Ze kon niet ontkennen dat ze een beetje nieuwsgierig was naar de trouw van haar ouders aan hun nieuw gevonden geloof… Een geloof dat Nan en Rebekah deelden.

En Elias en Rosanna. En dan te bedenken dat kleine Eli door de keuze van de Kings voor de Nieuwe Orde van hen was afgenomen en nu weer in Kates armen lag!

★

Toen Reuben bij de Beilers aan de achterdeur klopte, werd er snel opengedaan door John, die hem niet zoals anders vrolijk begroette en mee naar binnen nam. Hij knikte slechts en stapte onhandig opzij om Reuben te laten passeren.

Meteen was duidelijk dat Eli die avond het middelpunt van de belangstelling was. Een adorerende Kate hield hem vast, omringd door alle kinderen.

De moed zonk Reuben in de schoenen, maar hij durfde het niet te laten merken. Hoe gezellig het tafereeltje er ook uitzag, hij kon alleen maar denken aan de treurende Rosanna King. Hoe moest hij de netelige kwestie aansnijden, boven het zachte geroezemoes van stemmen uit?

Kate kuste teder Eli's wangetje en de twee jongste kinderen bogen zich aan weerskanten van de schommelstoel over hem heen om hem ook kusjes te geven. John ging naast zijn vrouw staan en liet Reuben toekijken.

Even vergat hij bijna waarvoor hij was gekomen, maar Eli begon te huilen alsof hij honger had. De oudste meisjes susten hem, maar niets scheen te helpen. 'Wat denk je dat er aan de hand is?' vroeg de oudste van de twee. 'Hij heeft net gegeten en hij heeft een schone luier om.'

Nu de huiselijke vrede was verstoord, richtte John eindelijk zijn aandacht weer op Reuben. 'Wat voert je hierheen op deze winterse avond?'

Normaal gesproken was Reuben onderhand een stoel aan tafel en een stuk taart aangeboden, maar John en Kate vertoonden geen spoor van gastvrijheid, en Reuben voelde zich steeds sterker in verlegenheid gebracht.

God, houd alstublieft mijn drift in toom. Laat me weten hoe ik moet beginnen over Kates harteloze daad.

Op dat moment bonsde er iemand op de achterdeur en John ging vlug kijken wie het was.

Daar stond Elias King, met een asgrauw gezicht. 'Hallo, John... Reuben.' Elias toonde verbazing.

'Elias... fijn om je te zien.' Reubens keel werd dichtgeschroefd. Hij voelde met deze aardige jongeman mee; het was duidelijk dat Elias was gekomen om te smeken om de terugkeer van het kind, hoe pijnlijk het ook was.

Kate stond op en liep zonder een woord te zeggen de kamer uit met Eli, die nog steeds jammerde. Alle zes de kinderen volgden, als kleine eendjes achter hun moeder aan.

Toen John een gebaar maakte naar de tafel, liet Elias zich met een gepijnigd gezicht op de bank zakken. Hij vouwde zijn handen op tafel en keek Reuben aan. 'Ik ben blij dat jij er bent,' zei hij. 'Je bent getuige van de dingen die ik wil zeggen.' Toen richtte hij zijn blik op John.

'Elias, we veranderen niet van gedachten, hoe vaak je ook hierheen komt.' John reikte naar zijn koffie.

'Zeg, wacht eens even,' zei Reuben. 'Kijk eens naar die man. Laat hem in vredesnaam uitpraten.'

John verstrakte. 'Eli is mijn zoon.'

'Dat is zo, maar ik vind dat hij ook van mij is.' Elias haalde diep adem en glimlachte zwakjes. 'Maar laat me uitpraten. Een klein meisje huilt daarginds onafgebroken om haar broertje.' Hij keek naar het raam. 'En mijn vrouw treurt ook om Eli.'

'Eli wordt hier opgevoed,' verklaarde John. 'Bij godvrezende mensen.'

'Wij zijn óók godvrezende mensen, John. En in de vreze van God heb je Rosanna en mij een zoon gegeven... en een dochter. Ze horen bij elkaar.'

Johns hals en gezicht werden rood, maar hij bleef zich koppig beheersen. 'Mijn zoon hoort hier, bij ons, waar hij opgevoed zal worden in de Oude Wegen.'

'Wat Eli nodig heeft, is opgroeien in de reddende genade van de Heere,' verklaarde Elias met vaste, kalme stem.

De spanning was te snijden. Het was een kwelling om de woordenwisseling te horen over een baby'tje – een mensenkind. Reuben dacht dat geen van beiden tevredengesteld kon worden, en opnieuw riep hij de levende God aan om hulp.

De gedachte flitste door hem heen dat er een derde partij nodig was, iemand om hen in de juiste richting te leiden. *In dezelfde richting.* 'Bisschop Joseph moet beslissen,' zei Reuben ineens.

'Nee, ik heb mijn besluit genomen. Ik sta niet toe dat mijn zoon wordt opgevoed door mensen die een vreemd evangelie verkondigen.'

'Maar je vertrouwt de bisschop toch wel? De wijsheid van de Oude Orde?'

John keek Reuben hoopvol aan, Elias ook. 'Als dat nodig is,' zei John, en Elias knikte instemmend.

'Dan zal ik namens jullie met mijn broer gaan praten.'

Verrassend genoeg stak John zijn hand uit om Reuben de hand te schudden terwijl de mannen alle drie opstonden.

'Ik zal het Rosanna laten weten,' zei Elias dankbaar tegen Reuben toen hij naar de achterdeur liep.

'En ik zal het tegen Kate zeggen,' zei John vol vertrouwen.

Reuben wenste John goedenavond en ging naar huis, naar Betsy. Was het goddelijke leiding geweest wat hij voorgesteld had?

Ik ben blij dat ik niet in de schoenen van de bisschop sta!

★

Rosanna had meer dan een uur heen en weer gewandeld met de onrustige Rosie. Ze begreep niet hoe zo'n vermoeide baby gewoon kon weigeren om toe te geven aan de slaap.

Daarom hield ze haar dicht tegen zich aan en praatte zachtjes tijdens de korte pauzes, als Rosie even stil was om op adem te komen, alleen om weer te beginnen met brullen. Rosanna probeerde neuriën, lieve woordjes, over haar rugje wrijven, haar buikje – alles wat in het verleden altijd had geholpen, maar tevergeefs.

Ze was dolblij toen Elias eindelijk thuiskwam. Hij nam Rosie van haar over, kuste het kleine voorhoofdje en toen haar kruintje. Ze bleef huilen.

'Wat zou er mis zijn?'

'Kan het zijn dat ze voelt dat Eli weg is?'

Dat had ze al eerder bedacht. 'Kan zijn, *jah*. We zullen haar gewoon meer aandacht geven… tot haar broertje weer thuis is.'

Elias' gezicht betrok; hij moest dodelijk vermoeid zijn. Maar ze wist dat het meer was dan dat.

'Misschien geeft Kate Eli niet terug, Rosanna. Dat weet je wel.'

'Nee… nee, laten we zo niet denken.'

'Nou, de beslissing is niet meer aan ons. Noch aan John en Kate.'

'Wat bedoel je?'

Hij zweeg even toen Rosie eindelijk in slaap viel. 'Waar Eli opgevoed moet worden is een keuze die de bisschop nu moet maken,' zei hij tegen Rosanna, die hem volgde toen hij Rosie naar boven droeg naar haar wieg.

'Maar nee! Bisschop Joseph beslist natuurlijk ten gunste van hen.' Ze begon te huilen.

Hij trok haar liefdevol in zijn armen. 'Kom hier.'

Ze voelde zijn kracht, de grote liefde die hij voor haar voelde, in het zachte strelen van zijn lippen over haar wang en toen haar mond. 'O, Elias… ik ben zo ongerust.'

Hij pakte haar hand en nam haar mee naar hun kamer. 'We moeten op God vertrouwen voor Eli's toekomst. Tobben verandert niets.'

Ze beaamde het en probeerde aandacht te hebben voor haar lieveling, die op het bed zat en haar naar zich toe trok.

'Je bent zo mooi, lief.'

Gedwongen glimlachend kwam ze naast hem zitten. Hij sloeg zijn armen om haar heen. Zijn kussen waren licht en troostten haar voor het moment.

'Ik hou van u, mevrouw King.' Vaak zei hij iets grappigs tijdens hun intiemste momenten, maar vanavond was zijn toon volledig ernstig. 'Laat me je verdriet verlichten… voor het ogenblik.' Hij nam Rosanna's kin in zijn hand en zijn kussen werden vuriger. Hun tranen van blijdschap en droefheid vermengden zich met elkaar terwijl ze elkaar troostten met hun liefde.

Hoofdstuk 30

Woensdagmorgen om negen uur was de bakkerswinkel stampvol en gonsde het er van de *Englische* stemmen. Nellie was blij met de extra hulp van mama, die warme muffins serveerde en koffiebroodjes die dropen van het glazuur.

Nan en Rebekah bezorgden met tussenpozen vanuit het huis meer vers gebakken lekkernijen in de winkel. Maar algauw waren de meest gevraagde artikelen op het 'menu' koffie en warme chocolade, die makkelijk te bereiden waren op de warme plaat die pa aan een kleine door gas aangedreven generator had gemonteerd.

Straks gaat hij nog een oven plaatsen, dacht Nellie met een glimlach. Meer en meer mensen in de Gemeenschap van Eenvoud lieten elektriciteit aanleggen, en telefoons; haar eigen broer James en zijn gezin hoorden bij de laatsten. Tot nu toe was er bij hen thuis niet over gesproken. Nellie was heimelijk blij, al was er nu geen reden om erover te piekeren of Caleb en zijn familie het goedkeurden; niet na wat ze afgelopen zondagavond had gezien. Ze wilde het echt graag van de zonnige kant bekijken, zoals mama haar kinderen vaak onder het oog had gebracht, maar ze zette zich bewust schrap voor een brief van Caleb waarin hij het uitmaakte.

Er zaten verscheidene vaste klanten aan de verste tafel, waar juffrouw Bachman zich te goed deed aan haar gewone traktatie – pindakaastoffee. Ze zei dat niets daarmee te vergelijken was. Er ging gelach op aan de middelste tafel, waar alle vier de stoelen bezet waren, wat bij de eerste ook het geval was. Twaalf klanten in totaal, en iedereen had een wonder-*gute* ochtend met elkaar.

Nellie wilde niet trots zijn, maar ze was verrukt als ze zag met hoeveel genoegen haar creaties genoten werden. Kon ze maar iets van dit geluk in een fles doen en aan Rosanna geven. Als Kate Beiler nog niet tot haar verstand was gekomen en Eli had teruggegeven, dan was er vandaag weer groot verdriet in het huis van de Kings. Droefheid was de laatste tijd in overvloed aanwezig in de harten, ook bij de arme, uit huis gezette Rebekah.

Toch varen Nan en ik wel bij David Yoders verlies, dacht ze, blij dat ze Rebekah op konden vangen in haar wanhopige toestand. Het was een onverwacht geschenk om Calebs liefste zus bij hen te hebben.

Aan de tweede tafel werd vrolijk gelachen toen een klant vertelde hoe ze voor het eerst vlierbessen had ingemaakt. 'Ik had zo'n rommel gemaakt. Maandenlang vond ik paarse vlekken op theedoeken en op mijn kleren,' bekende de vrouw.

Meer dames praatten mee over oogsten en inmaken 'zoals de Amish'.

Nellie ging de deur opendoen voor Nan, die binnenkwam met alweer een mand koekjes – hopelijk kaneelkoekjes en chocoladekoekjes.

'Het gerucht gaat dat hier in de buurt een tweeling uit elkaar is gehaald,' zei een vrouw nogal hard, zodat Nellie met een ruk stilstond. 'Het jongetje is nota bene door de biologische moeder van zijn adoptiemoeder afgenomen.'

'Dat heb ik ook gehoord,' zei juffrouw Bachman. 'Kennelijk is de biologische moeder van gedachten veranderd en heeft het jongetje teruggehaald.'

'Wat verschrikkelijk!' riep een andere vrouw uit.

Nellie voelde zich bezwaard dat ze hen afluisterde en was blij met de tijdelijke afleiding die Nan verschafte. 'Zou jij het erg vinden om na het middageten met mama in de winkel te bedienen?' vroeg Nellie toen ze achter de toonbank naast elkaar bezig waren de mand leeg te maken.

'Ik heb tijd genoeg, *jah*.' Nan legde uit dat Rebekah lopend naar haar werk als huishoudelijke hulp van de Amish familie een kilometer verderop was gegaan.

'Wat denk je dat er met haar gaat gebeuren?' vroeg Nellie.

Nan keek ernstig. 'Je kent David Yoder net zo goed als ik.'

Nellie Mae knikte en gaf de hand van haar zus een kneepje, dankbaar dat ze Nan in vertrouwen had genomen over haar narigheid.

Toen het middaguur naderde en de drukte begon af te nemen, keerde Nan naar huis terug om de laatste hand te leggen aan het middagmaal. Nellie Mae was blij dat ze even met mama alleen was.

Mama streek haar schort glad, stak haar hand in haar zak en haalde er twee *Kapp*lintjes uit. 'Die vond ik in het souterrain op de vloer, naast de wringerwasmachine.'

Verlegen durfde Nellie niet te bekennen. 'Wat is dat nou?'

'Je hebt ze van de *Kapp* van je zus geknipt, hè?'

Dus mama wist het al. *'Jah.'* Ze zette zich schrap voor een standje. 'Dat heb ik gedaan.'

'O, Nellie Mae, je hield zo veel van Suzy. Hier, houd ze maar dicht bij je hart, of waar je maar wilt.'

Nellie Mae veegde haar tranen af en stopte de lintjes veilig in haar eigen jurkzak. Ze zou beter op ze passen, want ze wilde geen afkeurende blikken van Nan of pa... en zelfs niet van Rebekah. *'Denki*, mama,' fluisterde ze en ze stak haar armen naar haar uit. 'Heel erg bedankt.'

★

Toen Chris en Zach thuiskwamen uit school, liep Zach naar hun kamer en Chris naar de keuken. Hij vond zijn vader aan tafel, waar hij naar de radio zat te luisteren en een kop koffie zat te drinken.

'Waar is mam?' Chris legde zijn boeken op de tafel neer en

opende de oude koelkast voor een beker melk.

'We hebben geen melk meer.' Pa keek naar de trap. 'Zach zei nauwelijks een woord. Is alles in orde?'

Chris deed onverrichter zake de koelkast dicht en liet zich zwaar tegenover zijn vader in een stoel zakken. *Hij weet dat Zach het verlies van Suzy zwaar opneemt...*

Een tijdlang zei geen van beiden iets. Eindelijk zette pa zijn koffiekop op het schoteltje. 'Gaat het de laatste tijd al beter?'

'Soms,' hield Chris een slag om de arm. 'Soms niet.'

Pa nam nog een slok koffie. 'Je moeder is nogal ongerust. Ze denkt dat Zach misschien eens met onze dominee moet gaan praten.'

Chris knikte. 'Het komt wel goed.'

'Praten jullie er samen over?'

'Nu en dan.' Chris haalde zijn schouders op. 'Maar het helpt niet veel.'

Zijn vader glimlachte. 'Ik heb een paar keer geprobeerd een gesprek te beginnen, maar Zach is zo gesloten.'

'Hij is altijd zo... *ach*, ik weet het niet.'

'Onafhankelijk?' grinnikte zijn vader. 'En koppig?' Hij dronk zijn kopje leeg. Toen stond hij op en bracht het naar de gootsteen. Teruggekomen legde hij zijn hand op Chris' schouder. 'Hoor eens, jullie tweeën zijn altijd erg vertrouwd met elkaar geweest. Jij bent de beste voor hem, Chris.'

'Hij heeft een sterk geloof.'

'Daar twijfel ik niet aan.'

Pa liep naar de achterdeur en draaide zich om. 'Hij zal er sterker uitkomen. Daar bid ik voor.'

'Ja.' *Ik hoop dat Zach gauw het ergste achter de rug heeft.*

Een halfuur later zat Chris nog steeds aan tafel na te denken en te bidden. Net toen hij naar boven wilde gaan om een joggingpak aan te trekken kwam Zach naar beneden dwalen.

'Ik vroeg me af waar je bleef.' Zach haalde ijs uit de vriezer. 'Wil je ook?'

Chris gebaarde naar de stoel waar zijn vader had gezeten. 'Wat?'

'Ik heb nagedacht… over Suzy Fisher.'

Zach dook in de beker ijs. 'Dat is mijn taak.' Hij schepte ijs in een schaaltje. 'Laatste kans. Chocoladetoffee.'

'Serieus, Zach.'

Met een frons ging Zach zitten.

Chris haalde diep adem. 'Ik moet even de grote broer uithangen.'

Zach kreunde. 'Niet dat weer.'

Chris wilde niet verkeerd beginnen, en zweeg even. Toen zei hij: 'We beginnen ons allemaal zorgen over je te maken.'

'Wie? Pa? Waarover?'

Chris zuchtte. Dit ging niet zo goed. Hij wreef zijn kin. 'Kijk, Zach… geloven we echt in het Evangelie?'

'Kom op, Chris.'

'Ik bedoel, soms gedragen we ons alsof wat we geloven niet standhoudt in een wereld waar het lijden echt is. Alsof het Evangelie werkt zolang alles goed gaat, snap je?'

Zachs frons verdiepte zich en hij klemde zijn kaken op elkaar. 'Maar jij was niet verliefd op haar, Chris.'

Chris voelde de bekende spanning tussen hen. Hij dacht aan Suzy's foto, de foto waar Zach onafgebroken naar staarde. 'Suzy was een eenvoudig Amish meisje, hè? Wat denk je dat ze zou vinden van die grote foto die op je prikbord hangt?'

Zach knikte en keek uit het raam. 'Ze zou niet Amish gebleven zijn.'

'Misschien niet. Maar het is alsof je een soort altaar hebt opgericht.'

'Ik wil haar gewoon niet vergeten.'

Chris boog zich naar zijn broer toe en Zach wendde zijn blik af. 'Is het ooit bij je opgekomen dat foto's bij de Amish verboden zijn juist *omdat* het afgoden kunnen worden?' Chris keek zijn broer strak aan. 'Misschien heb jij dat bij Suzy gedaan.'

Weer klemde Zach zijn kaken op elkaar. 'Ik voel me *schuldig*, ja? Dat gaat niet weg. Ze kon niet zwemmen, Chris. We hebben er een zootje van gemaakt.'

Chris slikte moeilijk. 'Ja, dat weet ik.'

'Nou, dan… wat wil je van me?'

'Dat je doet wat we van anderen vragen.'

'Wat?'

'Gods vergeving aanvaarden.'

Zach ademde hard uit en sloeg zijn ogen neer. Hij schudde zijn hoofd. Ten slotte knikte hij, de tranen stroomden over zijn wangen. 'Goed. Ik snap het. En ik doe mijn best, oké? Ik doe mijn best…'

Chris pakte zijn broer bij de pols. 'Nou, doe dan niet zo je best, sufferd. Hou op met vechten. Laat het aan God over.'

'Ik heb meer tijd nodig,' fluisterde Zach slikkend. 'Het valt niet mee.'

'Neem alle tijd die je nodig hebt, maar sluit mij niet buiten. En duw pap en mam niet van je af.'

Zach snufte en veegde zijn ogen af. Er verstreek een tijdje tot er een spoor van een glimlach om zijn lippen speelde. 'Weet je, soms kun je echt irritant zijn.'

Chris grinnikte. 'Omdat ik gelijk heb?'

'Nee, omdat je irritant bent.'

'Dat is mijn geboorterecht, hoor. Ik ben de oudste broer.'

Zach zuchtte opnieuw, zijn glimlach verflauwde. 'Goed. Ik zal de foto er afhalen.'

Chris knikte. 'Zeg, ik wil gewoon mijn broer terug.'

Zach staarde strak naar zijn ijs en zei zacht: 'Het is moeilijk om je vergeven te voelen.'

'Weet ik, man. Weet ik.'

Zach at zijn ijs op en met z'n tweeën sjokten ze de trap op. Chris maakte zich geen illusies. Het zou niet van de ene dag op de andere veranderen, maar voor het eerst in lange tijd voelde hij een sprankje hoop. De oude Zach was beslist niet voorgoed verdwenen.

★

Die middag bracht Nellie Mae opnieuw een bezoek aan Rosanna. Ze kon zien dat haar vriendin weinig of niet geslapen had. Haar ogen waren gezwollen en rood, en haar wangen waren ook pafferig.

Rosanna hielp Nellie uit haar jas. Toen omhelsde Nellie Rosanna en drong erop aan dat ze ging zitten.

Rosanna nam gehoorzaam plaats in een stoel bij de kachel. 'Elias is er gisteravond heen gegaan. Je vader ook, begreep ik...' Haar stem klonk vermoeid.

Nellie knikte.

'Kate en John veranderen niet van gedachten. We zullen moeten afwachten wat de bisschop ervan zegt.'

Ze zaten een paar minuten zwijgend bij elkaar terwijl Nellie opwarmde. Ze wilde de kleine Rosie niet vasthouden met zulke koude handen. Bovendien lag Rosie lekker te slapen, en Rosanna vertelde hoeveel moeite ze had gehad om haar rustig te krijgen sinds Kate maandagochtend was vertrokken met Eli.

'Het is niets voor haar,' zei Rosanna. 'Kan het zijn dat ze mijn verdriet voelt?'

'Ik denk van wel.' *Vast en zeker,* dacht Nellie bedroefd.

'Je weet dat ik vaker baby's heb verloren, Nellie Mae... voordat ze geboren waren. Maar dit...' Ze snufte. 'Dit is het ergste, dat er een baby wordt weggehaald die ik bijna twee maanden in mijn armen heb gehouden.'

Nellie kreeg tranen in haar ogen en ze pakte Rosanna's hand en kneep erin. Toen zei ze: 'En als ik mama's verhalen hoor over Thomas en Jeremiah... Tweelingen zijn zo aan elkaar gehecht. Misschien mist ze Eli ook.'

'*Jah,* ik denk het. Ze zijn tenslotte samen in de schoot gegroeid.'

Nellie dacht aan de praatjes onder de *Englische* klanten. 'Sommige mensen zeggen dat het ongezond is om een tweeling te scheiden.' Het was eruit voordat ze het wist.

'O, dat geloof ik best.' Rosanna keek naar de box, die net buiten bereik van de houtkachel stond. 'Je hoeft me niet te vertellen dat Rosie Eli mist, op haar manier. En anders heeft ze verschrikkelijke buikkrampjes.'

Het was zo fijn om twee dagen achter elkaar bij Rosanna te zijn, net als toen ze meisjes waren. Onder andere omstandigheden natuurlijk, zouden ze de hele middag aan een quilt werken, of jurken en schorten naaien. Ze durfde niet te vragen of Rosanna een quilt op het frame had staan, en of het frame zelfs maar opgezet was. Ze was wel wijzer. De laatste tijd had Rosanna al haar tijd nodig gehad om voor Eli en Rosie te zorgen.

Nellie had een idee. 'Ik zal eten koken voor jou en Elias, dan kun jij naar boven gaan om een beetje te rusten.'

Rosanna's gezicht klaarde op. 'Wil je dat doen?'

'Ik wil doen wat ik kan om te helpen.'

Rosanna knikte glimlachend. Ze liet haar zien waar Rosie's volgende fles stond in de koelkast. 'De voeding is al klaar. Gewoon even schudden en opwarmen als ze wakker wordt.'

'Ik zorg wel voor Rosie. Maak je maar geen zorgen.' Nellie keek haar vriendin na, die naar de trap wankelde en langzaam naar boven klom. *Ze is duidelijk uitgeput.*

Als haar komst Rosanna's smart ook maar een beetje kon verlichten, was Nellie al heel blij.

★

Toen Nellie die avond thuiskwam van Rosanna, zaten Nan en Rebekah lekker bij het fornuis in de Bijbel te lezen die Nan en Rhoda een tijdje geleden hadden aangeschaft. Nan vroeg Nellie bij hen te komen zitten, maar Nellie weigerde en gebruikte de laatste rondzendbrief als excuus. Toen ze haar nichten op de hoogte had gebracht van de laatste gebeurtenissen, schreef ze ook nog een persoonlijke brief aan nicht Treva, in de hoop ze tegelijk op de post te kunnen doen.

Toen dat klaar was, keek ze op en vond troost in de aanblik van pa en mama, die met hun hoofden bij elkaar als twee tortelduifjes in de Schrift zaten te lezen. Pa las nog steeds elke avond hardop voor aan allemaal, maar hij en mama namen steeds vaker de tijd om extra te studeren.

Op ogenblikken als deze miste Nellie Rhoda het meest. Alles liep hier uit de pas zonder haar oudste zus. Het was vreemd om te weten dat Rhoda bij James en Martha verbleef, maar Nellie was blij dat Rhoda bij familie was, al was die familie dan ook 'gevallen voor de wereld', zoals pa had geklaagd.

Ze hoopte dat het roddelcircuit het mis had en dat James niet net als Rhoda een auto had gekocht. *Als Caleb heeft gehoord dat er twee auto's zijn in de familie Fisher, is het geen wonder dat hij achter Susannah aanzit!*

Hoofdstuk 31

Halverwege de ochtend van de volgende dag werd het vruchtbare akkerland, sinds lang begraven onder meer dan dertig centimeter sneeuw, omsloten door zware wolken. Nellie Mae trok lang ondergoed aan onder haar jurk en droeg laarzen en verscheidene laagjes kleding om de post op te gaan halen. Ze ademde oppervlakkig toen ze terugliep naar huis, zodat haar longen geen pijn deden door de vrieskou.

Wanneer begint al die sneeuw en dat ijs te ontdooien?

Uiteindelijk zou het lente worden, maar de opvattingen in de Gemeenschap van Eenvoud zouden vast niet ontdooien. Het lot van velen was nog onbeslist, en ze wisten allemaal wat er komen ging. Zou door de scheuring de eenheid in families en de gemeenschap verwoest worden, ondanks de beslissing van oom Bisschop om de *Bann* tijdelijk op te schorten?

Nellie droeg de dikke stapel post naar huis en keek de brieven door. Haar hart sprong op en zonk weer even snel toen ze Calebs handschrift zag. Ze kreunde bedroefd. Schreef hij om het uit te maken? Ze moest de brief vlug lezen, en niet wachten zoals ze soms had gedaan als ze op haar gemak wilde genieten van zijn woorden van liefde.

Ze keek of mama haar soms nodig had in de winkel. Voor de verandering waren er weinig klanten, dus ze ging naar huis en trok haar laarzen uit. Met haar jas nog aan en haar sjaal nog om rende ze naar boven naar haar kamer en deed de deur dicht voordat ze de brief openmaakte. Ze las hem vlug door en zuchtte van verlichting dat het een brief met een verklaring was.

Dus de ontmoeting met Susannah Lapp was in opdracht

van zijn vader? Wat was het voor een man die zulke dingen eiste, vooral als hij afwist van de liefde van zijn zoon voor een ander?

Ondanks Calebs poging tot een uitleg kon ze het zorgwekkende besef niet kwijtraken dat haar *beau* bijna alles zou doen voor het land van zijn vader. Hij had hun liefde op het spel gezet, ook al was het niets geworden met Susannah, anders had hij haar wel mee uit rijden genomen. Nu had zijn zus Rebekah naast hem gezeten na de zangavond, niet de flirtende Susannah.

Ze las nog eens de veelzeggende zin: *Alleen door één keertje te praten met Susannah kon ik zeggen dat ik mijn vaders wens had gehoorzaamd, en dat wilde ik gauw achter de rug hebben.*

Hoe sceptisch ze ook stond tegenover Calebs motieven, ze probeerde niet te huilen. Ze had genoeg gehuild om Caleb Yoder; als je zo innig van iemand hield, kwam er altijd pijn bij. *Kijk maar naar Nans verdriet om haar vroegere* beau.

Liefde en verliefdheid konden een grote mate van verdriet met zich meebrengen. Wie zou dat bestrijden? *Behalve mama misschien, die het zo getroffen heeft met pa.*

Nellie vouwde de verbijsterende brief weer op en legde hem onder de matras, naast Suzy's dagboek, en ging naar beneden om haar laarzen aan te trekken. Ze liep terug naar de bakkerswinkel, twijfelend aan haar besluit. Ze voelde zich diep mismoedig als ze dacht aan de wig die Caleb tussen hen had gedreven, en dat allemaal in naam van gehoorzaamheid aan zijn vader. Ze beraadslaagde bij zichzelf. Moest ze Caleb nog een kans geven? Was hun liefde sterk genoeg om deze storm te doorstaan?

Ze moest ophouden met twijfelen en een besluit nemen. *Jah, misschien is het een goed idee om hem zijn verhaal te laten doen.* Opnieuw zou ze de ijzige kou trotseren om haar *beau* te zien, al zou dit keer haar enthousiasme haar niet verwarmen.

Rhoda draaide twee keer rond voor mevrouw Kraybill. 'En? Wat vindt u ervan?' Ze showde een chocoladebruine, halflange rok, roodbruine modelaarzen, en een goudsatijnen blouse met lange mouwen en een aangemeten diepbruin vest van katoenfluweel – het schitterendste pakje dat ze ooit had gezien. Rhoda had het gisteren pas gekocht in Lancaster, op het plein bij het warenhuis van Watt and Shand. Het leek perfect voor deze zondagavond in het mooie huis van de Kraybills – de avond dat ze Ken zou ontmoeten.

De ondernemende winkelbediende had ook geprobeerd haar in de richting van de make-upstand te sturen. Ze had gezegd hoe ontzettend modieus valse wimpers op dit moment waren, waarop Rhoda had gedacht dat de wimpers die God haar had gegeven dik genoeg waren. Het was makkelijk te zien dat de bediende zelf valse wimpers op haar ogen had geplakt, want er zat een kloddertje lijm op haar ooglid. Rhoda had haar lachen haast niet kunnen inhouden. *Erg modieus, inderdaad!* Die vergissing kon ze makkelijk vermijden.

'Je draait almaar rond, je hoopt zeker dat ik zal zeggen dat ik het mooi vind?' Mevrouw Kraybill streek glimlachend langs de zachte stof van Rhoda's mouw.

'Plaagt u me?' vroeg Rhoda, ineens minder zeker van haar aankoop.

Mevrouw Kraybill deed een stap achteruit. 'Rhoda Fisher, je bent erg elegant. Onze neef zal het prachtig vinden… en dat is toch wat je wilt bereiken, nietwaar?'

Rhoda bloosde onbedwingbaar. Ze wilde niet openlijk toegeven dat ze er mooi en stads uit wilde zien. Maar ze wist dat de snit van deze kleding een grote hoeveelheid pondjes verborg en haar beste punten benadrukte, en dat was haar hoofddoel. 'Ik wil alleen niet voor gek staan.'

'*Ach*, Rhoda, daar maak je je toch zeker geen zorgen over?'

'Nou, ik pas eigenlijk niet in uw familie. Ik ben net een maïskorrel die van de kolf is gehaald.'

Mevrouw Kraybill moest weer lachen en algauw lachte Rhoda mee. Wat hadden ze het gezellig samen!

Mevrouw Kraybill gebaarde dat ze op de bank moest gaan zitten. 'Je bent lieftallig zoals je bent, Rhoda, ook als je je Amish kleedt. Vergeet nooit om jezelf te zijn. Het is niet nodig om een ander na te doen.'

Mevrouw Kraybill voelde klaarblijkelijk niet aan hoe ontevreden Rhoda was met haar gewicht, haar uiterlijk, en haar leven in het bijzonder. Afgezien daarvan ging ze niet vissen naar meer complimenten, die haar alleen maar meer verlegen maakten.

Mevrouw Kraybill sloeg haar armen over elkaar en bleef Rhoda bekijken, duidelijk tevreden over de combinatie van rok, blouse en vest. 'Of je nu dat draagt of je gewone Amish kleding, je ziet er prima uit. Het is alleen aan jou.'

Rhoda vond het wonder-*gut* om dat te horen. Ze was niet op veel terreinen van het leven aangemoedigd om zo veel zelfvertrouwen te tonen, zeker niet door een andere vrouw. De vrouwen die zij kende, ook mama, beknotten iedere neiging tot onafhankelijk denken.

'Dan draag ik dit.' Met een zwierig gebaar zette ze haar bril recht. 'Misschien doe ik ook mijn *Kapp* wel af en koop ik een andere bril.'

'Dus dat is afgesproken.'

'Dank u voor uw mening,' zei Rhoda, blij dat ze erom had gevraagd. Straks kwam James om haar mee naar huis te nemen, waar Martha haar hulp kon gebruiken met de kinderen.

Rhoda dacht aan de manier waarop mama haar had opgevoed, tot onderdanigheid en volkomen respect voor gezag. Hoewel Martha nu *Beachy* Amish was, zou haar dochter Emma in diezelfde stijl worden opgevoed, maar minder streng. Meisjes van Eenvoud groeiden op tot volgzame jonge vrouwen, zonder iets anders te kennen.

Waarom moet ik dan naar iets anders hunkeren?

Hoewel Martha met de dag vooruitstrevender werd, wist Rhoda precies wat Martha en ook mama zouden vinden van haar nieuwe kleren en haar stoutmoedige plan om een man aan de haak te slaan. Ze wist het… en huiverde.

★

Tussen het borstelen van de veulens, die groeiden als kool, en het opstrooien, lukte het Reuben om even vlug een bezoekje te brengen aan zijn broer bisschop Joseph.

Hij vond hem slapend in zijn stoel bij de kachel, met zijn grote Duitse Bijbel opengeslagen op zijn schoot. De bisschop keek op toen Reuben de keuken binnen werd gebracht door Josephs oudste kleindochter, die zich gauw uit de voeten maakte. Ze ging naar de voorkamer, waar ze met Anna aan het quiltframe had gezeten.

Hij wachtte terwijl Joseph zijn excuus maakte dat hij midden op de dag in de Bijbel zat te lezen. 'En let wel, niet te bestuderen,' zei de bisschop voordat hij hem dichtsloeg. 'Wat brengt je hierheen in dit barre weer?'

Reuben trok een stoel bij. Het had geen zin om er gras over te laten groeien. 'Je weet natuurlijk dat de Beilers zich bedacht hebben over hun jongste zoon Eli. Een van de tweeling die ze aan de Kings hebben gegeven.'

Joseph kneep zijn al turende oogjes achter zijn bril tot spleetjes. 'Ik heb zoiets gehoord.'

'Dan weet je dus dat Kate Eli heeft teruggehaald?'

Joseph knikte langzaam.

Reuben zuchtte, hij wist niet of hij iets bereikte bij zijn broer, wiens ogen bijna dichtvielen. 'Ik was laatst bij John om erover te praten toen Elias verscheen, buiten zichzelf. Uiteindelijk heb ik er met allebei een poosje over gepraat, en ten slotte heb ik voorgesteld om jou de kwestie voor te leggen. Ze gingen daar beiden mee akkoord.'

'Zo.' Zijn broer keek ernstiger dan ooit.

'Rosanna is in diepe rouw om het kleine jongetje dat ze zou opvoeden, en Kate wil hem net zo graag houden. Wat Elias betreft, ik heb met mijn eigen ogen zijn verdriet gezien.'

'Maanden geleden heb ik de Beilers mijn zegen gegeven om hun kinderen weg te geven, *jah*?'

'Daar moet je goed over nagedacht hebben, bisschop,' hielp hij.

Joseph stond op en liep naar de gootsteen om een glas water te pakken. 'Maar nu heb je het over het heden… en de toekomst.'

'Het heden is vol droefheid en pijn voor Elias en Rosanna.'

Joseph draaide zich om met zijn glas water in de hand. 'En de toekomst van de kinderen?'

'Daarom ben ik hier… in de hoop dat jij wijze woorden te spreken hebt in de kwestie. De Gemeenschap van Eenvoud is verscheurd. Niet alleen over de kerkscheuring, maar veel mensen kiezen ook partij in de kwestie van de tweeling.'
Joseph schudde zijn hoofd.

'Worden de kinderen in verschillende gezinnen grootgebracht?'

'Voorlopig wel.'

Joseph krabde op zijn grijze hoofd. 'Tot wanneer?'

'Tot jij tussenbeide komt in dit flauwe gedoe. Daar zijn John en Elias het over eens. Ze hebben afgesproken dat ze zullen doen wat jij zegt.'

Joseph haalde zijn schouders op en smakte met zijn lippen. 'Goed. Ik zal volgende week met hen gaan praten.'

Reuben vond het akelig om aan zijn broer de bisschop te twijfelen. 'Dan pas?'

'Ik vind dat je hun ruim de tijd moet geven om het zelf op te lossen.'

Weer voelde hij zich verplicht om iets te zeggen. 'Een hele week is een eeuwigheid voor Rosanna.'

'En voor de kleintjes?'

Zo had Reuben het niet bekeken, maar dat was waarschijnlijk ook waar. Hij knikte. 'De kleintjes hebben klaarblijkelijk veel verdriet in hun hart. Allebei.'

Joseph trok een diepe frons in zijn gerimpelde voorhoofd. Hij trok hard aan zijn baard, die haast langer leek te worden. 'Een lastige toestand, dat moet ik zeggen.'

Reuben wilde niet nog een keer vragen of hij eerder wilde gaan. Zijn broer stond erom bekend dat hij milde besluiten nam en de conflicten onder hen gewoonlijk verstandig aanpakte. Ze zouden simpelweg moeten wachten. 'Volgende week dus,' stelde Reuben.

Joseph knikte kort. '*Jah.* Zeg maar dat ik dan kom.'

Hij bedankte Joseph en snelde de achterdeur uit. Hopelijk had hij wat terrein gewonnen voor beide families, al kon hij in de verste verte niet vermoeden wat bisschop Joseph zou besluiten.

Het is niet aan ons om uur en tijd te kennen, noch het hart van de mens… maar om simpelweg te vertrouwen.

Tijdens de rit naar huis bad Reuben voor een bevredigende afloop voor beide partijen, een afloop waardoor Eli en Rosie konden opgroeien als broer en zus, niet als neef en nicht. Maar waar Reuben vooral voor bad, was dat ze hun Heiland mochten leren kennen.

Hoofdstuk 32

Zaterdagavond na het eten glipte Nellie de achterdeur uit. Haar vader was bezig het familierijtuig achter het paard te spannen. Omdat ze niet opgemerkt wilde worden, rende ze de laan af naar Beaver Dam Road.

'Waar ga je heen, Nellie Mae?' riep haar vader haar achterna.

'O, even naar buiten.'

'Waarom rijd je niet met mij mee?' bood hij aan. 'Ik ga bij Elias King op bezoek. Moet je dezelfde kant op?'

Verbijsterd nam ze het aan, blij dat ze het warmer zou hebben als ze bij de molen aankwam. '*Denki*, dat zou heel fijn zijn.'

Hij trok de singel aan en keek de riemen na. Toen hij op de bok zat en de teugels in zijn hand hield, zei hij: 'Spring er maar in, Nellie.'

Ze had zich nog nooit zo opgelaten gevoeld, alleen in het rijtuig met haar vader op een avond die bestemd was om bij een *beau* te zijn.

'Als je die lucht ziet, krijgen we nog meer sneeuw,' begon pa een praatje.

'Ik kan niet zeggen dat ik er zin in heb.'

'Ik ook niet, eerlijk gezegd.' Ze reden een eindje en toen voegde hij eraan toe: 'De weerman zei dat er vanaf morgen verandering komt.'

'Echt?' Het verbaasde Nellie dat haar vader zoiets wist.

'Dat heb ik bij James gehoord.'

Ze verstrakte. 'Dus mijn broer heeft een radio?'

Pa scheen onwillig te zijn om er verder over te praten. 'Het schijnt dat hij de verkeerde kant op gaat, op dit moment althans. Het is niet te zeggen of hij ermee door zal gaan. Hij popelt gewoon om ergens te zijn waar hij nog nooit geweest is.' Pa zuchtte. 'Begrijp je?'

'Ik geloof van wel.' Ze begreep dat haar vader bedoelde dat James niet puur op het verkeerde pad was, maar dat hij er alleen mee speelde. 'Sommige mensen moeten er zelf achter komen dat wat ze gemist hebben, niet is wat ze willen.'

Pa draaide zich met een glimlach naar haar om. 'Dat is precies wat ik bedoel, Nellie Mae.'

Geen wonder dat mama pa zo interessant vond. Met haar vele broers en zussen had Nellie hem zelden voor zich alleen gehad.

'Ik moet zeggen dat er hoop genoeg is.' Hij boog zich naar voren en keek omhoog naar de lucht.

Ze zei niets meer, en pa ook niet. Zijn laatste woorden bleven tussen hen in hangen.

Hoop…

Algauw kwam Elias' oprijlaan in zicht en pa stopte langs de weg om haar uit te laten stappen. Ze zwaaide naar hem, blij dat hij niet had gevraagd waar ze heen ging. Er was geen maan om haar weg te verlichten, en ze was blij dat de oude molen maar een klein eindje weg was.

★

Nellie zag de achterkant van Calebs open rijtuigje toen ze de bocht om kwam, en opnieuw voelde ze de stortvloed van verdriet toen ze hem met Susannah Lapp had gezien. Hij stond op haar te wachten, geparkeerd om de hoek van de molen.

Ze slikte haar tranen in en liep door. Ze wilde zichzelf niet voor schut zetten door op hem af te rennen, alsof ze snakte naar zijn omhelzing, hunkerde naar de goede Caleb die ze kende en van wie ze hield.

'Nellie Mae… hier,' riep hij en stapte van zijn rijtuigje af.

Hij moest haar laarzen op de sneeuw hebben gehoord.

'Ik zie je, Caleb!'

Hij kwam snel op haar af. 'Ik ben zo blij dat je gekomen bent.' Hij sloeg zijn armen stevig om haar heen.

Na een tijdje maakte ze zich los.

'*Ach*, je hebt een heel eind gelopen.' Hij pakte haar hand en nam haar mee naar het rijtuig. Hij tilde haar op als een pop, zette haar in zijn rijtuig en sprong er zelf ook in om naast haar te komen zitten.

'Gelukkig kon ik met mijn vader meerijden.' Ze legde uit dat pa bij Elias King op bezoek was gegaan. 'Wat een droevig verhaal is dat.'

'Maar de Kings hebben toch een verkeerde keuze gemaakt?'

Nellie zette haar stekels op. Ze dacht eraan hoe ze Rosanna had getroost. 'Het is waar dat Elias zich afgewend heeft van de *Ordnung*. Daar zijn John en Kate woest om geworden.'

'Dat is toch begrijpelijk.'

Deze avond begon verkeerd. Waarom bleef hij in deze geest doorgaan, terwijl hij in zijn brief had aangegeven dat hij het goed wilde maken?

'Ik vind, beloofd is beloofd… en een belofte moet je nakomen.' Ze had gezegd wat ze er echt van vond dat de Beilers hun tweeling aan Elias en Rosanna hadden gegeven. En ook wat ze van Caleb vond.

Ze stak haar nek zelfs nog verder uit. 'En hoe moet ik in die zin begrijpen wat jij en Susannah Lapp zondagavond samen deden?'

'Nellie Mae… liefje, je hebt toch mijn brief gelezen?' Hij sloeg zijn arm om haar heen. 'Daarom ben je hier, *jah*?'

'Ik ben hier omdat ik wil dat je me vertelt hoe je terug kon komen op je woord, door met een ander meisje te gaan. We zijn verloofd, Caleb.'

'Ik heb je al gezegd…' Hij zweeg even. 'Als ik het allemaal

over kon doen, zou ik tegen pa in opstand komen en niet op Susannah af gaan.'

Ze staarde hem aan, onzeker of ze hem moest geloven.

'Susannah geeft alleen maar problemen,' zei hij.

'Ik moet er niet aan denken hoe je ervoor zou staan als je inderdaad je vader ongehoorzaam was geweest.'

'Dan was ik eruit gegooid, net als Rebekah.' Hij keek haar aan. 'En ik zou het land kwijtraken.'

'En waar zou je heen gaan als je vader je eruit schopte?'

Hij zweeg een tijdje. Toen zuchtte hij diep. 'Ik weet het niet. Misschien naar mama's familie… Die hebben een leeg-staand *Dawdi Haus*.'

Ze kon zijn ogen niet zien, noch zijn hele gezicht. Zijn antwoord verwonderde haar. Gooide hij zomaar iets op tafel om overtuigend te klinken?

Ze kon het niet weten, want hij had al de keuze gemaakt om zijn vaders bevel uit te voeren. Hij had geflirt met Susan-nah, geprobeerd om… wat? Maar nee, Nellie ging niet vra-gen wat hij in gedachten had gehad, of wat zijn vader had gehoopt dat er van deze ontmoeting was gekomen. Dat was te pijnlijk.

Caleb verbrak de stilte om haar dicht tegen zich aan te trekken. 'Weet je zeker dat je het warm genoeg hebt? Je bib-bert zo. Ik zou het vreselijk vinden als je ziek werd. Zullen we bij mijn grootouders thuis gaan opwarmen? Dan kan ik je het *Dawdi Haus* laten zien waar ik het over heb.'

'*Ach*… ik weet het niet, Caleb.'

'Daar zullen de ouders van mijn vader intrekken als jij en ik getrouwd zijn. Mama's familie woont in het grote huis… dus het *Dawdi Haus* staat leeg.'

'Leeg?'

'*Jah*. Er is zelfs nog een tweede kleinere uitbouw aan ge-maakt… en ze staan allebei voorlopig leeg. Eens zal het vol zitten met onze ouder wordende familieleden… Van jou en van mij.'

Ze had zelfs weleens vier uitbouwen gezien die vastzaten aan een boerderij, in verschillende formaten, dus dat was niet zo raar. Het was zijn voorstel om erheen te gaan dat haar verbaasde.

'Weet je zeker dat dat goed is?' vroeg ze.

'Waar kunnen we beter heen op een ijskoude avond? Het is toch dom om midden in de winter in een open rijtuig te gaan zitten?'

Dat vond ze ook en ze begon al minder te bibberen.

'Niemand hoeft het te weten,' zei hij. 'Als je je daar soms zorgen over maakt.'

Voordat ze hem nog meer kon vragen, voegde hij eraan toe: 'Het is niet zo dat we niet eerder alleen zijn geweest. Als paartje zouden we zelfs samen in je slaapkamer mogen zijn.'

Dat wist Nellie heel goed – ze had een speciaal tweezitsbankje voor zo'n gelegenheid – maar ze wist niet waarom hij dat laatste er zo vlug aan toevoegde. Maar hij had gelijk. Waar ze ook heen gingen, ze zouden alleen zijn, dus waarom niet beschutting tegen de kou gezocht bij een lekker vuurtje?

★

Er stroomde gouden licht uit Rosanna's keuken toen Reuben de wollen deken van zijn tuigpaard nam en zich opmaakte om naar huis te gaan. Nooit zou hij de blik van verwachtingsvolle argeloosheid op de gezichten van Elias en Rosanna vergeten. Hij had een kort gebed voor hen uitgesproken, en God ook gevraagd de kleine tweeling veilig te bewaren. Aan het eind had Elias zelf gevraagd om 'wijsheid van boven', en dat gaf Reuben hoop. Het jeugdige paar was in korte tijd gegroeid in de kennis van God, en nu al werden ze ernstiger beproefd dan Reuben zelf meende te kunnen dragen.

Betsy en hij hadden nooit moeite gehad met het verwekken en ter wereld brengen van hun negen kinderen. Het was bijzonder tragisch om je eerste zoon aangeboden te krijgen onder het mom van een geschenk uit de hemel, alleen om hem weer te moeten laten afnemen.

★

Martha had Rhoda gevraagd om Emma en Matty voor te lezen uit *Oom Arthurs Verhaaltjes voor het Slapen Gaan* terwijl Benny en Jimmy samen in bad gingen. Rhoda vond dat ze in de schuld stond bij haar broer en schoonzus die haar onderdak boden, en deed graag wat ze kon om Martha's haast eindeloze taken te verlichten. Emma en Matty zaten lekker schoon in hun pyjamaatje, klaar voor *Aendi* Rhoda om het verhaal te lezen van *Susie en de Schaar.*

Matty kroelde tegen haar aan op het bed en Emma zat met haar beentjes over elkaar onder haar lange katoenen nachtpon en badjasje. Halverwege het verhaal besloot Matty dat hij liever wilde dat mama voorlas, en algauw deed Emma mee. 'Mama, mama…' Rhoda besefte dat ze een armzalige vervanging was voor hun moeder.

'Als ik eens een liedje zong?' vroeg Rhoda.

'Zing maar over Jezus,' opperde Emma met een glimlach.

Rhoda wist niet wat voor soort liedje ze bedoelde. 'Zing jij er maar eentje, liefje.'

'Jesus liebt mich…' zong Emma met haar kinderlijke stemmetje, en Matty zong zo goed mogelijk mee. Toen ze uitgezongen waren, grinnikte Emma en keek haar vol in het gezicht. 'Het is toch waar?'

Rhoda wist niet wat ze moest zeggen. Tot nu toe had ze er niet over nagedacht of Jezus van haar hield. De prediker in het kerkgebouw zei het, maar Rhoda had er nooit zo over nagedacht.

Martha verscheen in de deuropening om de kinderen welterusten te kussen en aan te geven dat het bedtijd was. Ook Rhoda zei welterusten en kuste hun zachte voorhoofdjes.

Glimlachend keek Rhoda over haar schouder voordat ze de deur dichtdeed. Zulke schattige kleintjes. Nu was het haar beurt om in bad te gaan, maar eerst wilde ze met Martha de plannen voor morgen bespreken, dus ze volgde haar door de gang en bleef stilstaan voor de slaapkamerdeur van Martha en James. 'Mag ik even binnenkomen?'

'Natuurlijk, Rhoda.'

'Vind je het goed als ik de deur dichtdoe?'

Martha's gezicht verhelderde. 'Aha, geheimen?'

'Niet echt.' Maar ze bedacht zich. '*Jah*, eigenlijk wel.' Ze begon te vertellen over haar plan om morgenavond als Ken kwam bij de Kraybills te blijven eten. 'Wat vind je ervan?'

'Het lijkt erop dat je snel afstand neemt van de Gemeenschap van Eenvoud, *jah*?'

Dat klopte, en het speet haar niets.

'Mijn moeder zei altijd dat je alleen uit moet gaan met de man met wie je wilt trouwen.' Martha ging op het voeteneind van het bed zitten.

'Daar kan ik het nut van inzien,' zei Rhoda.

'Dus wat wil je met een *Englische* man?'

'Hij is niet Amish, dat wil ik ermee.' Het klonk waarschijnlijk onbeschaamd.

Martha keek haar onderzoekend aan. 'Ben je klaar om het Amish leven achter je te laten?'

'Het is moeilijk.' Rhoda zuchtte. 'De ene dag denk ik van wel. De andere dag niet.'

'Je zult best goede dingen ontdekken in de wereld – kijk maar naar ons, we hebben een radio… en een auto nog wel. James zegt dat we daarmee het Evangelie beter kunnen verspreiden – en we kunnen meer gelovigen bezoeken en zo.'

'Dus je wilt zeggen dat jullie Amish blijven, maar in sommige opzichten niet?'

'We zijn apart gezet, maar we willen vaker dan twee keer per maand naar de kerk reizen. Met de auto zijn we er vlugger en misschien kunnen we onderweg anderen ophalen.

Voor ons is het gewoon een beter rijtuig, niet iets om trots op te zijn.'

'Het is allemaal zo verwarrend,' bekende Rhoda.

'James vindt dat het mogelijk is om te zeggen dat je weet dat je verlost bent en toch Amish blijven.'

'Je kleedt je van Eenvoud, maar je rijdt in een auto en belt mensen op, bedoel je?'

'Waarom niet?'

Daar dacht Rhoda over na. Martha scheen eruit te zijn. Was zijzelf maar zo zeker van haar zaak.

★

Nellie voelde zich opgelaten, verlegen zelfs, toen Caleb haar meenam het donkere huis in, de deur voor haar openduwde en vlug achter hen dichtdeed. Hij leunde ertegenaan en nam haar zacht in zijn armen. 'Kom hier, lief...'

Ze bewogen nauwelijks terwijl hun ogen wenden aan het schemerlicht, hoewel zij de hare voornamelijk gesloten hield. Ondanks zichzelf, ondanks alles wat er gebeurd was – alle krachten die hen uit elkaar dreigden te houden – genoot ze van zijn verrukkelijke nabijheid. Haar gebroken hart werd geheeld in zijn geruststellende omhelzing, en ze duwde de herinnering weg aan alle verdrietige uren na de schrik van afgelopen zondag, en hoopte... wilde dat wat ze gezien had met Susannah Lapp maar een nare droom was.

'Het spijt me,' fluisterde hij in haar oor. 'Vergeef je me?'

Kon ze dat? Ze begon te huilen.

'Ik heb een verkeerde keuze gemaakt, dat weet ik nu.' Hij streelde haar gezicht met de rug van zijn hand. 'Ik hoefde niet met Susannah te praten om te weten dat zij het niet is die ik wil.'

Nellie kon haast niet praten door de tranen. 'Ik wil je geloven... ik wil het echt.'

'Ik maak het goed, lief.'

'*Jah*, ik vergeef je.' Ze veegde haar tranen weg.

Hij knikte. Ze zag hem vaag in het zwakke licht dat weerkaatste tegen de sneeuw buiten. Het zwarte silhouet van de schuur, waar hij zijn open rijtuig en zijn uitgespannen paard had neergezet, vulde een groot deel van het uitzicht door het achterraam van het *Dawdi Haus*.

'Weet je zeker dat het wel verstandig is... dat we hier zijn, Caleb?'

Hij kuste haar op haar wang, en toen het puntje van haar neus. 'We zijn nu samen. Binnenkort zullen we altijd samen zijn.'

Moest ze zwichten voor zijn vurige liefde en gewoon genieten van zijn nabijheid – deze bijna al te speciale intimiteit?

'Ik hou van *jou*, Nellie Mae.' Hij trok haar nog dichter tegen zich aan.

Een onbekend, haast extatisch gevoel overspoelde haar. Het was waarschijnlijk verkeerd om eraan toe te geven, maar ze wilde zo graag. 'Mijn Caleb...' Ze sloeg haar armen om zijn hals.

Hij kuste haar haargrens en stootte in zijn enthousiasme haar *Kapp* naar achteren. 'Ik was bang dat ik je kwijt was.'

Nellie kon haast niet ademhalen, met haar gezicht tegen het zijne. Er klikte iets in haar, als een alarm dat ergens in de verte afging. Hun tederheid voor elkaar was veel te sterk om de teugels te laten vieren. Ze moesten hier niet blijven, in deze verleidelijke afzondering. Langzaam en bewust maakte ze zich los, hield hem op een armlengte van zich af. 'We... moeten hier niet blijven...'

'Waarom niet?'

Ze week achteruit. Ze werd helemaal *ferhoodled*, zo dicht bij Caleb. 'Ik vind dat we echt beter kunnen gaan.'

'Laten we nog even een poosje praten. Kom, ik leg een vuur aan.'

Ook zonder de houtkachel aan te steken, was het in de

keuken van dit knusse *Dawdi Haus* veel warmer dan in Calebs open rijtuigje. Ze huiverde bij de gedachte om terug te keren naar de elementen voor de lange tocht naar huis.

'Wat is er?' Zacht trok hij haar weer tegen zich aan. 'Ben je bang?'

'*Jah*, een beetje.'

'Er is niets om bang voor te zijn. Dat beloof ik.' Hij leidde haar door het donker van de kleine keuken naar de even knusse zitkamer, waar een gestoffeerde bank stond naast een zwarte kachel.

Ze liet hem haar hand kussen. Hoelang was hij van plan om hier te blijven? 'Caleb... ik...'

Hij legde zijn vinger tegen haar lippen. 'Je hoeft je geen zorgen te maken. Laten we gewoon genieten van deze avond.'

Dat was precies waar ze naar verlangde... maar zonder het te beseffen, had ze een stapje opzij gedaan.

Caleb kwam haar achterna. 'Doe maar net alsof we aan het rijden zijn in mijn open rijtuig, Nellie Mae... wat zou je daarvan zeggen?' Hij kuste haar wang. 'Kun je het niet zo zien?'

Kan ik dat? Dit was een heel andere omgeving dan een ritje in zijn open rijtuig, of zelfs naast hem zitten op de gietijzeren bank bij de molenbeek. Dat wist iedereen.

Dit keer trilde Caleb toen hij haar tegen zich aanhield, en ze kon er alleen nog maar aan denken hoe heerlijk het was om zo dicht bij hem te zijn.

'*Jah*... dat kan,' zei Nellie ten slotte, en haar bezorgdheid verdween toen ze zich opnieuw overgaf aan zijn tedere omhelzing.

Hoofdstuk 33

De bank was haast te klein voor hen tweeën, maar Caleb en zij hadden nu al bijna een uur zitten fluisteren, genietend van de warmte van het vuur en van elkaar. Ze had haar voeten onder zich getrokken en lag tegen zijn borst.

Na een tijdje strekte ze haar benen en stond op om voor de kachel te gaan staan. 'Ik vind het een aardig huisje. Het is perfect voor twee, *jah*?'

'Nou, te klein voor het gezin dat we eens zullen hebben.'

Hij had natuurlijk gelijk; ze wilde zo veel baby's als het God maar behaagde om hun te geven. Toen streelde Caleb zacht haar gezicht. 'Je bent zo mooi, ik kan me geen knappere echtgenote indenken…' Hij zweeg even en stak zijn hand omhoog om haar *Kapp* aan te raken, waar zijn hand een ogenblik op bleef rusten. 'Zou je het slecht van me vinden als ik je vroeg je haar los te maken, lief?'

Nellie schrok. Was het niet genoeg dat ze elkaar zo intiem omhelsd hadden?

'Ik heb het al eens eerder los gezien, weet je nog?'

Ze herinnerde zich inderdaad de nacht dat hij het losgemaakt had gezien, lang en golvend. De nacht dat ze naar de deur was gesneld, omdat hij haar vast en zeker in de afzondering van haar kamer kwam vragen of ze met hem wilde trouwen. Dat speciale moment was haar ontroofd. Hun beiden.

Ineens moest ze aan Susannah denken. Zou *zij* Caleb zijn zin niet geven als het omgekeerd was? Jaloerse woede stak de kop in haar op als ze dacht aan Susannah die haar handen uitstak naar Caleb.

Langzaam bracht ze haar handen omhoog en verwijderde

264

haar hoofdbedekking. Toen begon ze een voor een de haar-spelden los te maken.

Caleb boog zich over haar heen en vlocht zijn vingers door de hare, samen maakten ze haar lange, dikke haren los.

Hij legde zijn handen om haar gezicht. Zijn aanraking benam haar de adem. Ging hij haar op de mond zoenen, hun eerste echte kus?

'Je bent van mij, Nellie Mae, wat mijn vader ook zegt.'

Nellie vocht tegen haar gevoelens. De verre alarmbel die ze daarstraks had gehoord was er weer. Wat ze wist dat juist was – wat haar mama haar had geleerd – botste met wat ze met haar hele hart wilde doen. Suzy had in haar dagboek ge-schreven over tegenstrijdige gevoelens, met een Bijbeltekst erbij over verafschuwen van het kwaad en vasthouden aan het goede.

Maar Caleb was heel anders dan andere jongens. Dat ge-loofde ze nog terwijl zijn hand door de volle lengte van haar haar gleed. 'Ik kan de keren niet tellen dat ik me dit moment heb voorgesteld, Nellie.'

Ze hief haar gezicht naar hem op.

Hij streek licht met zijn duimen over haar wenkbrauwen voordat hij zich naar haar toe boog om haar zacht op de lip-pen te kussen. Hij aarzelde even en week even achteruit om haar verlangend in haar ogen te kijken. Toen vond zijn mond opnieuw de hare met zo'n vurigheid dat het haar duizelde. Maar ze maakte zich niet los, verrukt door deze nieuwe op-winding.

'Nellie… we zullen gauw samen zijn. Getrouwd. Ik be-loof het.'

Ze knikte langzaam en boog zich naar voren om hem terug te kussen.

'O, lief…' Calebs stem klonk hees. Hij stond op om de gaslamp te doven.

★

Nog in Calebs armen genesteld vocht Nellie Mae hard tegen de slaap die haar dreigde te overmannen. Caleb had zich al overgegeven en sliep met zijn hoofd achterover tegen de bank. Zijn borst rees en daalde langzaam.

Nellie had altijd gedacht dat ze met lipkussen zou wachten tot nadat ze haar trouwbelofte had afgelegd, maar ze had geen rekening gehouden met de warmte van de kamer en de verleidelijke afzondering van dit stille plekje.

Ze keek opnieuw naar Caleb en liet haar hand in zijn slappe hand glijden. Hoelang moest ze hem laten slapen voordat ze de bijtende kou weer in gingen? Ze moest niet de hele nacht wegblijven; en vooral wilde ze haar moeder niet ongerust maken.

Nellie wilde haar haren weer opsteken, want ze voelde zich werelds met die waterval van haar over zich heen, gevangen tussen haar rug en de bank en Calebs schouder. Maar om hem niet te vlug wakker te maken, besloot ze het los te laten hangen, gevangen tussen haar wens om deze nacht volledig te omarmen en de realiteit van de verstreken uren.

Nellie was niet langer in staat haar ogen open te houden en zwichtte ten slotte voor hun zwaarte. *Een paar minuutjes maar,* hield ze zichzelf voor.

★

'Wakker worden, Caleb! Wakker worden, zeg ik!'

Iemand schudde hem door elkaar en toen hij zijn ogen opendeed, keek Caleb in het boze gezicht van zijn grootvader.

'*Du muscht mir here!* Luister naar me!'

Geleidelijk aan werd hij zich bewust van zijn omgeving – het *Dawdi Haus...* en Nellie Mae die sliep tegen zijn schouder. En zijn grootvader, die ook staarde naar Nellie, met haar prachtige haar over haar schouders uitgespreid.

Vlug ging Caleb rechtop zitten.

'Ik heb een appeltje met je te schillen, jongen. Boven.'

Caleb kwam zonder iets te zeggen overeind en liet Nellie los, die ook een groot deel van de nacht geslapen moest hebben op de bank. De oude kachel was nu koud. Zenuwachtig volgde hij zijn grootvader de smalle trap op. Er zwaaide wat.

Waren de uren alleen zijn met zijn geliefde de uitbrander die hij beslist ging krijgen waard? Toen *Dawdi* de deur van de slaapkamer aan de voorkant dichtdeed, maakte Caleb zich ineens ongerust om Nellie Mae, die nu helemaal alleen was. Zou *Mammi* naar binnen gaan en haar uitfoeteren?

Het is een gruwel dat haar haar loshangt.

Hij herinnerde zich hoe ontvankelijk Nellie gisteravond was geweest. Hoe ze, toen hij haar eenmaal had verzekerd dat er niets te vrezen viel, genoten had van zijn aanraking, hoe ze zich naar hem toe gebogen had toen ze elkaar kusten. Maar er viel meer dan genoeg te vrezen, wist hij. *Wat heb ik gedaan?*

Klaarwakker nu nam hij plaats in de rieten stoel, zoals *Dawdi* hem opdroeg. 'Hoor es even, Caleb, als ik je vader was, zou ik door en door *angscht* – ongerust – zijn.'

Hij knikte met neergeslagen ogen. Hij was wel wijzer dan te vlug iets te zeggen. Hij moest wachten tot *Dawdi* zijn zegje had gedaan en pas dan zijn verontschuldigingen aanbieden. Maar hij moest iets doen om dit stil te houden. *Wat stom... om niet van tevoren de risico's te overwegen.* Nellie was veel voorzichtiger dan hij; ze had herhaaldelijk gevraagd of ze een onnodig risico namen, en haar vrees was bewaarheid geworden. Het speet hem erg dat hij haar in een slecht daglicht had gesteld.

'Je wordt toch niet net zo als je grote broer Abe, wel?' bulderde *Dawdi*.

Caleb verbleekte. Abe was het zwarte schaap van de familie, zoals zijn vader hem een vol jaar genoemd had, en nog veel ergere dingen. Nee, Caleb leek niets op die broer.

'Ik wacht op antwoord, Caleb.' *Dawdi's* ogen waren zwart als roet.

'Mijn bedoelingen met Nellie Mae hebben niets te maken met Abes fout.' Caleb slikte zijn angst weg en bedacht hoe oppervlakkig zijn verdediging moest klinken. Zijn grootvader had hen per slot van rekening samen in slaap gevonden.

'Ik neem aan dat je met dat meisje gaat trouwen, *jah?*'

'Dit jaar.'

'Hoe gauwer, hoe beter, vind je niet?' *Dawdi* kneep zijn ogen tot spleetjes. 'Ik zal je een geheim verklappen, Caleb. Wat je voelt voor Nellie Mae heeft helemaal niets te maken met het huwelijk of een toekomst samen. Noch met een verbintenis.'

Caleb was het inwendig niet met hem eens. Hij vond het heerlijk om Nellie in zijn armen te houden en te kussen – hij had haast niet op kunnen houden. Ze werd ten slotte zijn bruid.

Dawdi stond op en ging voor het raam staan, zijn gestalte donker afgetekend tegen het vroege ochtendlicht. 'Je vindt het een heel aardig meisje, dat is duidelijk. Maar als je van haar houdt, dan zorg je dat ze rein is in je huwelijksnacht.'

Caleb kromp in elkaar. Deze *Dawdi* had een veel uitgesprokener mening dan zijn eigen vader, die nooit over de bloemetjes en de bijtjes had gepraat. 'We hebben geen zonde gedaan,' zei hij.

Dawdi maakte een vaag gebaar in het schemerlicht. 'Ik wil er niet over blijven doorgaan, maar laat me uitpraten. De eerste kus zet de deur open. Je begint te hunkeren naar meer kussen en wat al niet, en binnen de kortste keren smacht je ernaar om haar helemaal te hebben.' Met rimpels in zijn voorhoofd trok hij aan zijn lange, grijze baard.

Dawdi kwam op hem toe, stond fronsend stil en ging weer zitten. 'Er is meer, Caleb.'

Hij verschoof in zijn stoel. Waar eindigde deze stroom van kritiek?

'Dat daarbeneden is Reuben Fishers dochter, *jah*?'

Caleb kreeg kippenvel in zijn nek. '*Jah*, Nellie Mae is van Reuben.'

Een oorverdovende stilte, en toen: 'Ik denk dat je je vaders standpunt kent over verkering met een meisje uit dat zootje van prediker Manny.'

'*Jah*, dat is zo.'

'En toch breng je met opzet de nacht met haar door?' *Dawdi* schraapte zijn keel. 'Hoe denk je dat je vader daarop zal reageren?'

Mijn vader? Hij stond op om te protesteren. 'Ik beloof u, *Dawdi*, dat het nooit meer zal gebeuren.'

Zijn grootvader stond ook op en keek hem dreigend aan. 'Dat staat vast, en je vader zal erop toezien.'

Caleb kreunde. 'Maar, *Dawdi*…'

'Hoe kun je je land op het spel zetten voor een meisje uit de familie Fisher? Heb je de verhalen niet gehoord; dat Suzy is gestorven in de armen van een *Englischer*?'

Caleb sloeg zijn ogen neer. 'Je erfenis hangt ervan af. Wees geen dwaas.' *Dawdi* nam hem van top tot teen op, en zijn mening was Caleb maar al te duidelijk.

Te verbijsterd om iets te zeggen ging Caleb de kamer uit.

Beneden vond hij Nellie in tranen, haar haren slordig opgestoken, haar ogen rood en gezwollen. *Mammi* zat rechtop op een houten stoel.

Omdat hij het haar allemaal had aangedaan, vocht Caleb tegen een brok in zijn keel terwijl hij haar in haar lange wollen jas hielp. *Mammi* wierp hun beiden een zure blik toe toen hij zonder nog een woord te zeggen Nellie Mae de voorkamer uit leidde naar de achterdeur.

★

Nellie kon niet praten van schaamte, niet alleen voor zichzelf, maar voor de vreselijke dingen die Calebs grootvader van hen had gedacht. Ze perste haar lippen op elkaar om niet te huilen en huiverde in de ochtendkou toen ze dacht aan het schreeuwen over Abe Yoder, Calebs oudste getrouwde broer. Had Abe als jongen de heilige grenzen overschreden? En dan te bedenken dat David Yoder en zijn familie dat tot nu toe stilgehouden hadden.

Haar gedachten tolden door haar hoofd toen Caleb het paard aanzette, ze herinnerde zich hoe ernstig bezorgd hij was geweest over Suzy's wildheid... over háár zogenaamde misstappen – die hij toentertijd alleen van horen zeggen kende. En al die tijd was hij op de hoogte geweest van de heel reële zonde van zijn eigen broer.

Het scheen dat niemand goed genoeg was. Hoe hard ze ook haar best deed, het was onmogelijk om aan alle eisen te voldoen. Prediker Manny had dat duidelijk gezegd toen ze naar de kerk van de Nieuwe Orde was gegaan, en hij had eraan toegevoegd dat Gods Zoon voor ons deed wat wij voor onszelf niet konden doen.

Zoals ze gisteravond naar Caleb had verlangd, was Nellie ook een zondaar. Ze had zo naar hem verlangd dat ze voortijdig de grenzen van de verkering had overschreden en haar haren had losgemaakt.

Toch moest ze niet tobben over wat er kon komen van de roekeloosheid van Caleb en haar. Ze had een fout gemaakt, en nu moest ze leven met de gevolgen. Caleb en zij hadden zich in de weg gesteld om betrapt te worden, en dat was precies wat er gebeurd was.

Ze had haar kwetsbaarheid niet moeten laten voeden door haar jaloersheid op Susannah. Maar dat was geen excuus. Nellie wist dat zij, en niet Susannah, verantwoordelijk was voor haar daden.

Nu ze de waarheid wist, kon ze makkelijk een afkeer krijgen van Caleb en zijn familie. Ze dacht aan Calebs broer Abe, en knarsetandde. De Yoders waren de meest hypocriete personen die ze ooit had gekend!

Calebs ademhaling ging snel, net zo snel als toen ze zich gisteravond plotseling abrupt van elkaar hadden losgemaakt en opgehouden waren met kussen. Maar ook was er een vastberadenheid en frustratie in zijn blik die ze er nog niet eerder in had gezien.

Ze waren allebei even fout geweest. Had zij hem tenslotte niet aangemoedigd door hem zo gretig terug te kussen?

Haar emoties gingen heen en weer tussen liefde en pure teleurstelling; in Caleb en in zichzelf. Ze zat kaarsrecht op terwijl het paard de hele weg terug naar Beaver Dam Road galoppeerde, en aan het begin van haar oprijlaan tot stilstand kwam.

'Als het donker wordt, moeten we praten.' Caleb sprong uit het rijtuig en liep eromheen om haar eruit te helpen.

Ze had geen hulp nodig en wilde vlug naar binnen. Niettemin trok hij haar dicht tegen zich aan en voordat ze bezwaar kon maken, kuste hij haar stevig op haar mond. Anders dan de zachte, maar hartstochtelijke kussen van eerst, voelde deze kus wild en bezitterig. Ze bevrijdde zich, deed een stap naar achteren en nam haar *beau* taxerend op.

'Het was onmogelijk om niet te horen wat je *Dawdi* zei over je broer Abe.'

Hij keek haar recht in de ogen. 'Dit verandert toch niets tussen ons?'

Ze staarde langs hem heen naar de bleke horizon. Er was maar heel weinig tijd voordat haar vader op weg ging naar de schuur. Mama zou ook opstaan om de tafel te dekken voor het ontbijt.

Ik ben de hele nacht bij Caleb geweest, en nu is het de dag des Heeren.

'De volgende keer spelen we het slim en blijven we bij de molenbeek,' zei hij zacht.

Ze keek om naar het huis, opgelucht dat de ramen nog donker waren. 'De volgende keer? *Welke* volgende keer? Heb je je *Dawdi* niet gehoord?'

'O, Nellie, heb ik je zo veel onrecht aangedaan?' Hij wilde haar hand pakken.

'We kunnen niet terugnemen wat we al gegeven hebben.' Ze voelde zich schuldig alsof ze haar kuisheid had verloren. 'Onze eerste kussen zullen nooit meer nieuw zijn.' Ze huilde in zijn armen, met haar gezicht tegen de grove stof van zijn wollen jas gedrukt.

'Wat *Dawdi* ook zei, ik kan geen spijt hebben van wat we samen gehad hebben, Nellie Mae. Dat kan ik gewoon niet.'

Dat begreep ze. O, hoe begreep ze dat! Ze hield radeloos veel van hem, maar ze vreesde meer dan ooit voor hun toekomst.

'Ik moet gaan.' Nellie maakte een beweging in de richting van de deur, maar Caleb pakte haar vlug bij de schouders en draaide haar om.

'Nellie, wacht...' Hij zuchtte luid. 'Misschien hebben we ons een beetje laten meeslepen. Dat spijt me.'

'Mij ook.' Ze draaide zich om en liep naar huis.

'Dit verandert niets aan mijn liefde voor jou.' Calebs woorden bleven in de lucht hangen als rijp aan een boom.

Nellie fluisterde zijn naam bij elke besneeuwde stap... en werd overspoeld door schuldgevoel.

Hoofdstuk 34

Nellie ploeterde op de vroege ochtend naar het rijtuig om zich naast pa, mama, Nan en Rebekah te persen. Vandaag zou ze gerekend worden onder degenen die ontbraken in de oude kerk.

Hoe vreselijk ze zich ook voelde om gisteravond, ze probeerde Caleb uit haar gedachten te zetten terwijl het rijtuig op weg ging in de verblindende zon. De hele weg vroeg ze zich af of de spijt die ze meedroeg in haar hart aan haar gezicht te zien was. Ze had in de kleine handspiegel in haar kamer gekeken, op zoek naar het flauwste spoor, uit angst dat de Gemeenschap van Eenvoud zou vermoeden wat ze had gedaan.

Eén enkel ogenblik had de macht om je leven te veranderen, had mama haar eens verteld. Ze had hetzelfde gedacht van Suzy's roekeloze leven; haar zus had de perikelen van de eerste liefde op harde wijze leren kennen. Soms was genegenheid van even korte duur als ochtenddauw. Mama had altijd gezegd dat oude liefde – *langdurige* liefde – uiteindelijk het beste was.

Nu merkte mama op dat het vandaag veel warmer was dan het in weken was geweest.

'Maanden, lijkt het wel,' zei pa.

Nellie zat achter haar ouders en sloot zich af voor de opmerkingen die Nan en Rebekah naast haar af en toe maakten. Ze wenste eenzaamheid. Ze was haast te moe om rechtop te zitten.

Zo ver ze kon zien waren de velden schitterend wit. Dankzij de zonneschijn was de dag in alle opzichten helderder; een welkome verandering na de vele grijze weken.

Nan en Rebekah zaten gezellig te babbelen, en Nellie trok zich terug in zichzelf, waar de waarheid het pijnlijkst was. Ze had zichzelf hoger geacht dan ze had moeten doen. Vervuld van de trots van het leven, *haar* leven... had ze gedacht dat ze de verleiding kon weerstaan, en zich er gisteravond aan overgegeven. Ze had Caleb en zichzelf verleid, geloofd dat ze onkwetsbaar was voor zonde. Volgens Suzy's dagboek – dat ze vanochtend had opengeslagen om er een stukje in te lezen – was het veel beter om boetvaardig te zijn dan om voortdurend te proberen goed genoeg te zijn... op eigen kracht.

Op dat moment had Nellie begrepen waarom ze geprobeerd had goed te zijn en er niet in was geslaagd: ze had alles op haar eigen manier willen doen. *Dat is trots, en niets anders,* had Suzy bovenaan de bladzijde gekrabbeld, over haar verlangen om haar eigen weg te gaan.

Nellie en haar jongere zus hadden heel wat gemeen.

★

Caleb stond zo moe als een hond voor de boerderij van de prediker. Hij keek rond, Nellie Mae was er nog niet. Had hij haar zo gegriefd dat ze hem niet kon vergeven? Ze was beslist niet zichzelf geweest toen hij haar voor zonsopgang naar huis had gebracht – en geen wonder. Hij kon zichzelf wel schoppen dat hij haar blootgesteld had aan de beschuldigingen van zijn grootvader.

Straks na de gemeenschappelijke maaltijd zou *Dawdi* naar zijn vader gaan en dan had je de poppen aan het dansen. Hij kon zich niet schrap zetten voor een rampzalige reactie van zijn vader, maar hij zou niet aarzelen om te zeggen dat Nellie en hij onschuldig waren, welke indruk *Dawdi* ook gekregen mocht hebben.

Hij zag zijn broer Abe in de rij mannen staan die wachtten om het bedehuis binnen te gaan, en zag de strakke trek om zijn kaken. Was Abe altijd zo ernstig op de dag des Heeren? Of keek hij gewoon eerbiedig? Tot vandaag had Caleb niet veel gedachten gewijd aan Abe, die al vijf kinderen had en nog eentje onderweg. Was hij tevreden met zijn deel in dit leven, zonder erfenis?

Ik moet zorgen dat pa me laat uitpraten, dacht hij. *Kon ik hem maar zover krijgen dat hij het licht ziet... dat Nellie Mae nog steeds door en door van de Oude Orde is.*

Het was misschien dwaas om te hopen, maar na vannacht was Caleb ervan overtuigd dat hij ten koste van alles Nellie Mae als bruid moest hebben.

★

Caleb had helemaal geen trek, maar hij dwong zich om te eten. Hij keek met stom afgrijzen naar zijn grootvader toen de man zijn koffie neerzette en onvast overeind kwam. Caleb keek over de rand van zijn beker toe hoe *Dawdi* grimmig en vastberaden door de kamer sjokte. Hij bleef voor Calebs vader staan en wenkte met zijn hoofd dat Caleb moest volgen. In elk geval zou niet de hele zaal getuige zijn van de confrontatie.

Caleb besefte dat het nutteloos was om de dreigende aanvaring te ontlopen, stond op van de bank en volgde zijn vader en grootvader naar buiten. Onderweg gaf hij in het voorbijgaan zijn moeder een kneepje in haar hand.

In de bijkeuken trok hij zijn jas aan. Door het kleine raam zag hij zijn vader en grootvader al op het erf, boven hun hoofden steeg hun adem op door hun verhitte woorden. Boven zijn baard liepen pa's wangen onmiskenbaar rood aan.

Caleb zuchtte en liep naar buiten om zijn lot te ondergaan.

Zijn grootvader liep langs hem heen terug naar het warme huis. Hij keek zorgelijk, maar ook bedroefd. Pa bleef een paar meter verderop staan, met zijn handen in zijn zij.

'Jongen,' begon zijn vader, 'ik zou het niet geloofd hebben als je eigen grootvader het me niet had verteld. Had ik je niet verboden om met die meid van Fisher om te gaan? Dat is al erg genoeg. Maar om met haar te gaan scharrelen in het huis van je *Dawdi*? Wat voor een...'

'We hebben niets verkeerds gedaan.'

'De hele nacht, met haar haren los – niet verkeerd? Wat voor een zoon heb ik grootgebracht? En jij wilde mij laten geloven dat je van dat meisje hield, en haar respecteerde?!'

'Dat is ook zo, pa, ik ben van plan om...'

'Had je me soms willen dwingen? Nou, je vergist je lelijk als je denkt dat ik je mijn land zou geven, mijn levensbloed, zodat jij je zin kunt krijgen met die lichtzinnige meid!'

'Pa, alstublieft...'

'Denk je soms dat ik achterlijk ben? Dat ben jij; jij denkt met je lijf in plaats van met je verstand! Nieuwe kerk, ja ja... een vrouw met de oude streken van Eva, als je het mij vraagt!'

'Ik zal niet ontkennen dat het stom was om haar mee te nemen naar het *Dawdi Haus*. Maar dat was mijn idee. Ik geef u mijn woord dat Nellie vandaag nog net zo onschuldig is als altijd.'

'En hoe kan dat?'

'Het is mijn schuld, pa, niet de hare. Ik draag de volledige verantwoordelijkheid.'

'Dat zul je zeker, Caleb. Je zult een buitengewoon hoge prijs betalen. Ik eis dat je je relatie met Reubens dochter verbreekt en spijt betuigt... aan mij. Dan, en pas dan, zal ik overwegen je mijn land te geven. Intussen heb je één uur de tijd om je spullen in te pakken en uit mijn huis te verdwijnen.'

De koude, berekenende woorden waren als een mes in zijn ziel. Hij had erop gerekend dat zijn vader kwaad zou zijn, maar dit had hij niet verwacht. Noch had Caleb verwacht dat de afwijzing van zijn vader hem zo diep zou raken.

Toch was deze man zijn pa, zijn steun en toeverlaat sinds zijn kindertijd. Hoe kon het anders dan pijn doen om zo genadeloos veroordeeld te worden?

★

Omdat het zo'n zonnige, bijna zachte dag was, stelde Rebekah voor dat ze op bezoek zou gaan bij de Oude Orde Amish familie waar ze elke week hielp met de kleintjes. Nan bood aan haar te brengen en vroeg of Nellie Mae meeging. 'Lekker frisse lucht happen.'

Hoewel Nellie de lange rit naar de kerk al achter de rug had, greep ze haar kans om met Nan en haar vriendin uit rijden te gaan. Ze voelde zich buitengesloten en verlangde naar gezelschap.

Het eindigde ermee dat Rebekah werd uitgenodigd om te blijven logeren bij de familie, die aanbood om later bij de Fishers langs te komen om haar spullen op te halen. Nan en Nellie reden samen terug naar huis en praatten een poosje over Rebekah's verlangen om al haar vrienden van de oude kerk te wijzen op de reddende genade. 'Als ze bij hen logeert, kan ze getuigen... Ze hoopt hen tot God te leiden.'

Nellie Mae wist niet wat ze ervan moest denken. Calebs zus was in slechts korte tijd een ijverige ziel geworden, een verandering die ze ook had waargenomen in pa en mama, evenals in Nan. 'Gods Woord heeft verbijsterende kracht om te verdelen en om te genezen,' had prediker Manny diezelfde ochtend nog gezegd. 'Laat je geest erdoor vernieuwen... en je hart.' Ook had hij een Schriftwoord aangehaald, eentje dat ze nog nooit had gehoord. *Want dat gevoelen zij in u, hetwelk ook in Christus Jezus was.*

Een nieuw hart? Zou dat het knagende schuldgevoel wegnemen?

God kan mij vergeven, dacht ze. *Schoongemaakt... als nieuw?*

Nellie zat onderweg uit te kijken naar de kale, zwarte bomen en wist dat ze in de penarie zat, en nog wel door haar eigen toedoen. Net als Caleb, alleen om een andere reden. Als ze haar geweten bleef sussen door naar de nieuwe kerk te gaan, wat haar familie vandaag een plezier had gedaan, zou Caleb geen verkering meer met haar willen.

Hoe moet hij nu nog ooit zijn vader overhalen om met zijn hand over zijn hart te strijken?

Het huis van diaken Lapp kwam in zicht toen ze de bocht om kwamen, en ze zag Susannah buiten met een paar zusjes met de honden spelen. De moed zonk Nellie in de schoenen toen ze haar zag.

Nan keek haar aan vanaf de bok. 'Wat ben je stil ineens.'

'Ja.'

'*Was ist letz?* – Wat is er?'

Nellie aarzelde om Nan alles te vertellen wat er de afgelopen vierentwintig uur was gebeurd, maar Nan wilde praten en haar gezicht weerspiegelde oprechte bezorgdheid.

Nellie haalde diep adem en hoopte dat ze Nan niet met haar verhaal zou belasten. 'Heb jij ooit je haar losgemaakt voor een *beau*? Heb je daar ooit aan gedacht?'

'Waarom *zou* ik?' Nan staarde haar aan. 'Waarom vraag je zoiets?'

'Ik vroeg het me gewoon af.'

'Nou, ik ken wel meisjes die dat doen. Maar ik heb begrepen dat het niet zo verstandig is. Het leidt tot… nou ja, ergere dingen.'

Vlug begon Nellie over Rhoda, en gelukkig liet Nan het erbij. 'Zullen we even bij James langsgaan? Jij mist haar vast net zo erg als ik,' zei Nellie Mae.

'Meer dan zij waarschijnlijk denkt.'

'We kunnen er vlug even heen.'

'Niet vandaag,' zei Nan.

Nellie zweeg even. 'Het zal haar toch wel spijten dat ze weg is gegaan, denk je niet?'

Nan zuchtte en dreef het paard aan. 'Ze leek graag te willen vertrekken, en we hebben haar sindsdien niet meer gezien.'

Nellie werd overspoeld door een nieuwe golf van droefheid. 'We kunnen alleen maar hopen dat ze gauw haar buik vol heeft van de wereld,' antwoordde ze.

★

Het was een beetje koud in de officiële eetkamer van de Kraybills, en Rhoda was blij dat ze thee kreeg. Toen die kokend heet geserveerd werd, dreef de stoom boven het sierlijke kopje. Ze probeerde het net zo vast te houden als ze mevrouw Kraybill had zien doen. Meneer Kraybill echter dronk zwarte koffie, evenals Ken Kraybill, hun neef met de blauwe ogen. Zijn ogen waren niet het enige aantrekkelijke aan hem. Hoog opgericht zat hij in zijn stoel tegenover haar, en hij zocht haar regelmatig met zijn vriendelijke blik.

De thee verwarmde haar langzaam, en toen mevrouw Kraybill haar zelfgemaakte aardbeienkwarktaart opdiende, merkte Rhoda op dat Ken en meneer Kraybill wachtten tot mevrouw Kraybill haar vorkje oppakte – het enige wat nog over was van elk couvert – voordat ze het hunne pakten.

Ze voelde zich onwetend, maar opgelucht dat het haar gelukt was zich tot dusver door de maaltijd heen te slaan. De vele vorken en lepels aan weerskanten van de prachtige porseleinen borden, de keurig gestreken servetten van wit linnen, en de kristallen vaas met bloemen die het midden van de tafel sierde – het was allemaal een heel nieuwe ervaring.

Het was al lastig om te weten wanneer je mocht praten. Ze had kleine hapjes genomen, zoals Nan en Nellie Mae altijd deden, zodat het niet te lang duurde om te kauwen en door te slikken voordat je antwoord kon geven als iemand je aansprak. Gelukkig was het eten verrukkelijk, alles zelfgemaakt, zoals mevrouw Kraybill graag deed.

Ondanks de verzekering van mevrouw Kraybill – en zelfs

Martha – dat ze er heel aardig uitzag in haar nieuwe kleren, was Rhoda verlegen. Vooral toen ze voorzichtig opkeek om om de suiker te vragen en Kens ogen op zich gericht voelde. Vond hij dat ze eruitzag als een Amish meisje verkleed in *Englische* kleren? Of wist hij niet eens dat ze Amish was?

Gelukkig had meneer Kraybill tijdens de hele maaltijd het gesprek op gang gehouden. Nu was het mevrouw Kraybill die een vermakelijk verhaal vertelde over een van de kinderen, die eens in de bijkeuken alle etiketten van de soepblikken had verwijderd. Weken achter elkaar hadden ze verrassingsmaaltijden gegeten.

Ken lachte, en Rhoda zag zijn mondhoeken omhooggaan, wat zijn knappe trekken benadrukte.

Rhoda nam nog een hapje taart en reikte naar haar theekopje toen Ken haar aansprak. 'Woon je al lang in deze streek?'

'Mijn hele leven.'

Mevrouw Kraybill mengde zich erin. 'Rhoda's vader fokt paarden, niet ver hiervandaan.'

Geen woord over haar Amish achtergrond. Liet ze die met opzet weg? Hoe ze ook haar best deed, Rhoda kon zich niet herinneren dat mevrouw Kraybill ooit had gezegd dat Ken wist dat ze van Eenvoud was. Maar nu ze hier zo zat, pronkend met haar mooie, stadse kleren en een losse haarwrong, leek het haar niet zo'n goed idee om ervoor uit te komen en alles te bederven. Niet nu Ken bewonderend naar haar zat te kijken.

Ze duwde de herinnering weg aan de blik van een andere *Englischer* en vroeg: 'Hoelang woon jij al in Strasburg?'

'Bijna drie jaar. Mijn familie woonde in de buurt van Georgetown, ten zuidoosten van Strasburg, waar ik opgegroeid ben. Het waren boeren.' Hij zweeg even om een slok koffie te nemen voordat hij vervolgde: 'Ik heb een oud huis gekocht dat op de lijst staat van historische gebouwen, op Main Street. Als een soort belegging in onroerend goed. Ik woon op de derde verdieping en verhuur de eerste twee.'

'Als een bed & breakfast?' Rhoda bloosde en besefte dat hij waarschijnlijk niet kookte, tenzij hij daar iemand voor in dienst genomen had.

Zijn glimlach bleef dralen en ze moest haar blik afwenden. 'Interessant dat je dat zegt, want ik heb erover gedacht om eens die kant op te gaan.'

Ineens vroeg ze zich af of hij soms op zoek was naar een kokkin. Maar nee, daarvoor zat hij niet hier aan dit diner met kaarslicht bij de Kraybills. Het was per slot van rekening door toedoen van mevrouw Kraybill dat hij er was, dat dacht Rhoda tenminste.

'Zullen we ergens gemakkelijker gaan zitten?' vroeg mevrouw Kraybill terwijl ze opstond.

Ook Rhoda stond op. Ze wilde haar bord en theekopje pakken om ze naar de keuken te brengen.

'Laat alles op tafel staan,' droeg mevrouw Kraybill haar fluisterend op.

De voortzetting in de voorkamer, of de woonkamer zoals mevrouw Kraybill hem noemde, was voor hen drieën meer ontspannen dan voor Rhoda, die naast Ken op de bank werd neergezet.

Rhoda wierp nu en dan een blik op mevrouw Kraybill, die kennelijk erg met zichzelf ingenomen was, en begreep. Hier was een jongeman van midden tot achter in de twintig, die schijnbaar geen vooruitzicht had op een echtgenote. Was ook hij om een of andere reden overgeslagen? Ze bestudeerde mevrouw Kraybills gedrag en vroeg het zich af.

Het gesprek kwam van Kens favoriete filmster, Sean Connery – wie dat ook wezen mocht – op meneer Kraybills duidelijke bezorgdheid over de kosten van de oorlog in Vietnam. 'Meer dan vijfentwintig miljard dollar per jaar. Moet je je voorstellen!' zei hij met een boze frons.

Dat kon Rhoda in de verste verte niet. Ze wist niet eens goed hoe je zo'n groot getal moest schrijven, laat staan dat ze kon bevatten hoe het anderszins uitgegeven kon worden. Meneer Kraybill had er kennelijk geen moeite mee en zat ontspannen te praten met zijn ene been op zijn andere knie balancerend. 'Werkelijk,' zei hij, terwijl hij naar voren leunde om zijn volgende punt te benadrukken, 'deze oorlog is te persoonlijk geworden voor LBJ.'

Rhoda luisterde nauwlettend, bang dat Ken mocht denken dat ze onwetend was. Ze had de president wel eerder bij zijn initialen horen noemen, maar ze wist niet genoeg van politiek om een mening te geven.

Ze voelde zich als een vis spartelend op het droge. Hoe moest ze eigenlijk ooit tussen zulke stadse mensen passen? Voor hen werken was één ding, maar omgang hebben? Ze moest de krant beter gaan lezen in haar ochtendpauze. Meer interactie met *Englische* mensen was van het grootste belang als ze inderdaad deel uit wilde maken van hun wereld.

Toen het tijd werd dat de Kraybills hun kinderen op bed gingen leggen, zaten Rhoda en Ken alleen. Onverwacht vroeg hij of hij haar een keer mocht bellen en ze voelde zich vreselijk verlegen. Hij leek een echte heer – heel anders dan die vreselijke Glenn Miller – en Rhoda had wel zin om meer met hem op te trekken. *Nog een manier om de* Englische *wereld beter te leren kennen.* Ze knikte zedig glimlachend en gaf hem het nieuwe telefoonnummer van James en Martha.

'Ik verheug me erop.' Ken glimlachte bijzonder vriendelijk.

'Ik ook,' antwoordde ze, blij dat ze niet gezegd had: *Jah.'*

Hoofdstuk 35

Alle zes, de personen die erbij betrokken waren, ook de baby's Eli en Rosie, waren woensdagmiddag aanwezig in de voorkamer van de bisschop. De twee echtparen zaten tegenover elkaar, Rosanna met Rosie in haar armen naast Elias, en Kate met Eli naast John.

Bisschop Joseph stond voor hen, geheel in het zwart gekleed, behalve zijn witte overhemd. Hij verklaarde met een ernstig gezicht het doel van de bijeenkomst. Rosanna slikte, ze kon haar ogen nauwelijks afhouden van de kleine Eli, die in Kates armen lag te slapen. Wat was hij in de afgelopen week gegroeid! Ze verlangde ernaar hem weer vast te houden, zijn zoete babygeur in te ademen, maar ze weigerde een traan te laten, vastbesloten om ingetogen te blijven kijken, wat de uitkomst ook was van deze pijnlijke en moeilijke bijeenkomst.

'Zijn jullie vieren het eens?' vroeg de bisschop.

John en Kate schudden van nee.

'Elias en Rosanna?'

'Wij bidden alleen om Gods wil.' Elias' stem klonk vast.

'Dus de uitkomst is niet voor jou van belang?' vroeg de bisschop aan Elias persoonlijk.

'Wij willen wat het beste is voor deze kleintjes,' was zijn zelfverzekerde antwoord, en Rosanna keek hem trots aan.

'En jij, John? Wat is jouw antwoord daarop?'

John liep rood aan. 'Dit hier is mijn zoon, en Rosanna heeft onze dochter… daar bij zich.' Hij haalde langzaam adem en Kate legde even een hand op zijn arm. 'We zullen de tweeling opvoeden als neef en nicht, als u het goedvindt, bisschop. Dat is ons standpunt.'

Alles in Rosanna kwam in opstand. 'Nee…' Het was eruit voordat ze het kon tegenhouden. Ze keek naar Elias om steun, inwendig kreunend.

'Mijn vrouw ziet Eli als haar eigen kind – wij allebei. We houden van hem zoals we van Rosie houden, en het is onze bedoeling om onze afspraak door te zetten om hen beiden groot te brengen.' Elias keek naar Kate. 'Je hebt het hart van je nicht niet gebroken, Kate.'

De bisschop schraapte zijn keel. 'Geen verwijten, Elias.'

Rosanna schrok. Het leek erop dat de bisschop neigde naar de Beilers.

'Kate, nu mag jij je woordje doen.' De bisschop maakte een gebaar naar haar.

'Eli is de vrucht van mijn schoot. Hij hoort in de kerk van zijn voorvaderen.'

'*Jah*, hij moet opgroeien in de Oude Wegen,' zei John. 'We kunnen onze zoon geen ketterij laten leren.'

Elias stond op. 'Is de Zoon des Mensen niet gekomen om ons de weg naar de Vader te tonen? Zijn we niet allemaal zondaars, die verlossing nodig hebben? Noem je dat ketterij, om tot de verlosten gerekend te worden?'

John sprong op uit zijn stoel. 'Onze zoon moet worden afgeschermd van de leugens van satan. Zeggen dat je verlost bent! Gruwelijk!'

'En Rosie?' De bisschop deed een stap naar voren. 'Mag zij die leer wel horen en aanvaarden?' Hij keek John en Elias aan. Hij gebaarde naar de stoelen en zei: 'Ga zitten, alsjeblieft.'

Beide mannen namen hun plaats in. Het werd weer stil in de kamer.

De bisschop schudde zijn hoofd. 'Dit lastige probleem kan niet in redelijkheid worden opgelost. Ik zie het als een bron van onenigheid voor alle dagen van het leven van deze kleintjes… en van jullie.' Hij nam beide echtparen onderzoekend op.

Rosanna bad zwijgend en bevend. *Toon Uw genade, God…
geef ons Uw genade.*

Bisschop Joseph vervolgde: 'De strijd tussen jullie families
zal eindeloos zijn.' Hij keek de paren afwisselend aan en trok
aan zijn lange baard. 'Ik laat jullie vieren alleen om nog één
keer de kans te krijgen om eruit te komen. Als ik terugkom,
wil ik dat jullie een redelijke oplossing hebben.' De bisschop
ging de kamer uit.

Rosanna keek neer op haar geliefde Rosie, het zijdezachte
lichtbruine haar. Het lukte haar om vredig te slapen te midden van dit gevecht.

Elias zat stijf rechtop en straalde spanning uit. Ineens zei
hij: 'John en Kate, snappen jullie niet wat wij moeten doorstaan… de pijn die we hebben gevoeld in deze paar dagen
zonder Eli? We houden met ons hele hart van dat jongetje.'
Elias zweeg als om zijn emoties te bedwingen. 'Zijn zusje
Rosie heeft de hele week gehuild, zonder hem naast zich in
de box. Vermenigvuldig dat met alle komende jaren… het is
niet goed.'

De stilte werd alleen verbroken door een gorgelgeluidje
van Eli, die bewoog in zijn slaap.

'Kate, wil je geen medelijden hebben met je nicht? Met
Rosie?' vroeg Elias.

'Wij hebben ons zegje gedaan,' antwoordde John. 'Jullie
hebben een foute keus gemaakt door de kerk van je doop te
verlaten… en wij nemen ons geschenk terug.'

Kate sprak. 'Uit de goedheid van ons hart laten we jullie
Rosie houden. Dat is meer dan redelijk.'

'Ach, Kate,' zei Elias met onvaste stem, 'zie je niet in dat
dat helemaal verkeerd is?'

De bisschop kwam terug, met diepe rimpels in zijn voorhoofd. 'Is er nog geen oplossing?'

'Wij hebben Rosie aangeboden, maar zij willen beide baby's,' zei John tegen de bisschop.

'Goed. Dan zal ik moeten beslissen in deze onuitsprekelijke situatie.' De man van God richtte zich op in zijn volle lengte.

Ineens werd de kamer verlicht door de zon die achter een wolk vandaan kwam. Door de jaren heen waren ze vaak voor de kerkdienst samengekomen in deze ruimte, en hadden hun stemmen zich vermengd in eensgezindheid met hun familie... ook met John en Kate.

'God heeft deze kleintjes geschapen als unieke en afzonderlijke mensen, toch zijn ze gebonden door onzichtbare koorden.' De bisschop ging eerst naar Eli toe en legde zijn hand op zijn hoofdje. Toen ging hij naar Rosanna en legde zijn hand op het hoofdje van de slapende Rosie.

Kate keek nors naar Rosanna, die bleef zwijgen. Ze keek hulpeloos naar haar man en slikte haar tranen in. *Alle blije dagen en jaren in de toekomst...*

Haar hart brak, maar ze kon zich niet langer stilhouden. 'Bisschop?'

Hij keek haar teder aan, met begrip in zijn ogen, alsof hij wist waartoe ze gedrongen werd. 'Zeg het maar, Rosanna King,' spoorde hij aan.

'Ach, de baby's moeten niet van elkaar worden gescheurd.' Haar kin beefde. 'Eli en Rosie moeten opgroeien als broer en zus, zoals God hen geschapen heeft in de schoot van hun moeder.'

'Rosanna...' Elias legde zijn hand op haar arm. 'Lieveling...'

Ze durfde haar man niet aan te kijken, anders zou ze de moed verliezen. Ze zette door en zei: 'Ik geloof dat het beter is als John en Kate beide baby's grootbrengen.' Daarna stond ze op en droeg Rosie naar John, en legde haar met dekentje en al in zijn armen. Wankelend keerde Rosanna terug naar Elias, die haar hand pakte toen ze zonder nog iets te zeggen ging zitten.

De bisschop veegde zijn tranen af. Meer dan een minuut lang bleef het stil. 'Jij, Rosanna, bent een ware en trouwe moeder,' verkondigde hij. 'Ik bid dat je veel kindjes mag baren, als het Gode behaagt.'

Doodsbleek keek Elias haar aan. Maar er was geen protest in hem toen ze eensgezind opstonden en zonder omkijken door de keuken naar de achterdeur liepen.

God, geef me alstublieft de kracht, dacht Rosanna. Ze hield haar tranen in tot ze veilig in het rijtuig zat.

★

Tot Nellie Mae's grote blijdschap was de zon weer teruggekomen en de glanzende witte hectaren strekten zich uit om de schitterend blauwe lucht aan te raken. Ze had de hele morgen al gehunkerd naar een wandeling, dus toen Nan aanbood bij mama in de bakkerswinkel te blijven, stapte Nellie naar buiten om een frisse neus te halen.

Ik voel me veel lichter zonder al die laagjes kleren. Op weg naar de eenbaansbrug wandelde ze in oostelijke richting over de smalle weg. Binnenkort zou de beek weer vrijuit stromen. Ze glimlachte bij de herinnering aan een lenteochtend langgeleden, toen ze op Suzy's voorstel het water in haar gezicht had geplensd. Zo verrast was ze geweest toen ze haar handen in het koude water stak – het voelde als vloeibaar ijs. Verrukt door de frisheid had Suzy gezegd: 'Daar wordt je lijf zo lekker vlug wakker van.'

Ze had nog geen vijftien minuten gelopen toen er een auto haar tegemoet kwam en vaart minderde. Een man van ongeveer haar leeftijd draaide zijn raampje naar beneden. 'Neem me niet kwalijk, juffrouw… u woont hier vast in de buurt. Ik geloof dat ik verdwaald ben.'

Ze had niet veel contact gehad met *Englische* mannen, en durfde niet goed naar de auto toe te lopen. Hij stopte.

'Ik ben op zoek naar een bepaalde Amish familie,' vervolgde hij. 'Ik heb al meer dan twaalf Fishers op de brievenbussen geteld maar nog steeds heb ik niet de juiste familie gevonden. Het is als het zoeken van een naald…'

'In een hooiberg?'

Hij lachte vrolijk en zijn ogen werden zacht.

'Welke Fishers?' vroeg ze, terwijl ze aan haar kant van de weg bleef staan.

'Ze hadden een dochter Suzy, die vorig jaar verdronken is.'

Geschokt keek ze de onbekende aan. Waar kon dit over gaan? 'Suzy was mijn jongste zus,' bekende ze voorzichtig.

Er verscheen een flits van droefheid in zijn ogen. 'Dan… moet jij Nellie Mae zijn.'

Ze knikte verwonderd.

Hij opende het portier en stapte uit. 'Ik ben Christian Yoder… Mijn jongere broer Zach was de vriend van je zus.'

Geschrokken merkte ze een lichte gelijkenis met Caleb op toen hij dichterbij kwam. Hoelang was het geleden dat ze zich voorgenomen had op zoek te gaan naar Suzy's vrienden? En nu stond een van hen glimlachend voor haar.

'Wat een verrassing,' bracht ze uit.

'Inderdaad – al die Fishers, en dan kom ik jou tegen.'

Hij was langer dan pa, en zijn haar leek haast van goud in het zonlicht. Ze herinnerde zich dat Suzy had verteld dat deze broer haar uitgenodigd had om mee te gaan roeien, op de dag dat ze verdronken was.

Christian stak zijn hand in zijn zak en haalde er een foto uit. 'Zach wilde dat het zusje aan wie Suzy het meest verknocht was dit kreeg. Dat ben jij, denk ik.' Langzaam stak hij haar de foto toe, alsof hij niet wist of ze hem wel wilde aannemen.

Ze hapte naar adem toen ze Suzy's vertrouwde sproeten zag, haar warme glimlach en de mooie blauwe ogen die haar aankeken. Achter haar zus dansten de zonnestralen op het water van een meer. De tranen sprongen Nellie in de ogen. '*Denki*, het is wonder-*gut* om Suzy weer te zien.' Ze veegde haar tranen weg.

'Ik besef dat je verlies nog vers is… voor je hele familie.' Hij zweeg even en keek neer op zijn voeten in de sneeuw voordat hij weer opkeek. 'Suzy praatte vaak over je, Nellie Mae.'

Ze snikte kort. '*Ach*, sorry hoor…'

'Je hoeft je niet te verontschuldigen. Ik moet er niet aan denken om Zach of een van mijn andere broers te verliezen.' Hij hield een gouden armbandje omhoog. 'Dit heeft Zach aan Suzy gegeven, niet lang voordat…' Zijn stem brak af.

Nellie staarde naar de armband. 'Suzy vond hem vast prachtig.'

'Mijn broer wilde haar die dag om vaste verkering vragen.' Christian aarzelde even. 'Zach is nog jong, maar hij hield van haar. Iedereen zag dat ze samen iets bijzonders hadden. Een geweldig stel… ze zouden een prachtig huwelijk hebben gekregen… en goed hebben samengewerkt in evangelisatie.'

'Evangelisatie?'

Hij knikte. 'Ja. Zach hield van evangeliseren en Suzy moedigde hem daarin aan.'

Was Suzy verliefd op een evangelist?

Ze luisterde en dronk ieder woord in. Weer keek ze naar de armband en las de inscriptie: *Niet naar onze werken, maar naar Zijn genade heeft Hij ons behouden.*

'Op basis van de eerste Bijbeltekst die Suzy uit haar hoofd had geleerd,' verklaarde Christian.

Ze kon niet geloven dat hij haar de armband wilde geven. 'Wil je broer hem niet houden?'

'Niet meer. De armband is voor jou of je familie.'

'Heel erg hartelijk bedankt.' Ze wist niets méér te zeggen, hoe blij ze ook was met beide geschenken. Weer keek ze naar de verboden foto, die ze het meest zou koesteren. Een veel betere herinnering aan Suzy dan haar *Kapp*lintjes!

'Wat fijn om je eindelijk te ontmoeten, Nellie Mae Fisher,' zei Christian met een lachje.

Ze was te verlegen om iets te zeggen, maar ze wist dat hij

het aardig bedoelde. 'Wil je tegen Zach zeggen hoeveel dit voor me betekent?'

Hij glimlachte opnieuw. 'Dat zal ik doen. Het zal hem plezier doen dat je er blij mee bent.' Hij boog zich licht naar voren. 'En breng ons medeleven over aan de rest van je familie, vooral van Zach.'

'Wat aardig van je...'

Hij scheen weinig zin te hebben om weg te gaan. 'Ging je ergens naartoe?' vroeg hij.

'Nee,' zei ze vlug, voordat hij haar een lift kon aanbieden. 'Gewoon even in de zon.'

Hij knikte, zwaaide halfslachtig en liep terug naar zijn auto.

Nellie liep hard door met Suzy's armband en foto. Toen de geelbruine auto van Christian Yoder wegreed, durfde ze haar ogen pas op te slaan om hem de hele weg te volgen naar Route 10, tot hij een glanzende stip was in de verte.

Hoofdstuk 36

Thuisgekomen van de bisschop waste Rosanna haar tranen af en droogde haar gezicht. Ze vroeg Elias haar te helpen haar quiltframe op te zetten, met het vaste voornemen om net als vroeger weer quilts te gaan maken voor de verkoop. Zo druk mogelijk bezig zijn was de beste manier om niet de hele dag te zitten huilen. Haar twee schoonzussen hadden misschien geen zin meer om te helpen, nu Elias en zij naar de nieuwe kerk gingen. Maar Elias wees haar erop dat God geeft en neemt, en Zijn naam zij geprezen.

Vóór vandaag was ze bang geweest dat hun familiebanden geschaad zouden worden door de overstap. Maar ondanks de harde gebeurtenissen van vanmorgen heerste er vrede in haar hart. Wie anders dan God kon de toekomst kennen?

Zonder de tweeling terugkomen in dit huis, waar zij en Elias Eli en Rosie hadden willen grootbrengen, was het op een na moeilijkste wat ze vandaag had gedaan. Het eerste was haar lieve Rosie in de armen leggen van John Beiler. Nu moest ze de baby's in alle opzichten loslaten en bidden om kracht... en om te kunnen vergeven.

Het liefdevolle geschenk dat Kate me heeft gegeven is weg.

Niet in staat haar tranen in te houden vouwde Rosanna de box in de zitkamer op. In elk geval waren haar schatten samen, en Elias en zij zouden hen dagelijks omringen met gebed.

★

Caleb was blij dat hij ten minste een goed, pittig tuigpaard bezat en het open rijtuig dat zijn vader hem gegeven had

toen hij zestien was geworden. Hij had zijn persoonlijke bezittingen verzameld en naar het *Dawdi Haus* gebracht, waar
Nellie Mae en hij hun heerlijke verboden uren hadden doorgebracht. Verbannen door zijn vader zou hij daar wonen, en
werken voor zijn grootvader van moederskant.

Pa was van plan om aan het eind van de week langs te komen voor een gesprek van man tot man. Zijn vader scheen
er zeker van te zijn dat Caleb tegen die tijd tot zijn verstand
zou zijn gekomen, zoals hij het uitdrukte. Maar zolang het
betekende dat hij Nellie Mae op moest geven, was Caleb
niet bereid om te zwichten.

Hij bekeek het kleine huisje dat zij zo leuk had gevonden
en begon uit te pakken. Hij kon zichzelf wel schoppen om
de puinhoop die hij ervan had gemaakt. Hij hield van Nellie
Mae en hij respecteerde haar, al geloofden zijn vader en zijn
Dawdi daar niet in. Een paar kussen waren toch niets om je
voor te schamen? Dat had hij tenminste gedacht, tot hij in
Nellie's ogen het gewicht had gezien van de schuld die ze
droeg. Als hij genoeg tijd kreeg zou hij het allemaal goedmaken, zoals hij had beloofd. Maar voorlopig moest hij hier zijn
zondeschuld wegwerken tot hij genoeg geld had verdiend
om de volgende stap te zetten.

*

Nellie moest almaar denken aan de vreemde ontmoeting
met Christian Yoder, terwijl ze haar dagelijkse werk deed
en genoeg taarten bakte om aan de toenemende vraag te
voldoen. De advertentie werd niet meer geplaatst, maar de
stroom klanten bleef komen, zeker nu het beter weer werd.
In haar vrije tijd las ze in de Bijbel die Nan haar een paar
weken geleden had gegeven. Ook las Nellie opnieuw de
laatste hoofdstukken van Suzy's dagboek.

Ze was wel wijzer dan Suzy's foto aan iemand te laten
zien, maar het gouden armbandje kon ze niet geheimhou-

den. Ze had het eerst aan mama laten zien, die er alleen maar naar had gekeken zonder veel te zeggen, behalve over het ingegraveerde vers. Ook Nan gaf weinig om sieraden, maar ze had het zachtjes aangeraakt. Nellie was blij dat ze het had en legde het behoedzaam op de sierlijke blauwe schaal op haar kist – het gekoesterde geschenk van Suzy. Elke keer als ze erlangs liep, dacht ze aan wat Christian had gezegd, dat het vers Suzy's lievelingstekst was.

Niet door onze werken…

Kon ze rusten in Gods liefde zonder voortdurend zelfverwijt dat ze te ver was gegaan met Caleb? Dagenlang had ze geprobeerd haar schuldgevoel te sussen door hun intieme gedrag voor zichzelf te verklaren, maar elke keer schoot ze tekort en voelde ze zich nog beschaamder. Zelfs het weggeven van een enkele kus was al te veel geweest.

★

Reuben keek naar de bakkerswinkel en zag dat Nellie Mae het bordje *Gesloten* aan de deur had gehangen. Om de een of andere vreemde reden had niemand de moeite genomen om eerder de post te halen, dus hij sjokte door de sneeuw naar de brievenbus. In de middaglucht hing de geur van houtrook.

Op de weg maakte hij de brievenbus open. Er zat een envelop in met zijn adres erop.

Naam en adres van de afzender waren nergens te bekennen. *Wat heeft dit te betekenen?*

Hij scheurde de envelop open en begon te lezen.

Beste meneer Fisher,
Mijn naam is Zachary Yoder, en ik heb te lang gewacht met deze brief. Ik schrijf u om vergeving te vragen.
Ik ken u alleen via uw dochter Suzy. In de afgelopen lente hebben we een poosje verkering gehad, en ik was bij haar toen ze

verdronk. Ze had geen zwemvest aan, en dat is mijn schuld.
Ik hoop dat het helpt om te weten dat Suzy die dag gelukkig was.
Ze hield van u en praatte vol liefde over haar familie. Ik weet niet
wat u hiervan vindt, maar ze was een nieuwe christen en had pas
kort een relatie gevonden met haar Verlosser, Jezus Christus. Ik
hoop dat dit nieuws u een beetje troost.
Elke ochtend bid ik voor u en uw gezin.
Ik zal Suzy de rest van mijn leven missen.

Hoogachtend,
Zachary Yoder

De tranen sprongen Reuben in de ogen terwijl hij in verwondering naar het briefje staarde. Dus die Zachary was ook
een gelovige, net als hun Suzy…

Hij vouwde de brief op, nieuwsgierig naar de jongeman
die hem geschreven had. Hoe attent het gebaar ook was, hij
besloot meteen om er niets van aan Betsy te vertellen, om
haar verdriet niet op te rakelen.

★

Zondagmorgen stond Nellie als eerste klaar na pa, die naar
buiten was gegaan om hun beste tuigpaard voor het rijtuig
te spannen. Toen prediker Manny in de kerk de Schrifttekst
op Suzy's armband aanhaalde, snakte ze onwillekeurig naar
adem. Onder de preek voelde ze de hele tijd de bekende
aandrang om haar hoofd te buigen in gebed, net als de eerste
keer dat ze hier was geweest. Ze had een sterke behoefte om
al haar zonden op te biechten.

Ze luisterde aandachtig naar prediker Manny die zich
voor het eindgebed verder uitsprak tegen 'wereldse dingen'.
'Er zijn mensen die de grenzen willen oprekken. Dat kan
gebeuren, maar niet hier.' Ze begreep dat hij een poging
deed om het kaf van het koren te scheiden, de mensen die

hingen aan de moderne wereld van degenen die alleen het Evangelie verlangden.

Tijdens de gemeenschappelijke maaltijd bespraken de mensen gretig de preek. Op het menu stonden net als in de oude kerk brood, boter, jam, kaas, rode bieten, eieren, zoetzuur, koffie en vele taarten. Nellie vond het geruststellend vergelijkbaar.

Toen ze naar huis gingen, was Nellie's hart nog meer geneigd naar God en de woorden die ze vandaag had gehoord. Het was onmogelijk te negeren wat ze wist dat de waarheid was.

Zonder mama te vertellen waar ze heen ging, snelde Nellie naar de schuur, waar ze haar vaders timmerwerkplaats binnenglipte en de deur dichtdeed. Het was een goed afgezonderd plekje op zondag en even dacht ze aan de timmerwerkplaats in Nazareth waar Jezus als timmerman had gewerkt.

Ze ging naast de zaagbank staan en staarde door het raam naar de lucht. Over een paar weken zou ze met mama en Nan grote schoonmaak houden, van de zolder tot de koude kelder, met zijn vele planken voor honderden ingemaakte etenswaren en jams. Pa op zijn beurt zou de grasvelden uitharken en het land ploegen en bewerken, als voorbereiding op een nieuw seizoen van groei... en oogst. De lente zou nieuw leven brengen voor de hele Gemeenschap van Eenvoud in Honey Brook.

Zuchtend bedacht ze hoe snel de genadetijd was gekomen en gegaan. Morgen ging de *Bann* weer in, maar dat was hun zorg niet. Nellie was helemaal klaar om in Suzy's voetsporen te volgen, ze knielde in het zaagsel en liet de last los die ze van binnen meedroeg, evenals haar schuldgevoel om Caleb. Ze legde ze neer voor God, wiens wil en geschenk van genade ze veel te lang had afgewezen. 'O, God,' begon ze, 'wilt U me ontvangen zoals ik ben, met mijn zwarte hart dat op dit moment zo hard bonst? Was me alstublieft zo schoon als verse sneeuw.' Ze zweeg even en dacht aan Caleb. 'En wilt U ook mijn *beau* roepen? Moge hij Uw hand grijpen, zoals ik nu doe...'

God had haar geleid – net als bijna haar hele familie – tot deze wonderlijke vrede. Nellie Mae voelde zich smetteloos en rein, ze stond op en snelde naar huis.

★

Zondagavond ging Caleb voor zonsondergang op weg naar het huis van de Fishers. Met angst en beven stuurde hij zijn paard de laan in, omdat hij de gewoonte schond door naar haar huis te komen. Toen hij de merrie vastgebonden had, liep hij naar de achterkant van het huis en klopte luid aan de deur.

Onder het wachten dacht hij na over de hopeloze toestand. *Er staat nu zo veel op het spel...*

Het duurde even voordat hij binnen geruis hoorde. Toen ging de deur open en daar stond Nellie, in haar blauwe zondagse jurk. In het wegstervende zonlicht zag ze er stralend uit, tot haar ogen de zijne ontmoetten.

'*Ach*, Caleb?' Nellie keek geschokt. 'Wat doe jij hier?'

Zacht zei hij: 'Kunnen we ergens praten?'

Ze keek over haar schouder en aarzelde. 'Eh, wacht even.' Toen verdween ze naar binnen.

Zijn hart bonsde onder het wachten. Ze leek geschrokken toen ze hem zag, en hij voelde haar onrust. De intimiteit van het afgelopen weekend vergde een hoge prijs van hen beiden. En dan te bedenken dat dit allemaal vermeden had kunnen worden.

Hij keek naar Reubens schuur en de bijgebouwen eromheen. De grote paardenwei strekte zich uit zo ver hij kon zien. Eens zou Reubens jongste zoon Benjamin dit land krijgen. Caleb misgunde hem die zegen niet.

Hij dacht aan het moeilijke gesprek van vandaag met zijn

vader, en het gesprek dat hij nu met Nellie wilde hebben. Hij had het herhaaldelijk geoefend.

Hij vroeg zich af waarom Nellie Mae niet terugkwam en keek naar binnen, waar ze haar jas aantrok en haar sjaal omdeed.

Toen ze eindelijk naar buiten kwam, zag ze doodsbleek. 'Niet te geloven dat je hierheen bent gekomen, Caleb. Op klaarlichte dag nog wel.' Ze was duidelijk van slag. 'We kunnen praten in de winkel.'

Hij knikte, denkend aan de eerste keer dat hij naar Nellie's Zoete Heerlijkheden was gegaan, toen hij haar in september een uitnodiging had gebracht om na de zangavond mee uit rijden te gaan. Hun eerste avond samen…

Ze liepen zwijgend naar de winkel en toen wendde ze zich tot hem. 'Ik vroeg me af hoe ik je iets moest vertellen… en nu ben je er.' Ze vermeed zijn blik.

'*Jah*, en ik heb ook iets te zeggen.'

Ze keek om naar het huis. 'Wacht maar tot we binnen zijn.' Ze zette er de pas in en hij vroeg zich af of ze haar vader had verteld dat hij onaangekondigd was gekomen.

Toen ze de deur achter hem had dichtgedaan, gingen ze aan een rond tafeltje zitten. In de schemering was ze even mooi als op hun eerste uitstapje. 'Jij eerst, lief,' zei hij.

Ze bracht haar hand naar haar hals. 'Ik weet niet hoe ik moet beginnen.' Ze keek hem strak aan, voor het eerst vanavond. 'Het zal je verbazen wat ik te zeggen heb.'

'Ga door.'

'Ik ga lid worden van de kerk.'

Hij knikte. 'Dat is *gut, jah*?'

Ze werd nog bleker en deed haar ogen even dicht. 'Ik bedoel de *nieuwe* kerk, Caleb.'

De nieuwe kerk? Hij kreunde.

'Ik heb vandaag mijn hart weggegeven. Ik kan het in de verste verte niet beschrijven.' Ze keek naar hem op en de tranen stroomden over haar knappe gezicht. 'Ik ben verlost,

Caleb. Zo heb ik me nog nooit gevoeld.'

Hij schudde verbijsterd zijn hoofd. 'Is dat bij prediker Manny gebeurd?'

'Nee.'

Jah, gut. Misschien was het niet te laat. Misschien kon hij haar nog bepraten.

Ze wees naar de schuur. 'Daar.'

Hij keek verward. 'Waar?'

Ze formuleerde haar woorden langzaam. 'In onze timmerwerkplaats heb ik mijn hart geopend voor Gods Zoon.'

Ach, ze bederft alles. Alles! 'O, Nellie, lief… je weet dat ik erop tegen ben, die praatjes over verlossing. Jij ook, dacht ik.'

'Ik wilde dat jij kon weten wat ik weet… en wat ik voel.'

'Manny's kerk zal je niet lang vasthouden,' verklaarde hij.

'Maar dit gaat niet over het kiezen van een kerk. Ik kies voor een relatie met mijn Verlosser, Jezus.'

'Ach, Nellie Mae…'

'Nee, luister alsjeblieft.' Ze pakte hem bij de arm. 'Het staat allemaal in Gods Woord. We hebben het gewoon niet gezien. Snap je dat niet?'

Perplex door haar vreemde uitbundigheid zette hij zijn zwarte hoed af en haalde beide handen door zijn haar. Ze maakte het moeilijk, zo niet onmogelijk. 'Ik wil voor het bruiloftsseizoen van de komende herfst met je trouwen.'

Ze fronste en perste haar lippen op elkaar. 'Maar het land van je vader dan?'

'Ik heb het opgegeven – voor *jou*. Nu is er niets meer wat ons in de weg staat om te trouwen.'

Ze keek hem bedroefd aan. '*Ach,* maar het is toch je geboorterecht.'

Hij knikte en zei: 'Gedane zaken nemen geen keer. Pa heeft niets meer over ons te zeggen.'

Ze scheen over zijn woorden na te denken. Haar gezicht klaarde op en ze stak over de tafel heen haar hand naar hem uit. 'Heb je dat echt gedaan… voor ons?'

Hij stond op en kwam naar haar toe. 'Ik weet dat ik je gelukkig kan maken.' Hij trok haar overeind. 'Ik heb beloofd dat ik een weg zou vinden.'

Ze sloeg haar ogen naar hem op. *'Jah*, en ik hou ook van jou, maar…'

'Maar wat?' Zijn hart stond bijna stil. 'Dit vreemde Evangelie kan niet zijn wat je echt wilt. Laat je daardoor niet van me afpakken.'

Ze veegde haar ogen af.

'Ze hebben je gehersenspoeld, Nellie Mae.'

Ze was net zo onschuldig en mooi als op de dag dat hij voor het eerst naar haar gelachen had, vorig jaar zomer op de markt.

'Je bent net zo koppig als ik ben geweest, Caleb. Weet je nog dat ik me zo schaamde voor mijn ouders, toen ze belangstelling hadden voor de groep van prediker Manny? Ik zei dat ik nooit zo zou kunnen zijn.'

'En ik geloofde je.'

'Maar nu… nu zie ik het allemaal duidelijker.' Ze keek ernstig en oprecht. 'Wil je niet samen met mij de overstap maken? Alsjeblieft, ga je mee naar de kerk van prediker Manny?'

Hij schudde zijn hoofd, de moed was hem in de schoenen gezonken. *'Ach*, Nellie, je weet dat ik dat niet kan doen. En ik heb het allemaal uitgedacht. We trouwen in de lente en gaan dan naar Sugarcreek, Ohio, of waar je ook maar wilt wonen. We lopen samen weg.'

Haar lippen trilden. 'Jij ziet alleen dit leven, maar dat is kort als een ademtocht in de koude lucht. Je ziet het, en het is verdwenen. Denk maar aan Suzy.' Haar stem klonk verdrietig.

Hij pakte Nellie's hand, zo klein in de zijne. 'Ik weet dat het leven kort is, lief… daarom wil ik het met jou doorbrengen.'

'Wat moet ik doen om het je te doen inzien?' Ze keek hem doordringend aan. 'Suzy is gestorven om onze aandacht op de hemel te richten.'

'Zeg zoiets niet.'

'De hemel heeft een gezicht, en niet alleen dat van Suzy.'

Hij liet haar hand los en trok haar in zijn armen. 'Je maakt me bang, zoals je praat.'

Ze klampte zich aan hem vast, haar natte wang tegen de zijne gedrukt. 'Je kunt je land voor me opgeven, maar niet je hart overgeven aan de Heiland?'

Hij begon het zat te worden. Wat was er gebeurd met het meisje dat bereid was om alles voor hem te doen? 'Ik heb het land opgegeven – alles eigenlijk – voor jou, Nellie.'

'Maar je kunt niet zomaar afstand doen van je land,' protesteerde ze. 'Later zul je het me kwalijk nemen… en dat ik weigerde in de Oude Wegen te blijven. Zul je je niet altijd afvragen waarom ik niet genoeg van je hield om lid te worden van de oude kerk?' Ze snikte nu.

Toch hield hij haar dicht tegen zich aan en hoopte dat zijn geliefde meisje van gedachten zou veranderen – over de kerk van prediker Manny… en over hem.

★

De gezamenlijke beslissing van pa en mama om de Oude Wegen achter zich te laten voordat morgen de *Bann* opnieuw werd ingevoerd, betekende dat hun familie de verstoting werd bespaard, waar Nellie Mae erg dankbaar voor was. In de herfst zouden Nan en zij op doopzondag lid worden van de kerk van de Nieuwe Orde. Het was lastig uit te maken wat Rhoda uiteindelijk zou beslissen; ze bleef in haar *Rumschpringa*, vrij van elke angst voor de *Bann*.

Maar zoals het nu ging, vroeg Nellie zich af of Rhoda de Gemeenschap van Eenvoud niet zou verlaten en de wereld volledig omhelzen. Nellie hunkerde ernaar om haar oudste

300

zus te zien en ze nam pa's paard en rijtuig mee. Elke dag zou ze bidden voor Rhoda en Caleb. Te bedenken dat ze haar geliefde *beau* weg had laten lopen uit de bakkerswinkel en uit haar leven. Er was geen weg terug meer, nu hij zo vastbesloten was tegen de Verlosser.

Rhoda was al in haar nachtpon en badjas toen Nellie bij James en Martha kwam. Ze leek blij om haar te zien en nam Nellie mee naar haar kamer.

'Ik heb iets voor je meegebracht,' zei Nellie, en ze gaf haar zus Suzy's dagboek. 'Het was verkeerd van me om het voor mezelf te willen houden. Ze is ook jouw zusje geweest.' Ze legde het dagboek op de bedquilt. 'Lees het zelf maar, als je wilt. Zoals in ieder mooi verhaal zit de verrassing op het eind, maar daar weet je natuurlijk al iets van.'

Rhoda's gezicht lichtte op. 'Ik had nooit gedacht dat ik dit onder ogen zou krijgen. *Denki*, zusje.'

'Er is nog meer.' Ze stak haar hand in haar zak. 'Doe je ogen dicht en steek je hand uit.' Nellie legde de gouden armband in Rhoda's uitgestrekte handpalm. 'Nu opendoen.'

Rhoda's ogen straalden door haar brillenglazen. '*Ach*, wat is dat voor een mooi ding?'

Ze legde uit hoe de broer van Suzy's vriendje haar op de weg tegengekomen was toen hij op zoek was naar hun familie. 'Jij bent toch degene die het meest van mooie dingen houdt, *jah*? Het is het meest logisch dat jij het krijgt.'

Ze keek naar de spiegel op de kast waar verscheidene kettinkjes aan hingen en ze lachten samen. 'Wat is dat lief van je, Nellie Mae.' Ze keerde de armband om en om in haar hand en prevelde verrukte woorden. Toen deed ze hem om en maakte hem vast voordat ze hem van dichtbij bekeek. 'Er staat iets in gegraveerd.'

'*Jah*. Iets heel bijzonders.'

Rhoda vroeg of ze vaker op bezoek wilde komen en Nellie voelde dat ze hier niet gelukkig was. 'Zeg je tegen Nan dat ik haar mis?' vroeg Rhoda met verdrietige ogen.

'En wij allemaal missen *jou*, vooral Nan.' Ze keek rond in de kamer en schudde haar hoofd. 'Ik hoop natuurlijk dat je erover wilt denken om naar huis te komen... heel gauw.'

'Nou, denk dat maar niet.' Rhoda stond op en ze liepen samen langs de serre naar de achterdeur, waar ze bleven staan en uitkeken naar de avondhemel.

Rhoda snufte toen Nellie haar armen uitstak om haar te omhelzen. '*Da Herr sei mit du*, Rhoda.'

Op weg naar huis vocht Nellie tegen haar tranen toen haar gedachten terugkeerden naar Caleb en hun vele avondlijke ritten samen. Kon ze hem toch maar losmaken uit de greep van de ordinantie. Maar die keuze moest hij zelf maken – of niet. Als hij ten langen leste de overstap maakte, zou hij een hoge prijs moeten betalen. Hij had weliswaar gezegd dat hij alles voor haar op zou geven, maar ze wist dat Caleb zijn familie nooit de rug kon toekeren. David Yoder had hem stevig in zijn klauwen – net zoals Caleb dacht dat prediker Manny haar in zijn klauwen had.

Op deze heldere avond twinkelden de sterren lonkend aan de donkere hemel. Nellie Mae dacht aan alle keren dat Suzy en zij samen hadden gelachen onder de dekking van de schemering, als ze fantaseerden met wie ze zouden trouwen en hoe kun kinderen eruit zouden zien. De lange tochten door nabijgelegen bossen...

Sinds de sneeuw was gekomen, was ze niet meer naar het bos geweest waar Suzy zo veel van gehouden had, maar straks ging ze weer. Ze had er vaak troost en bemoediging gevonden.

Het paard trok het rijtuig voort en de steenmolen kwam in zicht. Haar blik bleef hangen aan de gietijzeren bank naast de nog bevroren beek, de plaats waar Caleb en zij de mooiste uren van hun liefde hadden doorgebracht.

Alstublieft, God, help me er geen spijt van te krijgen dat ik hem losgelaten heb...

Epiloog

Toen de elfde februari naderde, trokken zich bijna honderd-vijftig mensen terug uit de kerk van de Oude Orde in Honey Brook, om twee nieuwe, afzonderlijke plaatselijke gemeen-ten te vormen. Volgens pa doet het gerucht de ronde dat bijna honderd families uit Lancaster County naar de Nieuwe Orde zijn vertrokken, die zich ook naar andere staten begint te verspreiden. Ik moet wel denken aan de jonge stelletjes die ertussen zitten, zoals Caleb en ik helaas.

Wat een versplintering van families en relaties. Het is moeilijk te begrijpen dat de genade van God harten zowel kan genezen als breken. De weg met Jezus gaat vaak over doornen.

Mama heeft verdriet omdat Rhoda een tweede baan heeft aangenomen als serveerster in het Honey Brook Restaurant. Kennelijk heeft mijn zus meer geld nodig dan de Kraybills kunnen betalen, hoewel Rhoda daar nog steeds drie dagen per week is. Ze draagt vaker wel dan niet stadse kleding, dus aan haar uiterlijk te zien vermoed ik dat ze een *Englische beau* heeft, maar daar houdt ze haar mond over.

Nan en ik hebben een heel hechte band gekregen, we bespreken bijna alles, zoals zij vroeger met Rhoda deed… en ik met Suzy. Nan weet dat Caleb met me wilde weglo-pen. Ze weet ook wat mijn antwoord was. Ik mis hem soms meer dan ik haast kan verdragen, tot ik weer denk aan zijn onvermurwbare standpunt ten opzichte van de verlossende genade, en de gedachte in me opkomt aan de waarschuwing in de Schrift om geen ongelijk juk aan te gaan. Wat een versplintering zou het geworden zijn als ik toegestemd had – ons huwelijk in twee richtingen gescheurd, onze kinderen *ferhoodled* tussen het geloof van mama en de Oude Wegen van hun pa.

Gelukkig had Rosanna de wijsheid om te zorgen dat kleine Eli en Rosie niet zo'n traumatische scheiding hoefden mee te maken. Maar ik ga bijna elke week bij haar op bezoek en steeds springen de tranen haar weer in de ogen. Rosanna's quiltverkoop is weer opgebloeid, en volgens mij heeft ze geen tijd om kleintjes groot te brengen. Elias en zij zullen door deze duistere, pijnlijke tunnel heen komen, maar voorlopig met één stapje tegelijk.

De kerk van prediker Manny zit tegenwoordig elke zondag stampvol. Het is zo fijn dat Rosanna erbij is. Ze heeft me toevertrouwd dat Elias het de laatste tijd – sinds zijn bekering – niet meer over tractors heeft. Kon ik dat maar zeggen over mijn broers, maar Thomas en Jeremiah zijn van plan om er samen een te kopen. Toen pa het te horen kreeg, kreunde hij en zei: 'Waar moet dat allemaal heen?'

Ik denk dat het beter is om gretig de Schrift in te drinken en een tractor te delen met je tweelingbroer, dan te ploegen achter een stel muilezels en in slavernij te leven aan de *Ordnung.*

Er is zo veel om dankbaar voor te zijn, maar nu ik erover nadenk is mijn mislukking met Caleb mijn grootste verdriet. Ik weet dat ik vergeven ben, maar ik heb aan hem mijn allereerste kussen weggegeven... en ik heb mijn haar losgemaakt. Dat kan ik nooit vergeten.

Ik kan me alleen maar afvragen hoe het met hem gaat sinds onze laatste ontmoeting in Nellie's Zoete Heerlijkheden. Geen enkele roddel heeft mijn oren bereikt, dus ik neem aan dat hij nog in Honey Brook voor zijn *Dawdi* werkt.

Soms wandel ik over Cambridge Road en in de bosachtige omgeving van de oude molen – de besloten schuilplaats van Caleb en mij. Goed of fout, ik sta mezelf toe onze verkeringstijd opnieuw te beleven... en bid dat God hem tot de waarheid roepen zal.